RHY IACH

Storïau Byrion

Bobi Jones

Cyhoeddiadau Barddas
2004

(h) Bobi Jones

Argraffiad Cyntaf: 2004

ISBN 1 900437 65 1

Cyhoeddwyd gyda chymorth ariannol Cyngor Llyfrau Cymru

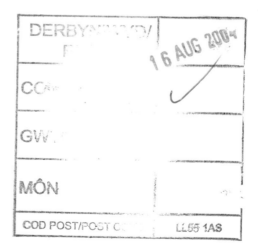

Cyhoeddwyd gan Gyhoeddiadau Barddas

Argraffwyd yng Nghymru gan Wasg Dinefwr, Llandybïe

I
Beti

CYNNWYS

RHAN Y RHIENI

Pan ddaeth yn fater o golli'i unig ferch, doedd Alwyn ddim yn fwy effeithiol nag oedd wrth wneud dim arall. Roedd math o flerwch yn dreth ar ei synnwyr.

Gwyn oedd y cynfas ger ei fron ef a cherbron y wraig ddiymadferth wrth ei ochr. Roedd yn wyn ddi-dor fel cae o wenith sgleiniog dan yr haul, er nad oedd mymryn o haul ar gyfyl y lle y prynhawn hwnnw. Ac yn sicr, doedd dim acer o wenith mor dwt â'r acer yna o fewn ugain milltir i'r ysbyty. Gwyn oedd fel gwallt sgleiniog hen wreigen. Rhyfedd hefyd. Doedd cynnwys llonydd lluniaidd y cynfas hwnnw byth yn debyg o weld yr oedran yna mwyach. A gwag: roedd ei ystyr wedi'i godro ohono. A chyda'r ystyr yna, ystyr eu priodas hefyd.

'Fe all hi ddod. Neu beidio â dod.' Siarad marw oedd hyn gan y Nyrs. Beth gallai'i feddwl?

'Pwy sy'n gallu dibynnu ar beth felly?' meddai Alwyn.

Clustfeiniai Sioned ar yr ymddiddan anhygoel. Ciciodd goes y gwely.

'Dyna wedodd y meddyg ei hun?' gofynnai Alwyn i'r Nyrs.

'Does wybod beth ddaw ohoni. Ddylach chi ddim bod yn besimistig . . ., nac yn optimistig chwaith.'

'Mae'n fyw nawr o leia,' meddai fe. Gormodieithu a wnâi.

'Doedd y dyn, pwy bynnag oedd-o, ddim yn gall.'

Gwrandawai Sioned yn fud ar ddadansoddiad ei gŵr a'r Nyrs o Wynedd. Roedd hi'n gynddeiriog. Clebran a pheidio â chlebran yr oedden-nhw fel pe bai hi'n gorfod gwrando ar gythreuliaid yn clegar â'i gilydd ar ryw gornel wyntog ym maestrefi Uffern. Siglai ymennydd gwyn Del ar bendiliau yn awr o flaen ei dychymyg; a'r toriad yn y benglog tan orchudd pur aneffeithiol. Troes Sioned ei chefn at bawb. 'Sothach!' meddai, yn ddigon uchel iddynt ei chlywed. 'Pa mor ddwfwn . . . oedd y tipyn niwed . . . i'w hymennydd?' holodd o'r diwedd heb glywed ei llais ei hun o waelod y pwll.

'Pwy ŵyr?' meddai'r Nyrs. 'Cael a chael. Roedd hi fel sa hi wedi cael ei dal mewn peiriant.'

'Ei hasennau bach wedi'u malu'n yfflon,' meddai'r fam yn chwerw.

'Roedd 'na rym . . .' meddai Alwyn, yn freuddwydiol.

'Grym y cythraul,' ategai Sioned, a'i llais hithau bellach yn gollwng yn denau oer fel alcohol oddi fewn i'w hamrannau.

'A thrais myn diain-i,' meddai'r Nyrs. 'Pwy bynnag oedd o, roedd o wedi colli arno'i hun. Wedi'i chodi hi gerfydd ei thraed. A'i bwrw'n erbyn wal.'

'Mae'n siŵr fod yr un fach wedi'i wrthod e'n blwmp,' meddai Alwyn wrth i'r Ymgynghorydd ymddangos. Cydiodd hwnnw yn y siart yng ngwaelod y gwely. A safodd yn ôl o'r neilltu i graffu ar y graff. Roedd yntau hefyd mor freuddwydiol fel pe bai'n sbio ar ddalen o Safeways yn chwythu o gwmpas y maes parcio.

Aeth y Nyrs ato. Buont yn mwmial gyda'i gilydd o bell. Allai nac Alwyn na Sioned ddyfalu dim o'r cyflafareddu. Yn y diwedd dynesodd y Meddyg at y rhieni ar flaenau'i draed. Hwyrfrydig oedd i dorri gair. Ymbalfalai am ystyr.

'Sut mae hi, ddoctor?' holod Alwyn mor ddideimlad ag y gallai. Roedd ei wraig wedi cilio'n feddw gam neu ddau. Roedd hi'n synhwyro bod ei gŵr yn rhy glinigol ynglŷn â'r cwbl. Arhosai o'r neilltu gyda'i llygaid coch. Ffyrnigai dafnau mân yng nghorneli'i hamrannau.

'Llwyddiannus oedd y driniaeth,' atebodd y Meddyg. 'O leia, fe symud-wyd darn o asgwrn oedd yn bygwth ei hymennydd.' Roedd hi'n amlwg ei fod yn dechnegol fodlon arno'i hun. Cawsai hwyl ddestlus ar ei gelfyddyd. Ac yn ystod y driniaeth daethai'n bur hoff ohono'i hun. Gwenai'n dawel fel pe bai'n ceisio gwerthu'r gwaith i ysbyty arall.

'Ond beth wedyn?'

'Oes 'na obaith, ddoctor?'

'A!'

Doedd ef ddim yn aruthr hoff o'r math yna o gwestiwn digymrodedd. Ac eto, waeth iddo fod yn onest ddim o'r dechrau . . . Doedd e ddim yn gwybod. Allech chi ddim bod yn fwy gostyngedig na hynny. Tywyll oedd y prognosis. Anhysbys. Cyfartaledd bach o achosion fel hyn a oedd yn dod drwyddi. Ond . . .

'. . . Ond rych chi'n gweld rhyw rimyn pinc . . . ar y gorwel?' holai Alwyn fel pe bai'n galw ar ei briodas i ddod yn ei hôl.

'Pinc? Mae hi'n ifanc.'

'Mae hynny'n fantais?'

'Dyw hi ddim yn anfantais. Does dim arall y galla i . . .' Siaradai'n fud o gall. Gwrandawai Sioned ar ei fudandod. Ciciai goes y gwely drachefn. Doedd hi ddim am berthyn i'r math yna o sgwrs. Doedd hi ddim am gydweithredu yn y ffars. Teimlai hi y dylai ddiolch i'r meddyg am ei daclusrwydd huawdl. Ond tagai'r gair yn ei llwnc, ac yn briodol felly.

'Dere o 'ma, Alwyn. Mae'r lle 'ma'n wallgof.'

Murmurai'r meddyg yn fyngus rywbeth am ryddid soffistigedig distrywiol yr oes . . . ein hetifeddiaeth ddi-foes gan y ganrif ddiwethaf . . . a rhyw bethau felly. Pethau ar orwelion dealltwriaeth. 'Rhaid talu am oddefgarwch,' meddai. Ond ni chlywai'r tad ddim o'r gwirebu annhebygol hwnnw.

'Diolch, doctor,' meddai Alwyn, '. . . am y byd i gyd.'

A chiliodd y Meddyg, neu'r cigydd neu'r plymer, neu beth bynnag oedd yn y dyddiau gwerinol hyn. Daeth y Nyrs yn ôl at y ddau.

'Gawn ni aros fama, nyrs?' holai Alwyn fel pe bai'n tybied y gallai'r berthynas rhyngddo a'i wraig lynu ychydig eto wrth aros.

'Cewch, siŵr ddigon.'

'Os bydd rhyw rithyn o symudiad . . .'

'Fydd dim, dwi'n ofni.'

'Rhyw 'chneidio?'

'Fel hyn y bydd hi am rai oriau dwi'n ddisgwyl.'

Syllai Sioned yn ddiobaith tuag at ddistyll mân y gwely. Hwyliai'r cynfasau yn urddasol ddi-iaith i ffwrdd tua'r machlud. Edrychai'r rhieni'n suddol ar ei gilydd. Gallent glywed ei gilydd yn anadlu fel llanw isel ar forfa unig. Ac yna'r graean mân yn anadlu'n gryg gyda'r cilio. 'Dwi'n mynd,' gwaeddodd hi.

'Bach yw hi,' meddai'r Nyrs.

'A thlws,' meddai Alwyn.

Ymadawodd y Nyrs. Eisteddai'r ddau riant fel dieithriaid i'w gilydd wrth erchwyn gwely'u merch am ugain munud eto. Dim i'w ddweud. Gwingai Sioned fel chwyrligwgan yn trochioni'n foelfelyn gyda'r trai. Clwyfwyd hi gan flynyddoedd o ymylu ar adnabod ei merch. 'Druan bach,' meddyliai Alwyn, gan ddelwi ar y fechan, 'Druan, druan bach. Mor addfwyn oedd hi. Mor ddifywyd nawr.' Syniai ef bob amser wrth edrych ar ei ferch lân, ei fod ef ei hun yn gartŵn mor dila o'r hyn y llwyddai hi i fod.

Syllai Alwyn ar ei wraig bellach gyda pheth ofn, wrth iddi soddi hyd ei chlustiau mewn un peth. A'i llygaid yn rhudd, fe'i clymwyd hi'n ddisyflyd yng ngharchar ei merch. Bob chwarter awr fe'i harweinid hi allan o'i chell fyfyrdod i gael ei dienyddio yn gyhoeddus o flaen ei gŵr. Y pryd hynny gwaeddai ef 'euog' yn fwy croyw nag arfer. Suddai yntau hefyd yn ei ferch o hyd. Ond fe'i câi ei hun ambell waith yn pensynnu'n bur amherthnasol, dros gyfran o eiliad cwta yn unig – am ei waith, am y swyddfa, am broblemau'r swyddfa, am y pwysau yno o du'r bòs. Ac yn ddiymdroi, sgythrai'i feddyliau yn ôl nerth eu traed at weddillion ei wraig. Wrth i'w merch gilio, roedd hon wedi cilio rhagddo hefyd. Sgythrai'i feddyliau ef ar ei hôl, ac yna at waddodion ei ferch, yn ôl yn ôl, a'i euogrwydd creulon fel ffieiddbeth wedi'i ddinoethi'n gorff o flaen miloedd o'i gyd-ddynion. Yn y gyfran honno o eiliad euog, roedd ei feddwl wedi gadael ei wraig, wedi gadael ei ferch, wedi gadael y byd.

Allai Sioned ddim o'i ddeall. Roedd y dyn fel pe bai'n byw ar blaned arall.

'Wnaiff hi *gofio* dim,' meddai Alwyn o'r diwedd.

'Na. Dwi'n mynd.'

'Dim ond cof yw hynny, cofia. Mae 'na gyneddfau eraill.'

'Ond y *cof* sy'n ein gwneud *ni*,' meddai'i wraig yn ffyrnig.

'Yna, bydd yn rhaid ailadeiladu hwnnw . . . gyda phethau newydd.'

'Hawdd dweud. Wrth gael gwared â'i chof, mae'i bodolaeth hi rywsut wedi'i charthu. Iaith, meddwl, popeth.' Roedd ei hysgyfaint ar ffrwydro.

'Bydd modd wedyn feithrin ymddygiad newydd.'

'Sothach! Ac rwyt ti'n gwybod hynny.'

'Fallai.'

'Ond dŷn ni ddim eisiau iddi ymddwyn yn wahanol.'

'Na.'

'Ryn-ni am iddi ddod yn ôl,' meddai Sioned. 'Yn gwmws yr un fath. Replica dwi eisiau. Rhywbeth bach syml hollol debyg fel yna, Alwyn. Dim awgrym o newid. Ti a fi.'

'Fe all fod yn well ei bod hi'n cael blas ar anghofio. Dwi'n meddwl weithiau y bysai'n well se mwy ohonon-ni'n dysgu anghofio.'

Syllent yn ddiniwed ar ei diniweidrwydd yn gweiddi arnynt yn ddi-sŵn o'r gwely. Y fath dalp o ddiniweidrwydd ufudd fu hi rhyngddyn nhw. Mae rhai plant yn anufudd hyd yn oed cyn iddyn nhw wneud dim, ond nid Del. Roedd hi'n dal heb gyrraedd ymhellach na'r oedran pryd nad oedd hi'n aros i gael ateb ar ôl gofyn cwestiwn.

Dychwelodd y Nyrs yn ddistaw. 'Dach chi'ch dau wedi ymlâdd dwi'n siŵr. Ar ôl eich llusgo drwy'r llaid.'

'Ddim felly,' protestiodd Alwyn tan sibrwd. Nid atebai Sioned.

'Ewch adra. Fydd dim oll yn digwydd heno 'ma.'

'Does dim ots, Nyrs. Mae'n well bod yma,' meddai Alwyn, 'rych chi'n deall . . . ydych.' Yma roedd yn glynu nid yn unig wrth ei ferch, ond wrth weddillion ei briodas hefyd. Ond ni welai Sioned ddim cysur yn unman, nac yno nac oddi yno. Roedd y cwbl yn wastraff. Arhosodd hi'n wastraffus ddistaw ar egwyddor. Roedd pawb drwy ffenestr y coridór yn cripian heibio i'w digalondid gwlyb hwy ill dau ar flaenau'u traed. Ac roedd hi ei hun yn ffrwydro.

Roedd y Nyrs yn dymuno dweud rhagor. Ddwedodd ddim.

Torrai mudandod eu merch fel cefnfor henaidd dros eu pennau o hyd. Y peth y mae rhieni i blentyn mud fel hyn yn ceisio'i wneud o hyd yw siarad ar ran y plentyn, drwy orffurfio'r gwefusau i yngan yn ei lle. A chafodd Alwyn ei fod yntau'n ceisio rywfodd, a'i feddwl yn crwydro ychydig, lunio brawddeg yn lle Del, yn lle'i wraig, yn lle'r Nyrs, yn lle methu. Roedden nhw ill tri'n ceisio byw ar ran ei gilydd.

'Y gwir yw,' ategodd y Nyrs o'r diwedd, 'dydi hi ddim yn debyg y bydd dim yn digwydd iddi am rai dyddiau. Ond dyna ni, mae croeso ichi aros.'

Syllai Alwyn ar ei ferch. A dal i syllu. Ym meddwl anymarferol Sioned gallai hi ail-weld Alwyn cyn y trais ynghyd â Del yn ddifater. Ail-syllai Sioned nawr ar y ferch yn cerddetian ar hyd stryd yn boenus o ddihidans. Casâi hi ei gŵr y funud yna. Roedd Del yn sgipio ychydig o'u blaen. Ail-welai'r fam â'r lle yr oedd sgidiau bach Del yn hongian yn llaw ddihidans Alwyn. Daethant at yr Eglwys Gatholig. Ail-safodd y tri y tu allan yn hollol hyderus. Edrychent i fyny at y cerflun uwchben y porth. Roedd hwnnw'n boen i gyd. Cymerodd Del y sgidiau bach gan ei thad. Ffarwelio. Ail-gusanodd Sioned hi. Sgipiodd y ferch fach ymaith yn wallt-afieithus ewyn-ysgafn.

Roedd ei llygaid yno ar hyd y stryd yn odidog.

Ordeiniwyd y strydoedd hyn yn unswydd iddi hi, – llond crochanau o fywyd tywynnus, drylliau o siopau rhwyllog, milltiroedd o ffenestri cacennog, pobl wynion fel ffrwydrad o hufen-iâ, a faniau'n nyddu drwy domennydd o frys fflachiog fel goleuadau'n prancio ddawnsio tua phractis bale. Roedd y pelydrau haul a phelydrau'r palmentydd yn cyrchu rhwng miliynau o ferched bach cyrliog o wawn di-hid, trydanog o hafaidd tan chwythu tua'u gwers gwallgofrwydd.

A Del fan yna, ar drengi.

Casâi hi bawb. Casâi ei gŵr a hi ei hun yn fwy na neb. Casâi hi ei rhacsen briodas.

Ceisiai Sioned bendroni yn wag yn awr. A fuon nhw o bosib fel rhieni yn esgeulus? A fu rhywun yn eu gwylio drwy'r amser, gyferbyn â'r eglwys yn y cysgodion? A oedd yna ŵr croenddu ifanc o bosib yn y fan yna, a hwythau heb sylwi, neu ŵr hŷn tua hanner cant oed, tywyll, cryf ei olwg, a chraith faith ar hyd ei wyneb? Nac oedd. Ei dychymyg hiliol du hi ei hun oedd hyn. Yn ceisio poblogi'r gorffennol â dynion duon lle nad oedd yna ddim ond ei halltudiaeth lân hi ei hun. A welai hi ef yn awr yn dilyn Del? Na, nid y ffordd yna. Doedd modd bellach ailwampio.

Pasient siopau lle y bu Del yn sgipian. Pasient lyfrgell y dref. Aethent dros hyn ddegau o weithiau yn ôl ac ymlaen. Pasient gapel gwag a modurdy llawn. Pasient y parc a dynion yn malurio hen siop fferyllydd i'r llawr. Dyna'r lle y buasai Del yn sgipian o hyd, ar bwys y rheini. Y tu allan i'r siop lyfrau gyfagos gwelid y *Cymro* ar werth a'r penawdau'n lleisio'n bentyrrol ar ei draws – 'MERCHED BACH WEDI'U TREISIO: Mewn trefi glan-y-môr gwallgofddyn yn stelcian.' Inc tabloid du ar y gwyn.

Na, na, dychymyg eto: doedd dim o hyn yn wir. Roedd ei ffansi hi'n llungopïo'r cwbl mewn modd hiliol. Ac eto, gallai fod yn ddilys. Roedd cofio o'r fath fel cydio mewn rhaff wrth foddi a'r rhaff wedi'i braenu. Er siom pob gorffennol, onid hynny a roddai iddynt sylfeini i yfory? Hir-aethent am i'w merch lusgo, yn gysgod ar draws eu meddyliau, fethiant byr ei buchedd a beiau'i threftadaeth. Felly y byddai iddynt oll anwylo o hyd eu tristwch.

Roedd hi ac Alwyn erbyn hyn wedi mynd i'r Eglwys Gatholig. Ymgroes-ent a gweddïo'n fewnol. Gweddïent yn fud ac ymgroesi. Mae'n rhaid bod Del bellach wedi sgipian yn ei blaen. Cyrhaeddodd hi'r neuadd yr oedd yn cyrchu ati. Ond beth a wnâi'r gŵr du ifanc wedyn, hwnnw a oedd yn gyfrifol, neu'r gŵr canol oed tywyll neu rywun? Roedd Del wedi newid ei dillad yng nghwmni'r merched eraill. Gwisgai sgidiau bale. Dychmygid hi gan ei rhieni fel pe bai ar wahân iddyn nhw. Dechreuai hi ymarferion yn ôl y gerddoriaeth. Roedd popeth wedi digwydd yn rheolaidd hollol, – yn ôl ac ymlaen, i'r naill ochr i'r llall – a hynny gyda llawer o sbort pan wnâi rhywun gamgymeriad.

Ond beth 'ddigwyddodd wedyn?

Beth 'ddigwyddodd i'w priodas?

Ymadawodd y rhieni yn dawel â'r Eglwys heb orffen eu dychymyg. Ymlwybrasant yn boenus o hamddenol draw i'r siopau. Pwrcasasant ychydig o nwyddau dianghenraid cyn nôl Del. Saws Coginio Coriander a Choconỳt, Lasagne, Wynwns wedi'u piclo. Doedd dim byd ar eu meddyliau ond siopa.

Roedd Del a'i chyfeilles Mari wedi cyd-ymadael â'r Neuadd. Rhedent law yn llaw. Ffarwelient â'i gilydd. Sgipiai Del drwy'r parc, ymlaen ac ymlaen, a sefyll am rai eiliadau i rythu'n fud ar yr elyrch a hiraethai am sgipian gyda hi ymlaen. A beth? Beth?

Bara. Sudd oren, grawnwin coch, tomatos. Gorffenasant eu siopa.

Bwlch. Nid ysgariad a ddigwyddodd fan yma. Dim ond Bwlch.

Ni wyddai Sioned ddim am gynnwys hyn. Roedd y Bwlch maith yno yn eistedd ac yn syllu arnynt heb ddweud dim. Ni chlywsai mo seiren yr ambiwlans. Ni welsai mohono'n fflachio golau. Ni welsai'r nyrsys yn rhuthro â stretsiar ar olwynion ar hyd coridór hyd at y theatr. Dim ond Bwlch rhyngddi hi ac Alwyn. Dau Fwlch. I Sioned mewn gwirionedd yr oedd cynnwys bywyd ei merch, ar ôl ffarwelio â hi y tu allan i'r eglwys, yn wactod. Roedd anwybodaeth euog ronc y fam yn un ag angof y ferch.

Bwlch.

Edrychai arni nawr yn y gwely, yno yn ei marwolaeth fyw, ei llygaid rhyfeddol bythol ynghau yno. Edrychai'n chwerw ar Alwyn. Rywsut, yr oedd Sioned yn teimlo bod ei pherfedd hi ei hun wedi'i dynnu allan a'i ledu yn y fan yna dan y llieiniau merddwr o'i blaen gyda Del. Cyflwynai Del ei holl symlder i'w mam, ond ni wyddai honno beth i'w wneud ag ef – roedd yn rhy gymhleth iddi – ac ni allai'r fam ond ei guddio yng nghist ei chrebwyll.

Ni wyddai ddim oll am y gŵr gwyn ifanc yn ymguddio yn y llwyni gerllaw ac mewn penbleth sâl, yntau yn euog, yn edifeiriol glaf ei feddwl. Ni chlywai ddim o'i feddwl chwaith yn gweiddi amheuon ei hun: 'Pam? Pam gwneud hyn i gyd? Pam?'

'Gwell inni'n dau fynd adre, 'nghariad i,' meddai Alwyn yn fwyn. A doedd dim o'r nerth ganddi yn awr i'w wrthod. Ofer fuasai aros. Wrth gwrs. Ond ofer oedd mynd adref hefyd pan nad oedd yno ddim cartref.

Cerddent adref o'r ysbyty, fraich ym mraich yn euog o araf. Ni ddwedent bo wrth ei gilydd. Doedd y naill ddim yn bod i'r llall. Roedd eu byd cyfun wedi'i ysigo i'r gwaelodion coch. Safent felly am ychydig o eiliadau y tu allan i'r eglwys wag.

'Ei ewyllys Ef?' gofynnodd Sioned yn chwerwdost.

'Dyn 'wnaeth hyn.'

'Ond gyda'i ganiatâd Ef, o fewn ei arfaeth Ef. Yn rhan o'r domen enfawr o ddioddefaint sydd i fod yn y byd.' Roedd ei hysgwyddau'n rhegi.

'Dyn, Sioned. Dyn du pwdr.' Tyrchai'n boenus yn y domen honno a alwn yn unfed ganrif ar hugain. 'A doedden ni ddim yno. Ti a fi.'

'Ond pam mae Duw mor eithafol bob amser?'

'Pe baen ni'n rhoi pob drwg at ei gilydd, pob llygredd er dyddiau Adda, a'u pentyrru nhw o'n blaen ac edrych arnyn nhw . . .'

'Paid â sôn.'

'Pe baen ni'n edrych, Sioned, ar eithafiaeth Hiroshima a Belsen.'

'Na.'

'Pe baen ni, mewn cryndod, yn sylweddoli'r eithafiaeth o fod ar wahân iddo Fe . . .'

'*Hi* yw fy Hiroshima i,' ochneidiai Sioned yn ddiamynedd.

'Ie, pe baen ni'n ei rhoi *hi* hefyd atyn nhw . . .'

'Sut gallet ti ddweud y fath beth?'

'Y cyfan gyda'i gilydd.'

'Na, Alwyn. Hi.'

'Ein dicter ni, a'n malais a'n casineb . . . rŷn ni'n gwybod Ei fod Ef yn gallu gwaredu'r cwbl.'

'Alwyn, rwyt ti'n rhy iach.' Roedd ei chalon yn byw llosgfynydd y funud yna. Roedd y tywydd yno fel pe na bai'n bod. Cerddai pobl drwyddo heb ei weld. Ac yna, dechreuai glaw mân. A sylwodd ar yr hen beth. Nid edrychid drwyddo mwyach. Roedd yno'n rhwystr; wel, nid rhwystr, ond yn rhan ymosodol o'r amgylchfyd, yn un o'r cymeriadau ymyrrog. Rhaid oedd dygymod ag ef. Ei regi hyd yn oed. Ni ellid mwyach ei gymryd yn jocôs. Mynnai iddynt fod yn ymwybodol ohono ac yn ymwybodol fyw o bopeth fel y ferch fach biwus wrth fynd am dro. Beth sy arni'i eisiau nawr? Fawr heblaw'r ffwdan a'r sylw.

Yr oeddent wedi cyrraedd y tŷ. Aethant i mewn. Doedd eu priodas ddim yno. Aeth Sioned yn benderfynol i'r gegin fel pe bai'n gwybod ble'r oedd hi am fynd i chwilio amdani. Eisteddai yno ar flaen cadair fach galed heb bwyso'i chefn yn ôl. Eisteddai yno gan graffu ar y gofod o'i blaen, yn ddistaw, yn ffiaidd ddistaw, gyda math o ddistawrwydd a oedd fel pe bai'n glythio'r tŷ. Distawrwydd creulon hir oedd hi yn sgrechian ym mhob cornel. Roedd hi'n ffyrnig o ddistaw a llonyddwch disymud ei hysgwyddau a'i gruddiau a'i thraed yn adleisio'r distawrwydd gorthrymus a boerai hi dros bobman.

'Awn ni 'lan?' awgrymodd Alwyn. Ond nid sôn am eu gwely hwy eu hunain yr oedd ef.

Symudodd hi ddim. Tawelwch a'i cysylltai â'i gilydd. Syrthiodd diymadferthedd drostynt, nid fel mwg, ond fel cawod o lwch lafa trwchus a'u sugno i ryw fath o ddellni llwyd. Roedd hi am fynd i weld ystafell-wely'i merch. Yr un ffunud, yr oedd ei gŵr am gyrchu i'r unlle. Edrychent drwy gil eu llygaid at y grisiau creulon. Ond ni symudent. Rywfodd yr oedd y distawrwydd wedi'i rewi o'u cwmpas a'u dal, doedd dim smic yno, dim ffôn symudol, dim eiliad o deledu. I'r fan yna, mae'n rhaid, yng nghorneli'r ystafell yr ymneilltuasai'r hyn a oedd yn weddill o lonydd prydferth y byd.

'Dere,' meddai fe.

Y tu ôl i'w thalcen, sut bynnag, yr oedd maes y gad. Y tu ôl i'w thalcen y tasgai'r clwyfau, clwyfau eu priodas. Roedd y gatrawd wedi torri ffosydd, a gosod y drylliau mewn lle. Eisoes gorweddai cyrff briw a gwaedlyd ar draws y weiren bigog. Clywai sieliau'n disgyn o bell, a llaid yn ffrwydro gerllaw. Ond llonydd oedd ei llygaid yn syllu'n syth ymlaen. Udai'r celanedd o fewn ei phen. Gweddïai rhai o'r milwyr llipa hyn yn eu corneli. Rhwygid y maes a'r byd ffiaidd i gyd. Ac yna, sylwodd hi arnynt, y swyddogion hynny yn cerdded allan â'u drylliau bach, yn araf benderfynol tua'r drylliau peiriannol diddarfod o ddyfal ddau ganllath i ffwrdd. Yn ddewr wallgof. Dyma, y tu ôl i'w thalcen, y Somme.

Yna heb dynnu'u cotiau a heb oedi i chwilio'r llythyrau nac i edrych yn yr ystafell fyw, dringasant ill dau y grisiau gyda'i gilydd drwy'r gawod o fwledi. Aethant i ystafell wely Del. Yn y gwely ei hun yr oedd yna arth swci. Ar hyd silff wrth yr ochr, dolïau'n ddestlus mewn rhes. Popeth yn eithaf twt fel sêr hiraethus yn y nen. Ond pa nen? Bydd pob seren yn yr unfed ganrif ar hugain yn sefyll ar ddibyn affwys. Onid yw ecoleg y bydysawd wedi'i gwyro'n gyfan gwbl?

'Druan o'r un fach dirion,' meddai fe.

A disgynnodd ar ei liniau. Claddai'i ben yn y gwely. Seiniai ei gylla mor anghyfaddas fel pe bai'n ddwbl-fas newydd ei diwnio. Teimlai'n wag wrth gadw sŵn. Safai Sioned yn oer ddi-adwaith o'r neilltu. Edrychai ar ei gŵr bach heb ddirmyg, ond yn dosturiol galed. Edrychai ar y waliau'n galetach. Ymhen pum munud cododd hwnnw'n bwyllog. Ymgroesodd, ond gan edrych yn ôl o hyd at y gwely gwastraff. Gwely eu cariad hwy.

'All Duw ddim rhoi rhyddid i ddyn a pheidio â chaniatáu dioddefaint,' meddai fe.

Ni symudai'i wraig.

'Beth roedd hon – beth roedd *hi'n* gredu, dywed? Beth mae plentyn bach fel hon yn ei gredu?' gofynnodd ef.

'Ddim llawer,' poerodd Sioned, 'diolch i Dduw.'

'Ond mae'n rhaid bod ganddi gnewyllyn.' Crwydrodd ei feddwl ef am foment ar ôl gwneud y fath osodiad dirgel. Roedd e'n ôl yn nifaterwch filltiroedd y Swyddfa.

'Beth oedd cnewyllyn?'

'Y? Beth?' Roedd arno gywilydd tost am iddo fradychu'i deulu â chrwydrad dirmygus am un foment, am lai na moment.

'Y cnewyllyn? Pa fath o ryfeddod fyddai hynny?' gofynnai hi eto.

Edrychai ef mor euog. 'Cnewyllyn sy gan bawb ohonon ni. Roedd Del yn gallu derbyn y goruwchnaturiol heb y rhwystrau yr ŷn ni'n eu llunio i ni'n hunain.'

'Na.'

'Ie, derbyn,' taerai Alwyn yn uwch nag y'i bwriadai, a'i feddwl wedi rhuthro'n ôl at ei wraig â'i anadl yn ei ddwrn. 'Heb amddiffynfa. Gweld.'

Roedd yr un fach â'i hymennydd fel pe bai'n gwingo ac yn rholio ar y llawr o'u blaen.

'Derbyn! Pa dderbyn? Beth ddiawl yw dealltwriaeth – derbyn plentyn?'

'Efallai'i bod hi'n rhwyddach iddi hi.'

'Oedd hi'n hidio am bethau felly?'

'Mae hi'n hidio amdanon ni.'

'Yn awr? Ydi? Ydi hi? Ble?'

Mud oedd Alwyn.

'Ble? Ble?' gwaeddai'i wraig.

Bwlch.

Dechreuodd y fam lefain yn awr yn ysgafn i ddechrau gan boeri dagrau mân prin o'i llygaid fel petaent allan o degell ar fflam nwy, yn tasgu hisian, a'i hwyneb yn poethi. Wedyn dôi peth ager drwy'i hanadl rugl. Y tu mewn i'w phen y funud yna roedd yna hen fwrlwm tyn a'i hwyneb yn tasgu dafnau mawr yr un pryd y tu hwnt i reswm, y tu tywyll i bob smotyn o esboniad, a'r tu draw i bob gobaith pur.

*   *   *

Roedd y Gwanwyn heddiw wedi ffarwelio tan arddel cyn lleied o argyhoeddiad ag arfer. Edrychai'r tymor hwnnw yn ei ôl ryw ychydig yn hiraethus, efallai, fel y bydd un genhedlaeth yn isymwybodol yn syllu'n ôl tua chenhedlaeth arall ac yn tybied mai gwlad arall yw, gwlad lle buon nhw unwaith, ond ddim mwyach. Gwlad ddychmygol erioed oedd y Gwanwyn hwn i'r rhieni, yno yn yr ardd o gylch yr ysbyty. Ymddangosai yn awr o'u blaen fel mân ynysoedd bawdd. Gweddillion gwlad oedd hyn oll yr ymfudwyd ohoni ac y gwelwyd yn burion eisiau ei haroglau a'i seiniau a'i hurddas. Gweddillion eu perthynas gynt. Ond gwyddai'r grŵp bach yn yr ysbyty na phrofid byth moni mwyach. Roedd y Gwanwyn wedi hwylio i ffwrdd mewn hen long herciog dros y gorwel. Ac felly'n awr y ffarweliai'r tymor hwn â phob tangnefedd. Rhegi 'wnaeth y tad dan ei anadl.

Buont yn yr ysbyty bob dydd. Hyn, felly, iddynt hwy oedd perthyn. Gŵr a gwraig yn fyddin ddiymadferth gyfun ac yn craffu'n wyllt ofnus ar faes y gad lle y gorweddai gweddillion plentyn a oedd wedi'u hanghofio'n lân. Roedd hi megis ymweld â beddfaen. Dod â blodau gwywedig, a'u gosod nhw yno, a'r beddfaen heb wybod dim.

Ac felly y byddai hi yn ei hadfeilion mwyach, yma lle y methai mudandod â gwrando ar fudandod arall.

Bythefnos wedyn i'r diwrnod hwnnw yr oedd gweddillion eu perthynas hwy ill dau yn ddrylliau yr un mor wasgaredig ar lawr y ward preifat hwnnw drachefn pan wthiodd y Nyrs ei phen drwy gil y drws, ond heb aros fawr.

'Does dim newid, Mistar Dafis,' ebychodd hi.

'Dyw hi ddim yn waeth?' holodd Alwyn.

'Run fath druan,' meddai'r Nyrs.

Teimlai Alwyn, drwy gamgymeriad, foment gota hyll amhosibl o lawenydd. Beth oedd yn bod ar ei synnwyr y funud yna? Teimlai'i fod bob amser yn sawl person yr un pryd, a hithau, Sioned, mor enbyd o unplyg. Roedd ef bob amser yn ddieithryn. Ai ei ffieiddio'i hun am ei fod hyd yn oed ar y munudau taeraf yn gallu caniatáu i'w feddwl grwydro? Fe'i dirmygai'i hun yn fewnol am y chwerthin ffug hwn oedd yn ei galon. Chwerthin am ben ei ddiymadferthedd ei hun yr oedd, ac am fod y fath beth â pheidio â newid.

Rhan-amser oedd ei dadolaeth ef: hithau, Sioned, roedd hi'n fam i gyd. Yn ei byd mewnol doedd dim rhannu mewn amser. Roedd hi'n llawn o'r un peth yr un pryd. Allai hi ddim deall ei gŵr. Ar chwâl yn reddfol yr oedd ef ar y foment. Pan godai'i lygaid yn awr oddi ar ei ferch, ymlwybrai'r Swyddfa a'r ffeiliau heibio iddo. Ond hi, y fam wedi'i threulio gan ofid, wedi'i malu gan iselder, chwiliai'n unswydd unplyg yn yr un lle am dywyllwch fel daeargi. Roedd ei hymennydd bob amser yn gwisgo du. Roedd ysbytai a gwyll a hi yn treiddio i'w gilydd yn reddfol.

'Ddim yn well chwaith?' holodd Sioned. Ac yna, roedd arni gywilydd tost iddi siarad. Beth oedd diben yr holl ddefnydd hwn ar eu cordiau lleisiol?

'Na,' meddai'r Nyrs, a diflannu o'r golwg. Closiodd y rhieni'n ôl yn ddiymdroi at ei gilydd ac at eu plentyn llonydd.

'Mae hi'n diodde,' meddai Sioned gyda sicrwydd anferth.

'Mae hi'n ymladd am ei hunaniaeth, dyna'r gwir.'

'Ac yn diodde.'

'Ti sy'n diodde.'

'Mae ei hing hi'n mynd ymlaen ac ymlaen. Am flynyddoedd.'

'Na. Ti sy'n cyfri'r peth yn fwy na hi,' murmurodd ef. 'Ti sy'n cerdded drwy'r tywyllwch . . . gyda hi. Dyna pam mae'n ymddangos mor hir.'

'Fi?'

'Ti sy wedi mynd allan i gwrdd â'r ing. Ti sy'n gwaedu. Aros yn unig y mae Del 'fan 'na yn ei hunfan. Yn disgwyl. Ti sy'n ceisio rhoi'i hunaniaeth yn ôl at ei gilydd.'

Fel yna neu bron fel yna yr oedden nhw'n siarad i ladd amser ac i ladd y distawrwydd ac efallai i ladd y gwneud-ei-orau'n-welw haul dros eu pennau a dywynnai mor ffiaidd ddihidans drwy'r ffenestr. Ac fel sen nhw am blagio'i gilydd a'u herlid eu hunain, fan yna roedden nhw'n sibrwd ugain y dwsin eu pryderon ac yn hel amheuon. Yn ddisymwth syflodd amrannau'r ferch fach.

Camgymeriad. Cysgod o'r tu allan oedd a hedai drosti. Cysgod y cyd-atgofion a fu ganddyn-nhw ill dau unwaith. Agorodd o dan ei haeliau wedyn affwys môr-lygadog gwyn. Do. Na ddo. Dychwelai. Fel y bydd atgof dihyder ambell dro yn ymwthio'n anobeithiol i'r golwg. Oedd. Ond doedd yna ddim gwir atgofion yn yr achos hwn. Yn ddisylw bron dyma gyhyrau wyneb Del yn nerfol anfwriadus yn agor ei hamrannau ychydig a gwyn ei llygaid yn syllu allan yn anghrediniol weddw i'r goleuni heb ddweud dim, heb ymglywed â dim.

Y fan yna o'r golwg yr oedd enwogrwydd llygaid Del. Malurion a gollasid dan y tywod, gweddillion y canrifoedd y chwythwyd y lluwch-feydd oddi arnyn-nhw am foment, wedi dod i'r golwg mewn syndod marw. Hi oedd y cwestiwn nad oedd dim ateb iddo. Fel yna roedd pob gwir gwestiwn yn y bôn.

'Edrych Alwyn,' meddai Sioned yn syfrdan fel pe bai hi'n ofni yngan dim rhag ofn i Del ddianc yn ôl.

Bwlch. Eu bwlch hwy ill dau.

'Mae hi wedi deffro,' sibrydodd Alwyn yn anghrediniol.

'Deffro? Dyw hi ddim ar goll?'

'Galwa-i'r nyrs.'

Gwasgodd Alwyn fotwm y gloch, ac yna aeth at ddrws y ward ond ddim ymhellach, i hiraethu'n ymarferol am y Nyrs, ond yn ofer.

'Hylô cariad,' meddai Sioned wrth ei merch. 'Wyt ti'n teimlo'n well?'

Doedd dim rhithyn o ymateb.

Roedd hi'n ddifrawddeg. Yn fud.

Heb enw. Heb gysylltair.

Doedd hi ddim fel se-hi'n gwybod eu bod nhw yno. Roedd Del wedi'i hadfer i'w phellter agos arferol. Roedd gwyn llygaid yn agored, ond yn agored farw. Blingwyd ei hiaith oll. Tywalltwyd y distawrwydd bylchog drosti. Aeth y gwahaniaeth rhwng pethau iddi'n yfflon. Roedd gwyn ei llygaid yn gaeedig agored.

'Wyt ti'n gallu 'nghlywed i?' holodd Sioned drachefn. 'Sut wyt ti erbyn hyn?' Aeth y fam allan wedi'i chyffroi i lusgo'r Nyrs i mewn. Teimlodd honno arddwrn Del, a symudodd amrant y ferch fach. Tywynnodd olau tenau clinigol i'r retina. Edrychai'r Nyrs ar y rhieni fel se-hi'n gofyn a ych chi eisiau i mi fynd i lawr ar fy mol ac udo.

'Mae'n gam ymlaen efallai,' meddai hi'n ddiduedd. 'Ond na: peidiwch â disgwyl gormod.'

'Mae hi wedi agor ei llygaid,' taerodd Alwyn.

'Ydi, llygada, cyhyra direolath, ond peidiwch â disgwyl ei bod hi'n gallu gweld dim.'

'Ydi hi'n ddall?' holodd Sioned. Yr oedd hi'n grac wrth ei gŵr am ei fod yn methu â chwalu. Arhosai mor gythreulig o ddisgybledig yn ei wae, fel pe bai'n gallu ei ddosbarthu a'i isddosbarthu rywsut, a'i neilltuo wedyn, er mwyn bwrw yn ei flaen â busnes syrffedus bywyd.

'Nac 'di, ond tydi hi ddim yn ymateb i ddim chwaith. Damwain gyhyrog oedd 'na. Nerfa coll. Dim byd mwy.'

'Mae ei llygaid hi'n agored o hyd,' meddai Alwyn yn drist obeithiol. Mor fynych ar ganol clebr Del, y Ddel fechan cyn hyn, y dymunasai iddi dewi am ychydig a gwrando. Yn awr, ysai am glywed un sillaf fechan o'r clychau yna a geid gynt gan y llygaid hyn.

'Ond tydi hi'n gweld neb.'

'Mae hi'n ein gweld ni efallai,' mynnodd Alwyn, 'ei rhieni?'

'Na. Dach chi ddim yma.'

Yn ddisymwth roedd dicter Alwyn yntau mor ffyrnig tuag at y Nyrs o glywed y sillaf honno – Neb! – fel yr ymosododd ei ddychymyg arni a'i dal yn ddiddig yn erbyn y wal. Cydiodd ei feddwl yng ngwddf y fenyw. Ac roedd ei ddwylo'n llosgi'r croen. O'r braidd y gallai'i reswm na'r hyn a oedd yn ddisgybledig ohono ei ddal yn ôl rhag rhwygo pen hon 'bant yn ei ddychymyg oddi wrth weddill ei chorff y foment honno. Sobrodd mor sydyn â chwys, a lleddfu ei ddiffyg dychymyg.

'Fel cysgodion?' meddai'n annaturiol o dawel ddisgybledig wrthi. 'Oes symudiadau yn bosibl ar y retina efallai?'

Roedd ei lygaid yntau druan yn taer chwilota am lygaid eraill.

'Tydi'r ddelwedd ddim yn cyrradd yr ymennydd. Mae hi wedi colli ymwybod â bodolath.'

'Yr ymennydd,' adleisiodd Sioned mewn cors o anobaith. 'Wedi colli'i ffordd.'

'A'i gorffennol. Y cysylltiada.'

Ond i Alwyn yr oedd anobaith pur yn amhosibl mwyach. Roedd Del wedi anfon math o neges bendant a ffôl atynt. 'Dw i ar y ffordd. Dw i'n dod yn ôl.' Un wennol oedd ar hyn o bryd. Ond fe ddôi'r Gwanwyn yn llond ei groen o adenydd rywdro, fe ddôi'r Haf.

'All yr un Meddyg,' ebychai'r Nyrs yn bwysig, 'byth wneud yn llawer gwell na'r traddodiad dysgedig sy ganddo-fo.'

Disgwyl, disgwyl o hyd. Ond 'ddôi dim mwy heddiw. Cawsant eu dogn priodol. Roedd hithau Del yn disgwyl hefyd, a'i pharabl wedi'i lethu am y tro yn y diffeithwch ar y llawr o'u blaen.

Arhosai yno ar lun egin ofnus yn disgwyl ynghudd i ryw storm eu dychrynu i'r golwg ryw fodfedd uwchben y pridd er mwyn eu blingo. Cydiai'r Gwanwyn yn hy mewn un planhigyn eiddil o'i heiddo wrth ei gwddwg a'i dynnu i ffynnu'n ffyrnig.

Am y tro, mud oedd hi, mud. Roedd hi'n fud.

O'i hamgylch hi am y tro roedd yr awyr glinigaidd gynnes hefyd yn disgwyl llithro'n fud i ryw wagle taglyd caled o'i deutu. Yr awyr hon a fu'n breswylfa am y tro i ysbrydoedd, a'i goleuadau yn drigfan i liw, roedd hi nawr yn hongian amdanyn nhw. Pe na chaed ond un sill synhwyrol, un cyswllt bach o lewyrch, byddai'r llusern yn treiddio hyd eu clustiau ill tri yn awr. A byddent hwythau'n driawd cyflawn drachefn. Priodas. Plentyn. Cartref.

Ond un sibrwd gwir a gafwyd yna. Fe'i cawsid eisoes.

'Un newydd da'n unig sy i fod heddiw.'

'Newydd diystyr.'

Gwyliasant eu merch mewn atgasedd cariadus. Daliai llygaid Del yn agored ychydig bach bach. Rhew-wyd hwy fel petaent yn farw fyw. Ac felly y buont ill tri am oriau. Craffai golygon gwrcath y rhieni ar lygaid gweigion y ferch fel gwylied tyllau llygoden. Craffent arni a'i gweld o'r newydd. Ynddyn nhw yr oedden nhw'n byw. Roedd hi fel pe bai sêr rhew wedi bod yng ngwydr y ffenest drwy'r Haf a'r Hydref, ond yr oedd angen oerfel eithaf y Gaeaf wedi dychwelyd i'w tynnu nhw i'r golwg yn awr er mwyn rhoi cyd-destun priodol iddyn nhw.

Crwydrai meddwl Alwyn yn euog gyson tua'r Swyddfa. Y ffŵl! Fan yna o hyd! Ymdrybaeddai mewn cywilydd.

'Dere *gartre*,' erfyniai ar ei wraig.

'Gartre?'

'Ie, i'n tŷ ni.'

'Nid *cartre*. Tŷ yw e. Mae'r moeth arall hwnnw'n fethdaliad clwc.'

'Ond tŷ ni yw e.'

'Cwpanau? Soseri? Pethau felly. Maen nhw'n ddileferydd i gyd yna. Ac yn foeth. Mae'r dyddiau 'na drosodd, Alwyn. Wyt ti eisiau inni fyw'n foethus?'

'Fyddai hi ddim yn iawn inni geisio byw 'fan hyn.'

Ond teimlai ef yn euog o'r newydd, fel pe bai'n colli trywydd difrifoldeb drachefn. Cenfigennai wrth ei wraig am ei bod yn medru bod mor syfrdan o unplyg yn ei galar.

'Wrth dynnu un fricsen yn y canol, Alwyn, fe ysgydwyd y wal i gyd, a llithro.'

'Ond dim ond . . . wal.'

'Ac ar ôl i un wal fynd . . . a syrthio arni . . .'

'Ei hadeiladu eto. Dyna 'wnawn ni.'

'Mi syrthiodd y to.'

'Y to?'

'Do. Ac ar ôl y to, y waliau eraill.'

'Ond ein tŷ ni yw e, Sioned. Gweddillion ein cartre ni yw e o hyd.'

'Heb waliau? Heb do? Ar y llawr i gyd? Does dim tŷ. Does neb yn canu. Ble mae'i llygaid hi? Ble gallen-nhw fynd i ganu?'

'Dere *gartre*.' Teimlai ef yn anesmwyth chwerw am y gair.

Pob gwendid yng nghorff ei merch, roedd y fam yn ei ddioddef. Ysigwyd hi gan fodolaeth y greadures fach. Os oedd yr un fechan mewn poen, yr oedd hithau'r fam yn gwingo o'i mewn, nid oherwydd perthyn nac o gyd-deimlo gorff yng nghorff, ond oherwydd euogrwydd gwaedlyd noeth. Allai hi ddim deall ei gŵr, yn sefyll ar wahân fel yna, mor anghysbell. Iddi hi dilladwyd hi o'i hysgwyddau i'w hystlysau yng nghyhyrau a gewynnau a chroen ei merch ei hun.

Ar y stryd roedd y bobl, yr aen-nhw heibio iddyn-nhw ar y ffordd adref, yn ddigon tebyg i'r post brenhinol. Post sbwriel oedd y rhan fwyaf. Roedden nhw yno fel pe na baen nhw yno; yn barod i'r bún. Roedd yn rhaid i rywrai wrth y cyfryw ohebiaeth, mae'n bosib, ond roedd digon ar eu gweill nhw ill dau heb chwilio am oferedd felly heddiw. Cyfarchion ffurfiol wedyn gan rai unigolion, fel cerdiau post wedi bod ar eu gwyliau. 'Hoffwn petaech chi yma. Ond ddim heddiw.' Yna, gwelent drwyn y warden drafnidiaeth ar lawr y stryd fel ffurflen treth incwm drwy'r twll llythyrau, eisiau cael arian nad oedd ef ddim wedi'i ennill a bod yn gas wrth rywun nad oedd ef ddim yn ei nabod. Yn nes at ganol y dref, derbyniasant geisiadau teg am bres gan gardotwyr cyfreithlon, megis llythyrau elusennau o wlad bell yn apelio ac yn cynhyrfu'u cydwybodau. Ar amseroedd eraill byddai ei wraig bron yn ddieithriad wedi ymateb yn gadarnhaol. Ond helai Alwyn esgusion gohirio fesul tunnell, megis yr un od gan gyn-olygydd cylchgrawn y di-waith yn pledio ar bobl i beidio â rhoi, rhag cynnal a chadw cardotwyr yn hwylus ar y stryd lle na ddylent fod. Yna, ar achlysur bron yn amhosibl, llythyr go iawn, llythyr normal, cyfaill o lythyr: 'dere i mewn i gael coffi, sgwrs go iawn, adnabyddiaeth, chwerthin.' Ond heddiw, ni chaed cyfaill o'r fath yn y post yn unman, ddim heddiw.

Cyraeddasant y breswylfa, ac aeth Alwyn ati i hwylio te, llenwi tegell â dŵr a'i switsio ymlaen, gosod cwpanau a soseri ar hambwrdd tra oedd ei wraig yn delwi yn ei chadair freichiau heb fod, i bob golwg, yn effro i ddim, ei golygon yn gwbl bŵl.

Teimlai'r ddau yn euog, wedi cefnu ar yr ysbyty a dod yn ôl i'r tŷ. Roedd y lle wedi'i dywyllu. Roedd hi mor ddistaw ym mhob man fel y gallen-nhw glywed meddyliau'i gilydd am eu priodas wedi'i thynnu i ben.

'Heddwch i'w llwch,' meddyliai'r tad yn ystrydeb chwerw i gyd.

'Pe bai hi wedi byw . . .' meddyliai'r fam, ac yna peidiai.

'Yn lle ein bradychu ni, wyt ti'n feddwl,' meddyliai yntau ymhellach . . . 'pe bai hi wedi dod adref. Ond doedd neb gartref, neb ond estroniaid lond pob ystafell, wedi meddiannu'n gwlad fach. Sut y gallwn ni'n dau byth ffitio i mewn?'

'Does dim byd nawr iddi hi ond bod ar goll 'ma ymhlith estroniaid. Mewnfudwyr.'

'Pam y digwyddodd hyn?' holai ef ei hunan. 'Dywed rywbeth. Ti, fi, pwy 'wnaeth hyn? Oedd 'na ddamwain eisoes wedi digwydd yn ymennydd Bod Mawr ymlaen llaw? A oedd hyn hefyd yn rhan o feddwl rhywun? On'd oedd yna feddwl creulon wedi bod eisoes yn gyrru ymlaen rhwng y tai yn ddi-hid, yn chwifio rhwng y cloddiau, yn chwyrlïo ar draws y corneli, ac yna, clec? Drosti hi? Croten fechan ddibwys wedi rhedeg allan o gysgod gobaith, allan o gornel dyfodol efallai. A chlec. On'd oedd hyn wedi digwydd eisoes yn ymennydd rhyw Un, rhyw ddau dierth yn gyntaf oll, neu yn ei meddwl hi efallai, nes bod y deunydd llwyd wedi ffrwydro a chwythu'n llwyd wlyb ar led chwarel y ffenest?' Yn y meddwl, heb ddigwydd erioed.

'Na,' meddai Sioned fel pe bai wedi clywed y cwbl roedd e'n ei feddwl.

'Ydyn ni i fod 'te i synied amdani wedi'i gorffen yn barod?'

'Na.'

'Ei heinioes dwi'n feddwl.'

'NA.' Ond dweud Na yr oedd Sioned wrth ei thipyn priodas.

'Ydi hi wedi lluchio ei dillad *ballet* pili-pala i ffwrdd ac yna'n lluchio'r llances ifanc ar eu hôl a fuasai'n dod at yr allor maes o law?'

'NA!'

'A'n lluchio ni'n dau wedyn. Lluchio cynhaeaf coll y fam cyn hel i'w hysguboriau breblan swigod y baban fu ganddi hi ynghynt? Lluchio'r cwbl, Sioned. Dy luchio di a fi. Claddu oes gyfan o aeddfedu araf? Ydi'r cwbl yn mynd? Wedi mynd? A gollith hi gadair gornel y fam-gu maes o law? A fydd hi'n methu â rhoi moethau i'r wyrion gan gladdu broc ei chofion trwm o flaen stormydd llwyd? Dywed rywbeth. Rhywbeth. Nawr.'

Ni ddywedent ddim.

Ond yn ddisymwth, dyma'r fam yn ystwyrian yng ngwaelod ei môr.

'Glywaist ti?' gofynnodd hi gan ogwyddo'i chlust.

'Beth?'

'Dwyt ti ddim yn credu mewn bwganod?'

'Nac ydw. Pam?

'Gwranda.'

'Does dim bwgan yn y tŷ 'ma.'

'Oes. Clyw . . . Glywaist ti? Do?'

Ond doedd e'n clywed dim, wrth gwrs.

'Glywaist ti?' holodd hi eto.

'Dim.'

'Dere.'

'Dim, Sioned! Dim!'

'Awn ni lan gyda'n gilydd 'to. Ti'n gyntaf.'

'Ond does dim. Mae hyn yn wirion.'

'Dere gyda fi. Alla i byth fynd fy hun.'

Brysiodd ef gyda hi i'r llofft ac i ystafell Del.

'Does neb 'ma,' meddai fe.

Roedd y dolïau'n rhes filwrol yn erbyn y wal fel petaent yn disgwyl rhywun i daflu peli atynt ac ennill coconýt, a'r arth yn gyfforddus, a'r gwely'n erfyn ei berchennog. Roedd y ffigurau bach hyn yn cilchwerthin oll am ben y ddau, ond ddim yn uchel iawn.

'Llond y lle o ddim byd,' meddai Alwyn. 'Tawelwch.' Ac yn chwerw, 'Rhaid imi gyfaddef na fu gen i erioed ddim i'w ddweud wrth y dyfodol, meddai'r unfed ganrif ar hugain bêr. Yr etifeddiaeth rydd, oddefgar, dyna'r cwbl.'

Bwlch.

'Ie,' meddai Sioned yn ddigalon. 'Mae'n ddrwg 'da fi. Does dim . . . Llond y lle o'i heisiau hi yn y gwely, dyna'r cwbl.'

'Rown i'n meddwl am funud . . .'

'Dim ôl o'i dwylo hi ar y teganau. Dim. Adwy sŵn. Bwlch llwyd a llac yn yr awyr.'

Galar plwm oedd yr ystafell. Roedd yn llawn o bresenoldeb ei habsenoldeb, ac o'u habsenoldeb hwy. Doedd dim byd ond ei gwacter yno. Gweai'i hatgofion drwy'i gilydd fel nadredd gwallgof. Agorasai'r fam y drws yn ddi-sŵn, ond ofnai ei gau ar ei hôl rhag na byddai'n gallu byth ei agor eto. Doedd dim modd edrych allan drwy'r ffenestri gwallgof. Ni allai ollwng yr ystafell yn rhydd. Teimlai – yn gwbl groes i bob synnwyr cyffredin – ei bod yn pistyllu lawio yno. Llifai'r dafnau dros ei thalcen a'i gwallt, llifent yn nentydd i lawr ar hyd y waliau, diferent yn chwerthin-llyd o'r nenfwd. Edrychai'r ffenestri i mewn tua'r drychau gwag i gael gweld faint yr oedden nhw'n wylo.

Roedden nhw i gyd yno. Swsi Sws yn wincio at bawb a basiai'r drws. Gogi Gog, y goli gwyn o Wynedd. Ac yn drydydd, Hyll y Dryll yn creu tyllau yn y nenfwd. A chlebran ar draws ei gilydd a wnâi'r tri bob un fel breuddwydion diog. 'Dwi wedi gwneud *byd.*' meddai Gogi. '*Byd!* Ble gest ti'r caniatâd cynllunio?' holai Hyll. 'Gan Gai Fab Caeach, Arglwydd y caeau glas.' 'Ond, ydi e'n *fyw*, yn fyd byw i bobl eraill?' 'Mae'n bur agos.' 'Oes trenau rheolaidd yn mynd yna?' 'Byth! Diolch i'r drefn. Meddylia, petai dynion yn gallu'i gyrraedd-e, rwyt ti'n gwybod beth wnelen nhw.' 'Gwni,' meddai Swsi Sws, 'dyna air od. Gwni.' Mae hyn i gyd yn wallgof, meddyliai'r ddau.

Bwlch. Eto.

'Mae hi fel eglwys yma,' meddai'r tad heb anadlu.

'Ydi, ar ddiwrnod cynhebrwng. Ein cynhebrwng ni'n dau.'

'Awn ni'n ôl.'

'Na, cer di.'

'Ond . . .'

'Cer: fe ddeua-i ar d'ôl di.'

Disgynnodd ef o'r llofft. Ond prin iddo gyrraedd gwaelod y grisiau cyn iddo glywed taro a thorri gwyllt, gweiddi a bwrw. Clywai nadu dirdynnol: 'Del! Del!' Rhuglai'r waedd ar goll o gwmpas y nenfwd. 'Fy Nel!' Ac yna, sgrech ddiystyr hir heb fynd i unman. 'De-e-e-l!' Gwyddai ef na allai hyn fod yn fod dynol. Rhuthrodd i fyny'n ôl. Safodd yn syfrdan wrth y drws gorffwyll.

Roedd y dolïau i gyd yn yfflon ar y llawr, yr arth wedi'i rhwygo, a'r llieiniau'n bendramwnwgl. Roedd gwylltineb lorri o'r gofod wedi trybaeddu drwy'r lle. Anadlai Sioned yn gochlwyd ar ôl y ddamwain uwchben Swsi Sws, ond roedd ei llygaid tân yn llawn ofn oherwydd yr hyn a wnaethai. Eisteddasai hi ar y llawr. Fe'i casglasai'i hun at ei gilydd – ei hysgwyddau crwn, y llygaid gwlyb dwfn lle y boddwyd ei dyfodol, – ei dyrnau, angen plwm ei chalon, cymaint o draed ag a oedd ar ôl ganddi – bob aelod ohoni'n gynulleidfa wyllt, a phob cymal yn frawddeg anorffen. Rhuthrodd

Alwyn ati a rhoi ei ddwylo yn dynn yn ei dwylo hi. Arweiniodd ef hi i eistedd ar y gwely. Derbyniodd hi ei harwain yn ddigwestiwn. A chan bwyll ymdawelai hi drachefn. Ymdawelai gan gloi'i llygaid poenus.

'Dwi wedi 'nhagu gan eithafion,' meddai hi wedi colli'i hanadl ac yn goch goch ei hwyneb. 'Rôn i'n naw oed pan ymwelais i a galar â'n gilydd am y tro cynta. Rhyw bicio 'mewn am bum munud . . . pan fuodd 'nhad farw. Ond preswylfa oes gododd galar ar 'y ngwastadedd i bellach.'

'Roedd dolur dwfn y tu fewn iti,' sibrydodd Alwyn yn dirion, 'iti wneud hyn.'

Agorodd Sioned ei llygaid. ''Y nghariad i,' meddai ef wrthi yn dyner anwesol. Edrychai ef o'r naill ddoli i'r llall. Roedd ei wraig bron yn anymwybodol. ''Y nghariad hyfryd.' O'r diwedd, torrodd hi'i distawrwydd: 'Neb. Does neb wedi gwneud hyn. Does neb yn euog. Doedd neb yma . . .' A beth bynnag, doedd yr un o'r dolïau yn barod i ddadlau. Dim ond gwenu'n ôl, yn ddiderfyn. Doedd dim tor yn yr ymennydd. Pan geisiai hi eu codi nhw, doedden nhw ddim yn dwym. 'Mi allwn i'u goddef nhw'n gwenu i gyd faint fynnen nhw sen nhw'n dwym.'

Cylchodd Alwyn am ei hysgwyddau hi â'i fraich, a'i pherswadio gan bwyll i ddirwyn ei ffordd i lawr gydag ef i gael paned. Nid dyma oedd y lle, gyda phethau meirwon, i Sioned nac i neb aros i chwilio am gymdeithas. Nid atebodd hi. Ond derbyniodd ei harwain i lawr drachefn i'r lolfa. Yna fe'i boddodd ei hun yn y gadair tra oedd Alwyn yn gorffen hwylio'r te.

*   *   *

Ei merch a lanwai holl fryd Sioned am byth. Doedd honno ddim wedi gwybod pryd roedd hardd yn gallu mynd yn rhy hardd. Fe'i teimlai'r fam ei hun yn hyll: 'Does dim defnydd Cristion yno-i,' murmurai gyda phendantrwydd hen-hen-fam-gu. 'Dwi'n ddim.' A chilwenodd yn chwerw. Oherwydd i'r traddodiad benywaidd wneud merched yn ostyngedig, teimlodd hithau fel pe bai'n dechrau brolio am y peth.

Ymledu fel llyn tawel ar hyd y carped 'wnâi'i thristwch. Byddai dwfn ofid yn cydio yn y rhagafonydd mân hyn o'i deutu tan lepian i'r canol. Disgynnent yno'n drwm gan oferu'n ddiymatal. Ond yn benderfynol araf yr ymgysylltai'i hatgofion â'i gilydd. Casglent eu nerth ac ymchwyddo i lawr i geisio croesi'r brif afon nes blonegu dros y tir o'i hamgylch i chwyddo'r llyn. Ymledai hwnnw ar draws y dyffryn. Y cae rasio ar y tir isel. Y rheilffordd. Gwlybaniaeth sgleiniog oedd yn golchi dros bopeth, gwlybaniaeth farus, oer. Seleri'r swyddfeydd trafnidiaeth. Ofer oedd ceisio ymgysuro drwy nôl sachau tywod. Suddai'r llysnafedd ysgafn rhwng ei chraciau oll, ac ymledai dros y carpedi a'r celfi gyda'r carthion bellach lond yr hylif afiach ffrwythlon. Roedd y gwasanaethau brys i gyd yno wrth gwrs – a diolch amdanynt. Ond codi pais a wnaent yn eu trueni: seithug ac ymylog oedd eu cynhorthwy hwy. Allen nhw wneud dim oll i atal prif wth masweddus ei galar plwm.

'F'anwylyd i,' meddai ef gan geisio'i chysuro. Roedd siarad â hi fel sefe'n cysuro carreg-gofgolofn i ryfel. Ond cynhesai ati.

'Dw i wedi methu yn y prawf cyntaf.'

'Nid arwres wyt ti i fod.'

'Ond 'y ngweithredoedd i: tom oedd y cwbl.'

'Nid ein gweithredoedd ni o gwbl, does dim o'r rheina byth yn ddigon.'

'Dw i'n deall dim siarad fel 'ny,' addefai hi.

'Elli di ddim ennill tragwyddoldeb.'

'Allwn i ddim ennill dim oll. Dim oll Alwyn.'

'Yn gwmws.'

'Yr unig beth gallwn i'i wneud yw syrthio. Fan hyn. Syrthio yn yr union le rown i fod i sefyll mor stond. Ein priodas ni, Alwyn. Ti a fi. Syrthio.'

'I'r gwaelod. Oes 'na waelod te?' Syrthiai yntau ychydig gyda hi.

'Pa werth yw peth felly wedyn, Alwyn? Dim corcyn. Wyt ti'n coelio mai ar ei ddelw Ef y lluniwyd peth fel fi?'

'Dwyt ti ddim fel y byddi di . . . Derbyn y peth, Sioned, derbyn . . .'

'Alwyn, Alwyn, rwyt ti'n rhy iach.' A theimlai ef yn euog am nad oedd e'n teimlo'n ddigon euog.

*   *   *

Weithiau, beth bynnag a ddywed y byd, y mae'r heddlu'n cael peth llwyddiant. Hyd yn oed mewn modd gonest. Ar ôl yr ymosodiad ar Del, buont yn chwilio am wybodaeth gan lawer o drigolion y gymdogaeth, o dŷ i dŷ, o siop i siop. Yn raddol, ar sail tystiolaeth weddol fanwl gan saith o dystion gwahanol – un ohonynt yn neilltuol wedi bod yn llygad-dyst o'r troseddwr ei hun yn rhedeg nerth ei sodlau o safle'r drosedd – yr oedd ganddynt ddisgrifiad gweddol fanwl o'r sawl yr oeddent am ei restio. Roedden nhw wedi gwneud ffuglun. Gŵr du tua hanner cant a saith oed, chwe throedfedd o daldra, yn gwisgo tei-bo, a chrys melyn. A jîns. Roedd pob treisiwr yn y byd yn gwisgo jîns. Ni bu'r heddlu fawr o dro chwaith cyn casglu nifer o enwau posibl, dynion a allai ffitio'r disgrifiad hwn i'r botwm. Gwnaethant bortread seicolegol ohono. Roedd hynny'n dipyn o hwyl. Yr oeddent wedi gosod swyddogion i wylied yn barhaol ddau dŷ yn yr ardal. O gam i gam yr oedd y gwirionedd yn ymblethu o'u blaen yn fanwl.

Yn y cyfamser yr oedd y gwir droseddwr ei hun, ac yntau'n sgitsoffrenig ac yn wyn ac yn ddeg ar hugain oed, wedi bod yn diota'n feunyddiol ac yn drwm. Y diwrnod arbennig yma, heblaw gwirodydd, yr oedd wedi yfed chwe pheint o gwrw. Ac yr oedd ei ymennydd yn corddi'n gad-gamlan. Roedd ei gyfarfyddiad â Del, a'r posibilrwydd y gallai fod wedi'i lladd hi, yn aros yn hunllef iddo yn barhaus. Baglodd i orsaf yr heddlu yn awr. Pwysodd dros y cownter. Syllodd yn wydrog ar y gŵr y tu ôl ac arllwys ei gwd o'i flaen. Fe, ie fe oedd yr un roedden nhw wedi bod yn chwilio amdano. Gwenent yn glên arno. Bellach roedd ef wedi dod ato'i hun. Fe oedd wedi hanner lladd Del. Gwenent o hyd. Roedd y dyn wedi meddwi. Ac yn amlwg heb fod yn llawn llathen. Ond byddai Del yn gallu'i gofio a thystio amdano, meddai fe. Ble'r oedd ef ar y dyddiad a'r dyddiad am yr amser a'r amser? Wel, gartre, nage yn y dafarn, fan hyn, na gyda Del.

'Rwyt ti wedi bod yn darllen gormod o bapurau, ddyn.'

Fe oedd ar fai, ac roedd e'n barod i gymryd ei gosb. Gwyrodd. Syrth-iodd ar draws y cownter yn glep. Torrodd wynt. Galwodd y plismon am gymorth cydweithiwr. Gyda'i gilydd llusgasant y meddwyn i gell gyfagos, cell a welsai lawer pererin llesg o'r fath o'r blaen, nes iddo ymsynhwyro yn y bore bach.

'Rwyt ti wedi cael llond dy gylla, y ffŵl gwirion.'

Ond doedd y fath stori hurt, – mor annhebygol, mor bell oddi wrth y dystiolaeth grai brofedig, – ddim yn beth dieithr mewn swyddfa heddlu. A doedd meddwdod henffasiwn llond-ffansi chwaith, ysywaeth, ddim yn ffenomen gyfan-gwbl newydd yn y parthau poblog hyn.

*   *   *

Edrychai Alwyn allan drwy farrau'i ffenest. Roedd yr haul yn afresymol o hardd. Teimlai mai trueni fysai mynd allan y bore hwnnw, a sbwylio'r fath dywydd braf. 'Cyfod yn y bore gyda'r gwlith. Yna, os cei di dy glwyfo, bydd neb yn sylwi.' Wrth ei ystlys, gorweddai'i wraig. Fel hyn y byddai hi mwyach. Roedd yna ddyfodol iddynt ill dau, dyfodol na ddeuai byth, yn gysgod concrit cysáct rhwng clustiau. Dyfodol gorffenedig. Ymhen ychydig, fe ddeffroai hi, a'r fan yna roedd corff ei gŵr a chorff eu priodas. Yr ochr arall eisteddai blwyddyn dduach nag y gallai neb normal byth ei dychmygu. A chanlynai honno hi, pe codai, i'r gegin, i'r toiled, i'r ardd. Rholiai'r amser crwn cras hwnnw yn belen dawel drosti, fel pelen wedi'i chicio'n jocôs i'r gwter.

'Paid â chodi ma's y bore 'ma, Sioned.'

Roedd Sioned wedi ymorol bron, ond yr oedd hi mor wan â llin yn mygu fel o'r braidd y gallai hi ymryddhau o'i gwely'n gyntaf nac o'i chadair wedyn. Hongiai ei breichiau'n llesg wrth ei hochr. Roedd ei phen yn llipa flêr yn pwyso ymlaen.

'Na, bydda-i'n barod chwap. Aros: mewn amrantiad.'

Ond hawdd y gallai Alwyn ganfod nad oedd ganddi ronyn o egni heddiw. Heb gymorth go gryf ni allai hi byth syflyd o'r fan. Roedd y cwbl wedi bod yn ormod.

'All y briodas 'ma ddim mynd yn ei blaen. Does dim dyfodol i ni.'

'Rwyt ti wedi ymlâdd,' meddai ef. 'Aros. Gorffwysa di. Fydda-i'n ôl chwap. Does dim lles i tithau fynd yn sâl, cofia. Y Meddyg sy'n galw i'w gweld hi y bore 'ma. Dyna'r cwbl. Ffurfioldeb. Aros di. Does dim eisiau iti ymorol.'

'Y Meddyg! Rheswm arall pam mae'n rhaid i mi ddod te.' Ond o'r braidd ei bod yn gallu gweld dim drwy'i llygaid plwm.

'Fydd ganddo fe ddim yw dim.'

'Dw i'n wir faban, Alwyn.'

'Wyt Sioned, wrth gwrs gariad, a finnau gyda thi.'

'Dw i ddim hyd yn oed wedi dechrau aeddfedu.'

'O! Wyt, ryw ychydig, ond ddim ond un cam ar y tro.'

'Ble? Does gen i ddim syniad am ei hyd.'

'Na'i led. Na finnau chwaith.'

'Na'r uchder.' Siarad yr oedd hi heb ei deall ei hun.

'Bydd hi'n siwrnai yfflon o droellog,' meddai Alwyn. 'A lorïau gwyllt ar hyd-ddi, a waliau uchel bob ochr.'

'All y briodas 'ma ddim mynd yn ei blaen.'

Ond bodlonodd hi y bore yma fod yn rhaid cael gorffwysfeydd ambell waith ar y daith, heb rwgnach rhagor am gyngor Alwyn. Aeth hi'n ôl i'w gwely yn ei chywilydd. Rholiai'i chorff yn belen tra cyrchai Alwyn ar ei ben ei hun i'r ysbyty. Bore Sadwrn oedd hi, ac roedd e'n rhydd o'i waith. Doedd dim eisiau meddwl am y Swyddfa. Gallai anghofio'r staff a'r strès.

Yn y dref, caed dau rythm i'r flwyddyn. Yn y gaeaf roedd staff y Brifysgol gerllaw yn cerdded, bennau i lawr, wynebau'n wag, a'u traed yn eu twyllo'u hunain fod ganddyn nhw bwrpas rywle pe baen nhw'n gallu dod o hyd i ddigon o gymorth gweinyddol i'w rhyddhau ychydig. A chyda hwy caed loetran endemig y myfyrwyr: roedd y rheini'n gwybod yn burion, megis ymwelwyr synfyfyriol yr haf, mai ymdroi oedd diben bywyd yn y lle bach hwn – i astudio'r awyr a darllen y môr ac efrydu ychydig bach ar ei gilydd, heb bwrpas arall o fath yn y byd, ond bod yn ddynol. Dyna'r gaeaf. Ac yna'r haf, y pryd hynny ni chaed yn agored, – ond yn gudd hefyd fel cysgod sinistr drwy gydol y flwyddyn – namyn rhythm hurt yr ymwelwyr.

Ymlwybrai Alwyn i'r ysbyty drwy law mân newydd-eni o rywle. Disgynnai hwnnw ar ei dalcen fel plu. 'Ac roeddwn innau wedi synied mai'r unig bwrpas i law oedd ein boddi ni. Nid ein treulio.' Cyrhaeddodd y nod ym mhen yr hewl. Yr oedd Meddyg ymgynghorol dieithr ar ymweliad arbennig â'r ysbyty y diwrnod hwnnw am ryw reswm od.

'Dim newid, Nyrs?' gofynnodd Alwyn pan gyrhaeddodd y ward.

'Nac oes. Ond roedd gan y Doctor un awgrym neithiwr. Synied roedd o sach chi'n gallu dwad â rhywbeth cyfarwydd i'w hysgogi hi, rhyw hoff degan 'fydda'n gallu cyffroi rhyw 'matab, rhyw ymosodiad bach ar yr ango, cymall rhyw ddiddordab hwyrach . . . Unrhyw beth y tybiwch ei fod o'n bwysig iddi. Rhywbath ichi'i wneud . . .'

'Dŷn ni ddim yn gyfoethog. Ond rŷn ni'n barod i wario.'

'Does dim rhaid iddo fod yn ddrud 'lly. Gwell peidio â chael dim newydd – rhywbath gartra sy'n bwysig – rhywbath a fu'n gyfarwydd iddi.'

Pan gyrhaeddodd yr Ymgynghorydd dieithr, bu'n rhaid i Alwyn ymneilltuo o'r ystafell am ryw ychydig. Galwyd ef yn ôl ymhen tipyn. Ond daliai'r Ymgynghorydd i glebran â'r Brif Nyrs wrth droed y gwely. Aeth Alwyn i eistedd ar bwys Del. A'r funud yna, am y tro cyntaf drwy gydol y salwch, dyma sŵn yn echblygu o enau Del. Sŵn ysgafn, ysgafn, o'r oes neolithig. Sŵn myngus, bloesg. Mor annelwig fel na chlywai na'r Brif Nyrs na'r Ymgynghorydd mohono. Atgof o sŵn ydoedd yng nghanol corwyntoedd o lwch cyntefig. Twyll. Ond i Alwyn yr oedd yn ddigon pendant, hyd yn oed yn eglur. Yn wir gallai dyngu iddi yngan 'Dad.' Po fwyaf y meddyliai amdani, sicraf yn y byd oedd ef. Trodd yn wyllt at y ddau wrth droed y gwely.

'Glywsoch chi?' gofynnodd ef.

'Beth?' gofynnodd yr Ymgynghorydd yn fwyn.

'Siaradodd hi.'

'Beth?' meddai'r Brif Nyrs yn syfrdan. 'Beth ddwedodd hi?'

'Dad.'

'Dyna i gyd?' meddai'r Ymgynghorydd yn fwynach byth.

'I gyd!' ebychodd Alwyn yn syn.

'Ond, oedd y gair yn glir 'lly?' holodd y Brif Nyrs yn llai syfrdan.

'Nac oedd . . . Dŷd efallai.' Trodd Alwyn yn ôl at ei ferch mewn anghysur. 'Dw i yma, Del. Fi, Dŷd.' Darostyngeg bur oedd ei unig famiaith ar y fath achlysur, ac fe'i llefarai'n rhugl.

Edrychent ill tri arni, Alwyn yn wyn befriog o obeithiol, a'r ddau arall yn llwyd o sgeptig. Di-ddweud a di-liw hollol oedd y peth bach ei hunan, y plentyn, y diferyn o oedolyn rhyngddynt. Y peth mwyaf cyffredin ar wyneb daear: bywyd llwch. Mudandod.

'Ydych chi'n siŵr ei bod hi wedi ynganu gair go iawn?' gofynnodd yr Ymgynghorydd. Ond nid atebai Alwyn mwyach. 'Ellwch chi fod gant y cant yn siŵr?'

'Chlywsoch chi moni?' holodd Alwyn yn anesmwyth.

'Naddo,' meddai'r Brif Nyrs. '*Isio*'i chlywed hi roeddach chi. Eich hiraeth chi oedd yn ei chlywed 'lly.'

Arosasant ymhellach am ychydig o funudau, y ddau swyddogol o staff yr ysbyty. Eithr nid oedd yr un smig yn dod o gyfeiriad y claf. Cyn bo hir llithrasant ill dau allan fel awelon anwybodus. Allan i'r coridór. Gadawsant Alwyn yn llygadrythu ar y bwndel llonydd gan fynd yn ôl yn ei gof dros y posibiliadau yna o sŵn yr oedd wedi'u clywed mor bendant. A 'Dŷd' oedd y gair, roedd ef gant y cant yn sicr o hynny. Mwy neu lai.

Bwlch.

'Does dim ots, Del. Does dim eisiau dweud mwy heddiw. Dw i yma gyda thi. Fi, Dŷd . . . A beth ŷn nhw, y bobl ddierth, yr amheuwyr hyn? Cyfog, Del, cyfog.'

Dieithryn yn sicr oedd y Nyrs; dieithryn hefyd yr Ymgynghorydd. A'r pryd hynny, roedd y gŵr ifanc dieithr hwnnw, yr un a'i treisiai hi, yntau hefyd yn corddi'n ddieithr mewn man arall heb fod yn bell ond yn yr un gofid anneallus. Roedd atgofion wedi llamu arno yntau hefyd, a'i larpio. Er ei ddieithrwch, yr oedd yn awyddus i gael cipolwg o'r newydd heddiw ar Ddel. Y diniweidrwydd gwelw, y llygaid gloyw gwelw, y perffeithrwydd babanaidd. Ond ofnai y byddid yn amau'i gymhellion. Byddai rhywun yn siŵr o synied ei fod am ymosod arni eto.

Beth bynnag, cyrhaeddodd yr ysbyty. Ymbalfalai ar hyd y coridorau gan sbecian i lygaid yr is-wardiau. Y naill ochr a'r llall. Arweiniai'r is-wardiau hynny allan o'r prif lwybr fel math o gyfeiliornadau mewn drysfa. Drosto yno, o'i ben i'w draed, diferai euogrwydd sgitsoffrenig. Gwelwyd y dyn hwn, a gerddai'n od ac a lygadai bob man, gan Nyrs. Dyma hi'n mynd ato: 'Ga-i'ch helpu chi?' Ar y gair, arswydodd trem y gŵr. Roedd hon yn ei wahodd ef. Doedd e ddim yn gallu byw fel hyn o gwbl, dim ond teimlo. Trodd ar ei sawdl, a rhedeg nerth ei lygaid. 'Dwi wedi gwneud rhywbeth ofnadwy,' meddai wrth ei galon. Rhedodd fel pe bai drwy wal frics. Pystylai'i galon fel trafnidiaeth naw y bore. Tywalltodd y teiars drosto. Gwthiai, gwthiai. Roedd ei holl gelain ef yn difaru.

Yn ddiweddar, yn yr ysbyty gosodasid cyfundrefn larwm newydd a dyfeisiau diogelwch drudfawr yn arbennig o gwmpas ward y plant. Dim ond unwaith o'r blaen y'i defnyddiasid. Dyma'r Nyrs yn gwasgu'r botwm priodol gerllaw mewn penbleth. Un o effeithiau hyn oedd cloi drysau gwydr porth y fynedfa yn y pen draw. Gollyngwyd hefyd sŵn isel larwm ar hyd pob coridór. Pan gyrhaeddodd y gŵr y porth yr oedd y fynedfa wedi'i chloi arno. Allai fe ddim mynd ffordd yna. Y ffordd acw? Na. Cydiodd ef ar amrantiad mewn cadair ar bwys, a'i lluchio'n llachar drwy'r ffenest. Roedd fel se chwalu honno'n gyrbibion yn ffordd naturiol o ymadael â'r ysbyty. Dihangodd drwy'r twll gan doddi'n hallt yn y glaw a'r sŵn a'r palmentydd.

Digwyddodd y cwbl hwn ar blaned arall. Ar blaned arall yr ymadawodd Alwyn ag erchwyn gwely'r ferch heb ddeall dim am y gŵr ifanc a'i giamocs. Ar blaned arall hefyd roedd Del ar ei ôl yn teyrnasu mewn gŵn gwyn pell yn y gwely oer.

Ni wyddai'r rhan fwyaf o'r ysbyty odid ddim am hyn, heblaw sŵn y larwm.

Wedi iddo ymadael â'r ward, daeth y daith adref yn gynhyrfiad newydd i Alwyn. Sylweddolodd fod ganddo, gartref, un person a fyddai'n dymuno credu pob tystiolaeth o'i eiddo. Credai honno fwy nag a ddwedai ef byth. Ni allai aros heb ddweud wrthi am y datblygiad mawr newydd. Y darganfyddiad. Y sŵn gan ferch. Y wyrth fendigaid. Gwaeddodd bron cyn agor drws y tŷ: 'Sioned! Dwi i wedi'i chlywed hi!' Doedd hi ddim yno. 'Sioned,' gwaeddai ef, gan ruthro i'r llofft i ystafell wely'i ferch.' Doedd hi ddim yno chwaith.

Roedd ef wedi ofni hyn. Ym mhwll ei galon roedd ef wedi ofni y basai hi'n ffoi. Ffoi rhagddo ef pe gallai. Ond beth bynnag, ffoi.

Disgyrchodd ef i'r ardd. Fforiai'r sied. Fforiai'r llwyni tew yng ngwaelod deheuol yr ardd. Doedd hi ddim yno. 'Sioned! Sioned!'

Roedd hi wedi peidio â bod ym mhob man. Hi, ei wraig, ei unig wraig. Hi. A'u priodas. Gobeithio nad oedd hi ddim . . . na . . . bysai hi byth . . . ble roedd hi? . . . gwyddai ef rywfodd y byddai hi'n ceisio . . . na . . . rhedai ef yn ôl ac ymlaen drwy'r un ystafelloedd drachefn rhag bod yna un cwpwrdd . . . un cliw . . . un marc . . . A oedd hi wedi ymadael ag ef?

Un peth doedd ef ddim yn mynd i'w wneud oedd peidio, aros, doedd ef ddim yn mynd i ddisgwyl dim . . . Allai fe ddim aros – heb fynnu cyrchu i'r eithaf, heb ofni'r gwaethaf, heb ymdrechu ac ymdrechu yn ddiohiriad, ar unwaith, i droi pob carreg, i ddefnyddio pob dull a modd, i'w hatal hi o leiaf rhag bod yn wirion wallgof o ffôl. Ble roedd hi? Trodd yn ddiymdroi at yr heddlu. Doedd swyddfa'r heddlu ddim yn bell o'r tŷ. Rhedeg yno 'wnaeth ef, dyna'r peth naturiol. Tywalltai ei ofidiau a'i ofnau yn ddiatalnod gerbron y swyddog ar ddyletswydd wrth y ddesg. Casglai hwnnw – honno – drwy'r niwl bob manylyn perthnasol ac amherthnasol. Ond allai Alwyn ddim mynd adref wedyn hyd yn oed. Ble gallai hi fod? Doedd yr heddlu ddim yn ddigon. Doedden nhw ddim yn ddigon ofnus na phryderus na gorffwyll. Roedd eisiau bod yn orffwyll. Ble roedd hi? Ble âi hi ar achlysur fel hyn? Trôi i barc gerllaw a chribo pob llwyn a lle â'i lygaid.

Bu ef wrthi am oriau. Daeth hi'n nos. Ond âi ef yn ei flaen beth bynnag. Ai yn dywyllach dywyllach. Dechreuai hi lawio. Ond ni roddai ef y gorau iddi. Penderfynai mai casglu mintai o gyfeillion fyddai ddoethaf, galw ar y lluoedd o gydnabod i'w helpu, ffonio hwn a'r llall, hel cynorthwywyr, gwneud rhywbeth. Ble gallai hi fod: roedd hi'n glawio ar ei stumog, ar ei benliniau.

Ymlwybrodd adref i weithredu'i gynllun, cydiodd yn y ffôn, ble oedd hi, beth oedd hi'n ceisio'i wneud?

Galwai o gylch y tŷ, yn ofer, uwch uwch. Galwai o'i galon. Galwai â'i berfeddion. Gwaeddai a gwaeddai fel baban yn y nos.

'Sioned! Sioned!'

Doedd dim ateb. Doedd dim yn disgwyl dim. Efallai mai dyna oedd o'i flaen yn awr. Byd heb ateb. Bywyd heb Sioned. Anadlu heb na Sioned na Del. Gweiddi a gweiddi'n ofer am weddill ei oes. Gwacter i gyd. Gorwelion seithug. Gweiddi. Dim ond absenoldeb ffôl a ffiaidd a ffals. Sioned, 'nghariad i.

Ymlwybrai eto i'r llofft ac wrth erchwyn gwely'i ferch suddai yn glwtyn brwnt, musgrell, araf ar ei liniau i weddïo. Fy merch! F'unig ferch! A'm hunig wraig! Claddai ei ben plwm yn y matras mud.

Ac yna, yn ddisyfyd efallai, fel utgorn pell ar fynydd pell, fel anifail yn gwingo bron yn anhyglyw ar waelod pydew, dyma sibrydiad egwan o ochenaid anobeithiol, y peth lleiaf, wedi gwichian, ychydig oddi tan y gwely. Yn ddi-sŵn bron. Fel gast fechan wedi'i chicio a'i cham-drin. Crynodd ef, a rhewi. Hi? Ei wraig? Ai hyhi oedd yno?

Roedd hi wedi cripian dan y gwely. Roedd hi yno.

Gorweddai hi yno ar ei hyd a'i hwyneb i lawr yn y carped, roedd ei wraig yno. Dyna lle roedd hi ar ei hyd druan wedi dianc. Dyna lle y mynasai ymguddio rhagddi'i hun, yn ofer, yn seithug, yn wag. Heb ei gŵr. Heb ei merch. Heb ddim yw dim.

'Sioned! Sioned fach, f'anwylyd, gwranda.'

Nid atebai hi, er bod cysgod o ochenaid unig arall wedi dymuno ymadael â hi, ychydig, mor ychydig.

'Sioned, gwranda 'nghariad bach, dwi wedi'i chlywed hi.'

Doedd Sioned ddim wedi'i ddeall ddim.

'Clywed!'

'Mae hi wedi ll-llefaru,' meddai ef ymhellach, gyda pheth atal-dweud.

'Pwy? Del? Na.'

'Do. "Dad" 'ddwedodd hi. Fel 'na.'

'Dad?'

'D-dyd. Rhywbeth fel 'na. Cred di fi. Mae b-bywyd yn llawnach o heulwen nag y gallwn ni fyth ei ddychmygu, Sioned. Heulwen a phobl dda, Sioned. Melys, m-melys o oleuni, 'nghariad i, a'r heolydd a'r tai. Rŷn ni wedi disgwyl a disgwyl. Rŷn ni wedi dod yn annisgwyl i mewn i fyd caredig, Sioned, a ninnau wedi meddwl erioed mai tomennydd sbwriel oedd 'na a mynyddoedd o b-boen.'

'Nid ti oedd yn dychmygu? . . . Nid dy du mewn di?'

'Dwyt ti ddim eisiau credu?'

'Dyw-hi ddim yn wir . . . Wel ydw, ydw, wrth gwrs.'

'Fe ddwedodd hi "D-dad". Dere ati.'

'Nawr?'

'Gawn ni fynd i roi'n hysgwyddau dan y cymylau i gyd. A'n priodas ni, Sioned, ni'n dau.'

Siglai Sioned ei chorun mewn anghrediniaeth ronc. 'Hoffwn i sen i'n ei chlywed hi'n hunan. Dw i'n dod yn ôl gyda thi nawr.'

Roedd y Nyrs yn rhwbio bochau Del pan gyraeddasant yn ôl yn yr ysbyty.

'Wnaeth hi ragor o sŵn, Nyrs?' holodd Alwyn.

'Dim. A dweud y gwir, does dim cystal hwyl arni heddiw.'

'Mae hi'r un fath,' meddai Sioned wedi marw hyd yn oed i'w hiselder ei hun.

'Os gall hi ddweud un gair,' meddai Alwyn, 'gall hi ddweud dau. Cant!'

Bwlch.

'Dyw hi ddim yn wahanol,' meddai Sioned. 'Dyw hi'n dweud dim. Dyw hi'n gweld dim. Yn clywed dim. Does dim atgyfodiad. Rown i'n gwybod mai fel hyn y bysai hi. Mae hi wedi claddu'i holl eiriau yng ngwaelod y môr.'

'Ddim eto,' meddai Alwyn.

'Dwi'n credu, Mr Dafis, mai'r llwybr callaf i'w ddilyn yw'r un a awgrymodd yr Ymgynghorydd. Pe baech chi'n gallu ysgogi'i hymennydd hi rywfodd drwy ddod â rhyw ddol – ie, dol – sy'n gwichian neu ryw hoff chwaraebeth sy'n cadw rhyw fath o sŵn, yna, fe allai'r un gair 'na 'glywsoch chi, yr un rych chi'n sôn amdano, fe allai hwnnw ddod yn ei ôl eto. Efallai.'

'Ond beth er enghraifft?' ebychai Sioned mewn diymadferthedd. Ac edrychai yn ôl tuag at Del, gan wybod mai rhith hollol oedd y lleferydd yna glywodd Alwyn, twyll syml, dychymyg ffiaidd. Doedd yna ddim lleferydd dolennog mewn ystyr.

'Rhywbeth syml.'

Yr hyn a niweidiwyd yn ddyfnaf oll – hyd yn oed yn ddyfnach na geiriau – oedd ei gallu hi i gysylltu atgofion. Yr hyn a niweidiwyd ym mywyd Del oedd cyswllt. A'r iaith wedyn a'i hailadeiladai hi fel person. Eisiau cyswllt oedd arni. I gofio'r byd yn unol. I gofio'i rhieni. I'w rhoi nhw'n ôl at ei gilydd. I gofio'r dolennau brau rhwng y chwalfa. Rhoi pethau i gyd yn ôl gyda'i gilydd ar ôl y chwalu. Beth oedd rhieni a'r holl orffennol a phob dim arall heb fod pethau'n gallu perthyn i'w gilydd? Cysgod mawr unig o ddigyswllt nawr oedd y dderwen ar y lawnt tu allan i'w tŷ lle y dringai hi'n groten.

*   *   *

Trwm oedden-nhw wrth gyrchu tuag adref, trwm iawn. Ni sylwon-nhw ddim ar y gŵr ifanc a safai y tu allan i borth yr ysbyty. Ni sylwon nhw chwaith ar ei ddwylo yn ei bocedi, a'i lygaid llygoden yn chwilio ffenestri'r ail a'r trydydd llawr a'r maes parcio a'r fynedfa. Dichon, pe baen-nhw wedi'i weld ef, y bydden-nhw wedi sylweddoli fod yna un arall yn y byd hwn yr oedd cyflwr Del mor dyngedfennol o ingol iddo ag yr oedd iddyn nhw.

Pasion nhw'r parc mawr. Suddai'r haul yn ei ysblander y tu ôl i doi'r gorwel, ond nid cyn bwrw un cilolwg yn ôl a sibrwd mor amherthnasol, 'Yn iach, a diolch ddaear'.

Uwchben eu cinio yr oedden-nhw pan safodd Alwyn ar ei draed.

'Ysbrydoliaeth!'

Edrychodd Sioned arno'n syn.

'Dwi'n gwybod,' meddai fe'n fuddugoliaethus. 'Wyt ti'n gwybod beth fyddai'n ei phlesio?' Ysigwyd chwilfrydedd Sioned. 'Ystyria, Sioned.' Nid ystyriai ddim. 'Meddylia am un peth, un person. Un tamaid o fywyd. Pe bai hi ar ddi-hun ac yn gallu dweud wrthon ni – "dyna fyddwn i'n hoffi'i weld uwchlaw popeth" – beth, o bethau'r byd, neu pwy wyt ti'n meddwl fyddai ar ei gwefusau hi?'

'Pwy?'

'Ie, pwy mae hi wedi sôn amdani gant a mil o weithiau fel arwres ei bywyd?'

'Miranda Luccini!'

'Yn hollol.'

'Ond . . . beth? . . . Mae hynny'n amhosibl.'

'Mae'n ffitio. Dawnswraig bale enwocaf Cymru.'

'Ond pam sôn amdani *hi*?'

'Del ei hun sy'n sôn amdani byth a hefyd.'

'Beth yw'r pwynt? Rwyt ti'n mynd o un dychymyg i'r llall.'

'Yn Abertawe mae hi drwy gydol yr wythnos hon, ac yn gorffen yn y Grand nos yfory. Petawn i'n dweud y stori wrth honno . . . Merch o Gwm-twrch Isaf yw hi. Os a-i i lawr . . .'

'Ac apelio ati ? Bydd yn realistig, Alwyn. Siarada fymryn o synnwyr.'

'Ie, dweud y stori i gyd. Mae hi i fod yn dipyn o ffeminist.'

'Ffeminist! Yr unig ffeminist hollol ddilys ysywaeth yw'r un sydd eisiau bod yn wryw.'

'Os clywith honno am y Dyn 'wnaeth . . .' Ac yn y fan yma torrodd ei leferydd. 'Y Dyn . . .' Peidiodd. Roedd cyfeirio at y Dyn yn galw'r holl ddigwyddiad a'i holl euogrwydd ei hun a'r holl fwlch yn ôl i'w ddychymyg.

'Y Dyn dreisiodd Del,' meddai Sioned. 'Dwed y peth yn agored, Alwyn. Y Dyn. Dwed e.'

'Gwryw. Angau ei hun. Dyna pwy oedd e.'

'Dyn! Dyn du. Roedd e'n ŵr go iawn.'

'Angau o Ddyn oedd e.'

'Ond mae e ym mhob man y dyddiau hyn, Alwyn. Fe. Edrych ar ein cymdeithas. Rwyt ti'n gwybod hynny. Dynion a merched. Rhydd. Goddef-gar.'

'Ydi, mae ym mhob man.'

'Edrych ar y teuluoedd ysgafn sy heb fod yn deuluoedd go iawn. Fe sy 'na. Edrych ar wanc ysgafn y bobol sy'n rheoli gwleidyddiaeth. Y llygredd.'

'Ydi. Mae'n farwolaeth go iawn siŵr ei gwala,' cyffesodd Alwyn. 'Y trais ar fenywod. Ar blant. Y twyll . . . Ond paid ag ildio iddi Sioned. Brwydr sy gynnon ni yn nannedd poenus hynny i gyd. Dw i'n mynd 'lawr i Abertawe y pnawn 'ma.'

Ac felly y bu; ond ychydig o groeso 'gafodd ef yn ystafell wisgo Miranda Luccini. Rwtîn prysurdeb gyda'r coluro oedd yn y fan yna. Dyna'i byd hi. Ar y silff dan y drych o'i blaen ymhlith y minlliwiau, y powdr a'r paent, nythai blycheidiau o fitaminau fel rhes o gerrig beddau. Roedd gan y wraig fonheddig hon wallt yn syth o'r botel, aeliau, dwy goes yn ôl yr arfer, sawl ceg. A! Ie. Bwrw golwg chwim olaf ar ran o'r sgôr yr oedd hi. Gair bach olaf. Roedd hi'n brysur. Wedi'r cyfan, Miranda Luccini oedd hi.

Ar ei bord wisgo safai'i photeli hoff brenhinol mewn rhengoedd balch. 'Fy morynion gwarcheidiol' y galwai hi hwy â hoffter anghymedrol. 'Maen nhw'n annwyl iawn i mi,' ychwanegai gyda mymryn bach o frwdfrydedd. 'Hebddyn nhw byddai fy wyneb yn diflannu.'

Na. Allai hi byth dros ei chrogi orymdeithio hyd a lled y wlad fel ffŵl gwirion, roedd arni ofn, roedd hi'n felltigedig o brysur. Crynai ef mewn petruster o'i blaen. Ychydig o oriau?

Na, myn diain i, oriau! Does gen i ddim eiliad. Roedd ganddi awyren i'w dal yn Heathrow cyn gynted ag y byddai hi'n rhydd, beth ddwedsoch chi? mynd yn syth at Del, yno ar draws gwlad? bobl bach, oedden nhw'n deall pwy oedd hi? roedd hi'n brysur at ei gweflau, pe bai hi'n colli'r awyren honno heddiw beth a ddigwyddai yn Philadelphia wedyn?

'Dim byd pwysicach na thranc merch fach,' meddai Alwyn.

Bwlch. Eu bwlch nhw.

Sylwodd Miranda Luccini ddim ar yr ateb hwnnw, neu o'r hyn lleiaf felly yr ymddygai hi.

'Dydyn ni ddim yn gyfoethog,' meddai Alwyn. 'Ond fe allen ni dalu rhywfaint.' Roedd e mor barod i ymostwng iddi.

'Na. Allech chi ddim talu am golli oed eithriadol o bwysig yn Philadelphia.'

'Fe allen ni godi morgais ar y tŷ.'

'O!' ochneidiai hi'n chwilfrydig rugl mewn pedair iaith . . . 'Allwch chi ddim gwneud iawn am ddistrywio gyrfa.'

'Dw i'n erfyn arnoch chi. Dydi hanes y ferch fach ddim yn cyffwrdd â chi? . . . Oes gynnoch *chi* ferch fach?'

'Na. Dyna'r peth ola dw i eisiau yn 'y mhroffesiwn i.'

Roedd y cysgodion yn cloi am Alwyn. Onid oedd rhywbeth y gallai ef ei wneud?

'Na. Mr Dafis bach, da chi, wnewch chi geisio deall fy nhipyn safbwynt i? Mae gen innau fywyd. Dwi'n brysur fel lladd-dy. Mae miloedd o bobol yn dibynnu arna-i.'

'Ond *un* ferch fach.'

'Miloedd! Na . . . Fyddwch chi mor *garedig* ag ymadael nawr?'

'Caredig?'

'Os gwelwch chi'n dda . . . Mae gen i Fywyd i beidio â'i daflu i ffwrdd. Gofod.'

A throdd hi i ffwrdd yn brysur i gymryd ei lle ymhlith Cymryesau enwog yr oesoedd – Buddug, Ann Griffiths, a'r Dywysoges Diana.

'Allwch chi ddim deall? Dwi'n erfyn,' murmurai Alwyn wrth ei gofod. 'Mae gynnon ni briodas, a pherthynas, a merch.'

Gyrrodd ef yn ei ôl adref. Cenfigennai wrth bobl a oedd yn gallu anghofio. Na. Nid haint na ellir ei iacháu yw Bywyd, sibrydai Angau yn ei glust, ond llais aderyn croch i'w anghofio. Ymlusgodd drwy'r parc wedyn tua'r ysbyty. Na. Ni sylwodd ar y gŵr ifanc yn feddw gaib ar sedd gyda photeli gweigion meth yn gylch fel milwyr meirwon o gwmpas ei draed ar y llwybr. Yn barod i'r Somme. Er bod y gŵr ifanc yn mwmial siarad, ni chlywai Alwyn ddim a ddwedai. Na. Hoffai pe gallai glywed llai. Pes clywsai, diau na chymerai'r cwbl ond yn fynegiant cymysglyd gan rywun heb afael go iawn ar ei synnwyr. Yng nghanol ei gwrw euog brwydrai'r gŵr ifanc â'i nwydau. Roedd rhaid iddo dalu, rywbryd, yn fuan, nawr. Wrth gwrs! Carchar? Yn sicr! Hunanladdiad? Debyg iawn. O! roedd yn rhaid bod yna ffyrdd i ymunioni. Pe bai e'n cyflawni rhyw drosedd gymharol ddiniwed ond agored, yn awr, dichon mai felly y byddai'r ddeddf yn ei roi ef o'r neilltu.

Geuddrych gwelw a ddiddanai'r gŵr ifanc. Dychmygai'r posibiliadau ysgeler addawol.

Fe ddychmygai'r gŵr ifanc ei fod ef ei hun yn chwilio mewn iard gyfagos, yn awr, yn sylwi ar blismon, ac yna o flaen siop emau, yn chwennych, chwennych, yn malu'r ffenest â bricsen, ac yn dwyn rhai o'r nwyddau, rhedai, rhedai'n ymddangosiadol wyllt, ond heb wneud gwir ymdrech, ac yna fe'i delid ef o'r diwedd, fe'i daliwyd ef gan blismon, yr un plismon yn union ag a fu o'r blaen yng ngorsaf yr heddlu. 'Ti eto,' meddai hwnnw.

A! Dychymyg; gwydraid bach o ddychymyg heb waelod. Delweddu mewn dychymyg tlawd.

Aros yn amyneddgar obeithiol am ei gŵr yr oedd Sioned ar y pryd yn y ward. Bu hi'n clebran sibrwd yn daer â'i merch ddiymadferth fud. Roedd hi fel petai'n lleisio ar draws y cwm. Wele'r iaith fyw yn ymddiddan â'r iaith farw. Gobeithiai y tu hwnt i bob gobaith yr ymrithiai adlais yn ôl, rywsut. Ond pwy a ddôi byth?

'Mi ddaw dy dad â Miranda Luccini yn ddi-ffael, 'mechan i. Cei di weld. Bydd hi'n dawnsio'r fan yma. Yn y ward, wrth erchwyn dy wely.'

Ar un adeg yn ystod y prynhawn pan ddaeth y Brif Nyrs i'r ward, yn wir pan oedd hi'n bresennol yn y fan a'r lle er ei bod ychydig o'r neilltu, dyma Sioned yn clywed o du Del beth mynegiant, rhyw dorri cryg bach yn y llwnc, efallai, ac eto gallai hi dyngu ei fod yn fwy na hynny mewn gwirionedd, y gallai yn wir fod yn air crwn croyw neu'n atgof o air. Efallai. Doedd e ddim yn gyfangwbl annhebyg i 'Dŷd.' Dichon ei bod yn cyffroi wrth glywed am Miranda.

'Glywsoch chi?' trodd Sioned yn orffwyll at y Brif Nyrs. 'Dŷd?'

Roedd y Brif Nyrs wedi sylwi. Yn wir, roedd hi'n weddol siŵr fod cyhyrau llefaru, yn anfwriadus mae'n debyg, y ferch fechan wedi cynanu rhywbeth.

'Rhywbeth call?' ebychai Sioned.

'Rhywbath!'

'Glywsoch chi?' stiliodd Sioned ymhellach.

'Wel naddo, 'wyrach,' meddai'r Brif Nyrs yn fwy pwyllog. Diflannodd o'r ystafell yn ddiymdroi.

Trodd Sioned yn ei hôl at ei phlentyn. 'Bydd di'n fyw Del fach. Mae gen i ffydd, y bydd yr anrhydedd heno o gael Miranda Luccini yma yn goglais d'ymennydd di. Fe ddaw â dawns i'th fywyd di.'

Ond wrth barablu'r fath faldordd, gwyddai Sioned ei bod benbwygilydd yn wirion bost: roedd pawb yn ei herbyn. Cyhyrau llac y gwynt oeraidd o'r tu allan, rhywun yn y ward nesaf dyna oedd y sŵn. Roedd y Brif Nyrs yn ei herbyn, a'r Meddyg a'r Ymgynghorydd. A doedd hi ei hun ddim yn credu mewn gwirionedd y dôi Alwyn yn ei ôl byth â Miranda Luccini o dan ei gesail. Doedd y peth ddim yn bosib. Doedd hi hyd yn oed ddim yn barod bellach i gofio bod y ferch wedi ynganu sill gynnau. Er iddi glywed y gair, pob gair . . . na, doedd y peth ddim yn wir. Doedd yna ddim gwirionedd yn bod. Gau oedd y cwbl. Gau oedd yr ystafell. Gau y llawr. Roedd ei merch i bob pwrpas yn farw gorn a'r cysylltiad rhyngddi a'i gorffennol yn chwalfa. Fan yna yr oedd hi ar ei gwely mewn byd arall. Roedd pawb o'i chwmpas yn siarad, ond doedden nhw ddim yn gallu siarad un gair â hi yn benodol. Ac yn wir, doedd hithau ddim yn dymuno torri gair â nhw.

Hyd yn oed Alwyn, Alwyn bach dwl a phenysgafn, a oedd yn byw a bod drwy'i ddychymyg pan gâi'r cyfle, hyd yn oed pan oedd e'n tybied ei bod hi'n ei ddeall ef ac yn siarad yn wir, beth oedd hynny oll ond gwacter? Bwlch o fath oedd yntau ar y gorau. Fe'i llanwai â rhywbethrywbeth, rhyw fath o sothach. Ac eto doedd e 'na ddim yno. Bwlch. Miloedd o genedlaethau o iaith wedi diflannu bellach, a honno'n sefyll yn y fan yna yn ddel ar y pentir drafftiog. Diffyg perthynas oedd hi i gyd, ac eto doedd hi ddim chwaith. Doedd hi'n ddim byd. Dim yw dim rhyngddyn nhw a'r gorffennol. Dieithryn gorffwyll oedd pob wan jac heb gyfathrebu â'i gilydd. Un genhedlaeth heb allu dal pen rheswm â chenhedlaeth arall. Pob un a bwlch rhyngddyn nhw fel gogor. Dim. Fe daflwyd hon yn erbyn y wal. Drwy'r wal y'i taflwyd hi. A'r fan yna, bu ei waed ef mwyach gyda hi, a'i groen, a'i esgyrn, a'i gnawd oll wedi'u plastro.

Nid oedd rhaid i Alwyn, ar ôl cyrraedd, adrodd canlyniad ei gyrch seithug i Abertawe. Gwelai'i wraig yn burion hyd at gefn ei lygaid. Wnaeth e ddim hyd yn oed gyfeirio at y peth. A deallodd hi yn burion pam. Roedd eu priodas ar ben.

'Alwyn, rwyt ti'n gwybod fel rwyt ti'n dweud weithiau fel y mae popeth yn y byd, – pob teulu, pob trefn dda yn perthyn i'w gilydd, ac yn syrthio gyda'i gilydd. Fel gwe gymhleth gydlynol.'

'Ydw i?'

'Dwi'n ofni bod popeth llwgr hefyd yn perthyn i'w gilydd. Yn un we glòs ddeniadol.'

'Del!' meddai ef yn fyfyriol wrth iddynt gerdded wedyn tuag at y car drwy'r parc, fel pe bai ef yn ymarfer â'r sillaf ddiystyr. 'Del!'

'Del!' adleisiai Sioned. '. . . Doedd hi erioed wedi cael cyfle i'n nabod ni o ddifri.'

'Plentyn oedd hi.' Sylwodd ef yn awr fel yr oedden nhw'n dechrau siarad amdani yn y gorffennol. 'Oedd, doedd hi ddim, yr oedd. Del!'

'Ond doedd ganddi hi erioed fawr o syniad pwy oeddwn i,' cwynai Sioned. 'Ac roedd hi wedi colli'r medr i berthyn.'

Daethant yn awr wyneb yn wyneb â'r gŵr ifanc anhysbys a dreisiodd Del. Doedd neb ohonyn-nhw'n adnabod ei gilydd. Doedd y dyn ddim yn ei nabod ei hunan. Doedd Sioned ddim yn nabod Alwyn. Doedd gan Alwyn ddim clem pwy oedd y gŵr. Ac eto, am ychydig o eiliadau euog pasiodd pelydryn o oleuni dieithr cwta drostynt. Rhyngddynt. Drwyddynt. Roedd yr hyn a wnaeth y gŵr ifanc i Ddel, pa mor hurt bynnag oedd ef, wedi gollwng caethiwed ei ewyllys am y tro, wedi'i ryddhau. Caniatâi i'w argyhoeddiad o'r drwg ddeffro ychydig allan o fath o drymgwsg. Blasodd rithyn o euogrwydd. Dechreuai weld rhywbeth. Sut y gallai byth mwyach ddysgu edifeirwch? Ymhle'r oedd cariad? Rŷn ni i gyd yn gwybod am y pryder ysgafn hwn: y sicrwydd bod popeth yn tynnu i derfyn. Safon-nhw ill tri felly am ychydig o eiliadau. Syllent ar ei gilydd fel llygaid cathod-bach ar ganol heol yn rhythu ar y ceir yn pasio, fel pe

teimlen-nhw y dylen-nhw fiawan rhywfaint ar ei gilydd er eu bod yn
llythrennol ddidafod. Ac yna, symudwyd ymlaen. Doedd neb yn nabod
ei gilydd. Roedd Alwyn yn cytuno â'i wraig, roedd y wraig yn cytuno â'r
waliau, doedd Del ddim wedi'u hadnabod nhw o gwbl mewn gwirionedd
i gytuno â neb. Ond pa blant a adwaenai'u rhieni? Doedd ef ei hun ddim
wedi adnabod ei rieni ei hun nes iddyn-nhw farw. Roedd yn rhaid i bawb
oll orffen magu plant a'u gweld hwythau'n magu plant; a byw wedyn; ac
yna, fe ddechreuid dow-dow amgyffred yr oes o'r blaen. Nid tan hynny yr
oedd gwir adnabyddiaeth yn dechrau gwawrio, gan bwyll. Beth oedden-
nhw ill dau i Del, wedi'r cwbl? Llygaid cathod ar y ffordd i ddifancoll.
Bwndel o gamddeall. Rhyw fath o oedolion hynafol, math o gartŵn o
oedolion. Ac nid nhw eu hun, nid dyna a garai hi, eithr yr hyn yr oedd
hi'n feddwl oedden nhw. Felly y gwnaen nhw i gyd. A beth oedd hithau
wedyn, Del? Roedden nhw'n rhyw fudr adnabod math o ferch fach,
ddiniwed, bell, ond cartŵn o ferch fach ry ifanc i fod yn bwyllog oedd hi
drwy'r amser. Rhithyn o atgof angofiedig byddar. Onid oedden-nhwythau
hefyd, holl rieni'r byd, yn ddieithriaid rhonc i'w gilydd?

*   *   *

Drannoeth rhoddwyd y casgliad terfynol am gyflwr eu merch iddynt.
Fe allai Del fodoli rywsut. Gallai hi oroesi hyd at gyfnod henoed hyd yn
oed. Ond roedd ei hymennydd wedi'i chwalu'n ddiymadfer. Byddai hi
byth yn eu hadnabod nhw na neb. Byddai hi byth yn gallu gwneud dim
drosti'i hun. Byddai hi ddim yn gallu cerdded na'i phorthi'i hun na mynd
i'r toiled na deall hyd yn oed y geiriau symlaf. Chwynnyn fyddai hi i bob
pwrpas. Rholiai hi drwy'i gyrfa leuadaidd ddi-iaith ar y lawnt gyda'r glaw
a'r llawr yn dawnsio bale gyda'i gilydd. Gwnâi seiniau efallai, ond cyhyrau
llac fyddent, llac fel pelydrau haul. Symudai, ond nis bwriadai. Agorai
lygaid godidog. A marw gorn fydden nhw bob un oll. Hyn bellach oedd
eu teulu.
    'Mae hi wedi darfod,' meddai Sioned wrth iddynt gerdded yn ôl o'r
ysbyty.
    'Na,' meddai Alwyn. 'Byth. Anifail anwes fydd hi.'
    'Glywaist ti nhw? Bobl yr ysbyty?'
    'Do,' ebychodd.
    'Peth fydd hi, nid merch . . . Bwlch.'

'Wel, fe gawn ni ddarparu'n weddus iddi,' meddai ef. 'Pe baen ni'n cadw anifail maeth, fe gaen ni bleser o hyd. Fe fyddai'r gofal drosti . . . yn fath anrhydedd.'

'Peth! Alla i ddim caru peth. Ddim peth.'

'Gelli.'

'Ond ble mae Del?'

'Gallwn. Planhigyn! Gofalu am blanhigyn bach 'wnawn ni: gallwn Sioned. Ein rhosyn ni ar ganol y ford. Pam lai? Beth arall?'

A gwaeddodd Sioned: 'Rwyt ti'n byw yng ngwlad hud, Alwyn. Dwyt ti byth yn gweld dim byd yn union.'

'Down ni drwy hyn eto.'

'Alla i ddim caru peth byth. A heddiw dw i ddim yn caru Duw. Alla-i ddim goddef dy dipyn tangnefedd. Gwell i ni'n dau ymwahanu.'

'Sioned. Trugarha wrthi hi . . . ac wrthot ti dy hun.'

'Dyw *E* ddim hyd yn oed yn *beth*. Does dim tu mewn i mi ond carreg oer.'

'Pobl dros dro ŷn ni i gyd. Peth dros amser yw amser ei hun.'

'Dw i'n methu ag edrych yn ei gyfeiriad E.'

'Mymryn bach o edrych, yn unig, sy ar ôl inni bawb.'

'Mae E 'na, a dw i ddim yn gallu edrych arno.'

'Fe gawn ni roi cartre cynnes iddi, a'i hamgylchu hi â chariad.'

'Dw i'n teimlo dim. Dim ond euogrwydd.'

'Ein braint ni fydd ymroi iddi. Aberthu'n hamser a'n gofod.' Gwenodd ef yn dyner dila ar ei wraig. Roedd hithau wedi ildio i'r grym gwreiddiol ddynol ag a oedd wedi ysigo'i ferch. Teimlai ef ei fod yntau hefyd yn cael ei blygu, yn isel, yn lletheddig. Y tro cyntaf oedd hyn erioed iddo arogli mymryn mawr o ostyngeiddrwydd meddiannol hollol. Nid mymryn ond y cwbl oll. Ac ystyr arogli gostyngeiddrwydd, hyd yn oed gostyngeiddrwydd gwir gelwyddog, yw nid sylweddoli'i fod yn anghywir weithiau, ond gwybod ei fod bob amser yn anghywir.

'Dwi'n dechrau'i hanghofio hi eisoes.'

'Gad dy gelwydd. Ust! Gwrandawa arna i . . . Gwranda, Sioned. Meddylia.' A dechreuai ef furmur megis drwy freuddwyd: 'Cymerer triphwys o heulwen; a dwy seren; ychwaneger aer; pum llwyaid o siwgr; ynys balmwyddog yn llawn gwyddfid; cawod fer wanwynol; côr o löynnod byw; un golomen; cymysger nhw blithdraphlith mewn llaeth a mêl â neidiau cwningen a llawer o ddwli; a chaet ti gysgod bach, cysgod pitw bach iawn dwi'n ddweud – o Del. On'd ydw i'n iawn?'

'Na.'

'Caet.'

'Dw i'n farw tu mewn,' murmurai hi. 'Yn farw farw. Fyddai *Fe'n* gallu caru'r fath gasineb â hynny?'

'Byddai.'

'Ond mae fy holl deimladau i'n glaf. Maen nhw'n drewi o gornwydydd. Ac yn galed. Gwell iti 'ngadael i.'

'Mae dy galon di'n dywyll, am y tro, dyna'r cyfan.'

'Ydi.'

'Ac yn gandryll.'

'Ydi.'

'Ond cei weld. Bydd E'n plygu i lawr, cei weld, ac yn dechrau . . . eu dodi nhw wrth ei gilydd. Nid heddiw. Nid yfory efallai. Ond mi fydd.'

'Celwydd! Twyll anobeithiol yw gobaith. Mae optimistiaeth fel sy gen ti, Alwyn, yn rhy esmwyth o lawer. Rwyt ti'n rhy iach.' Sgriwiodd ei llygaid a sgrechain yn ysgeler, 'Iach!'

Roedden nhw wedi cyrraedd llidiart mynwent y dref, a cheisiai Sioned mewn pwl chwerw-chwareus o iselder morbid berswadio Alwyn i fynd i mewn gyda hi i gladdu Del yn ddychmygol. Roedd Del wedi darfod, ac roedd eisiau ei rhoi hi i orwedd yn barchus, heddiw, ar unwaith, nodi dyddiad, codi maen uwch ei phen, ac ymweld yn rheolaidd er mwyn cofio'n wallgof am y dyddiau a fu gynt. Peidio â mynd i'r ysbyty mwyach. Cydiodd Alwyn yn ei braich a'i gwasgu ato wrth borth y fynwent. Cydymddygai Alwyn orau y gallai yn groes i'r graen, ac yn ffyrnig anfodlon, gan ei darbwyllo'n dyner mai mynd adre oedd orau i bawb. Ond rhaid bod ei wraig yn ymylu ar fath o orffwylledd. Llusgai hi ef drwy'r llidiart. 'Fan hyn y cladda-i hi,' meddai hi gan gyfeirio at fangre gudd neilltuedig.

'Awn ni adre 'nghariad . . .' Ond dilynasai ei heuogrwydd hi i'r fynwent.

'Beth dw i i fod i'w wneud yno, dywed? Gartre!' holodd hi'n ddirmygus.

'Golchi llestri.'

'Eto?'

'A finnau'n sychu.'

'Un cythraul o ddiwrnod ar ôl y llall.'

'Uwchben y sinc fe fydd yna fendith yn hofran.'

'Yn ewyn y sebon?'

'Fel pelydryn glân mewn hysbyseb ystrydebol.'

Ymlusgodd hi gydag ef allan o lawnder y fynwent. Ymlaen fel prennau heibio i'r parc. 'Na fydd.' Fan yna yr oedd nifer o blant mewn iard chwarae ar y gornel yn sbortian ar lithren ac yn sgipio draw at y siglenni gerllaw. Pobloedd dros dro eraill.

'Pan oedd hi'n fyw,' murmurodd Alwyn yn araf, 'ni oedd ei rhieni hi. Nawr, hi sy'n rhieni i ni.'

'Beth wyt ti'n feddwl?'

'Nyni fu'n ei dysgu hi, on'd do?'

'Do.'

'Nyni ddysgodd iddi ystyr pethau, wyt ti'n cytuno, a'u siâp nhw, a'u pwrpas.'

'Do.'

'Wel, hi fydd yn gwneud hynny i gyd, nawr. Bydd hi'n dysgu inni sut mae caru. Bydd hi'n ein tynnu ni'n ôl at ein gilydd mewn tosturi go iawn.'

'Un peth mae hi eisoes yn ei araf ddysgu i mi,' meddai Sioned yn amyneddgar o'r diwedd.

'Beth?'

'Bod yn ddim byd.'

'Ymostwng?'

Tybed? Edrychai'r gŵr ar ei wraig yn chwilfrydig dosturiol. Ymostwng? Roedd Alwyn yn gwybod bod Sioned wedi ceisio erioed ddeall y tac arall yna. Nid stoiciaeth. Nid ymgaledu. Dim ond . . . ymwared â'r ego ystyfnig yna. Ymwared â hawliau. Ymostwng yn llwyr. Ac nid ar redeg y cwympai ymaith lyffetheiriau fel hynny. Nid ar chwarae bach yr oedd y balchder hunan-gyfiawn yn gallu cael ei ddofi. Iddi hi, doedd ymostwng mwyach ddim yn ddigon.

'Na, nid ymostwng. Peidio â *bod*!' meddai hi. Gwrthryfelai bellach yn erbyn sŵn ymostwng. 'Darostwng!' meddai wrthi'i hun yn ddirmygus.

Roedd y profiad benywaidd anarferol hwnnw yn ystod y munudau hyn yn crefu ar yr ysbryd llesg y tu mewn iddi. Roedd ei holl anian yn gwrthryfela am foment yn erbyn y drefn grefyddol honno, rywsut. Buasai'r ysbryd yn rhy ystyrlon iddi'i ddal mewn gostyngeiddrwydd cariadus. Os oedd eisiau i ddyn droi a phenydu, on'd oedd yn fwy priodol troi at fwy o urddas diddymdra, at lai o gripian byw, at fwy o farwolaeth? Caledu, efallai: peidio â meddwl. Cau'i bodolaeth yn erbyn ffieidd-dra bywyd. Pam gythraul yr oedd yn rhaid iddi hi, a hithau'n fenyw, ildio i'r holl lol ostyngedig yma? Pam cystadlu ynghylch pwy a allai fod yn isaf? Roedd yna ryw gyfog ynglŷn â llwfrdra ufudd-dod. Marw'n gorn i'r cwbl hwnnw oedd raid.

Ac eto, teimlai Sioned yn ddwfn – ac yr oedd hyn yn rhan o'i gwrthryfel ystyfnig – fod y darostyngiad cnawdol yn ei hachos hi eisoes wedi gorfod bod yn eithriadol o chwyrn. Llifai drosti. Mor anodd oedd hi o hyd i fod yn dirion y tu mewn ac yn reddfol haelfrydig y tu allan. Gwyddai hi fod ganddi ddelfryd, ond methu o hyd oedd ei thynged gerbron honno. Symudai'r darostyngiad gorchfygol drosti'n llethol. Daliai i fethu un diwrnod blinderus ar ôl y llall, un mis, un flwyddyn, para i fethu fel yna, un oes, un cyfandir euog ar ôl y llall, ac felly roedd hi'n para byth.

*   *   *

Fore trannoeth, wrth y bwrdd brecwast a'i blateidiau o hiraeth yn drwm, fe gafodd Alwyn ysbrydoliaeth eto. Cododd ar ei sefyll yn ddisymwth. Trodd Sioned ei phen i syllu arno'n syfrdan.

'Awn ni i ffwrdd *am ddau ddiwrnod*,' meddai ef.

'Beth! Dau *beth*?'

'Ysgwyd y dref oddi ar ein dillad. Beth ddwedi di? Mis mêl arall.'

'Alwyn! Ei gadael *hi*? Rwyt ti'n hurt.'

'Egwyl. Hoffet ti ddim cael newid o'r lle 'ma?' Feiddiai fe ddim sôn am ysgwyd yr ysbyty oddi ar ei ddillad.

'Ond *Del*.'

'Ydyn ni'n ei meddiannu hi ormod?'

'Byth.'

'A hithau'n ein meddiannu ni.'

'Cariad oedd hynny, dyna i gyd.'

'Roedd ein dwylo ni'n rhy drwm arni.'

'Nid yn drwm. Mae hynny'n gelwydd, Alwyn.'

'Oedden, yn drwm. Yn wag ac yn drwm.'

'Roedd hi'n rhan ohonon ni.'

'Eiddo. Nwydd. Dyna oedd hi'n rhy aml, Sioned, yn eiddo i ni. Pob un yn lladd ei gilydd felly. A'r ddau ohonon ni, ni'n dau, yn lladd ein priodas ein hunan.'

'Na.'

'Roedd pawb yn carcharu'i gilydd. Hi oedd ein teyrnas ni, a ninnau'n unbenaethiaid rhadlon, yn ei meddiannu. Fel yna y bydd rhieni twp.'

Ei thro hithau oedd hi bellach i godi'i galon ef. Pob un yn ei dro. 'Buon ni'n llawer mwy democrataidd na hynny.'

'Na, erioed.'

'Do, do.'

'Ond erbyn hyn mae pethau wedi newid. Mae hi'n haeddu'n well na hynny. Rhaid iddi hi gael ei rhyddid. Ac y mae hynny, ei hoffi neu beidio, yn golygu fod eisiau i ninnau hefyd gael ein rhyddid.'

'Paid â bod yn wirion.'

'Er ei mwyn hi.'

'Na.'

'Oes. Egwyl. Mae ganddi hi ei dull o fodoli. A rhaid i ninnau, o barch ati hi, fodoli. A dyna sy'n gall.'

'Ac rwyt ti'n meddwl ei bod hi'n dymuno inni fynd heddiw a'i rhyddhau hi.'

'Cerwch i *orffwys* mae'n ddweud.'

'Na.'

'Ie. Egwyl.'

'Na, dwi'n ddweud. Dwyt ti ddim yn glywed? Y cythraul caled!'

'Rwyt ti'n colli dy natur,' meddai fe.

'Does dim byd mwy naturiol,' meddai hi.

Roedd Sioned yn bur anfodlon i gael ei llusgo i ffwrdd fel hyn. Dyma enghraifft arall o ramantiaeth Alwyn. Sut y gallai feiddio cefnu ar ei merch?

'Ti sy o hyd am adael i'th deimladau byrbwyll flodeuo,' meddai hi. 'Mis mêl wir! Beth wyt ti'n feddwl ŷn ni – gwenyn?'

Gwelai ef o bell ryw rithyn o hyfrydwch myglyd a chydiai yn y tusw mân hwnnw. Dôi chwiw heibio, ac os oedd yna ymyl o obaith iddi, yr oedd hynny'n greadigol iddo hefyd. Dewrder iddo ef oedd gafael yng ngodre'r nos, a chael bod 'na awgrym o wawl yno.

'Dere,' meddai ef. 'Er mwyn Del. Un egwyl yn y dryswch i gyd.'

Protestiai hi gallineb – fod ganddi ormod o waith i'w wneud, roedd yn rhaid bod ar bwys ei merch, roedd yn rhaid paratoi ar gyfer yr amser, yn fuan yn awr, pryd y dychwelai Del adref o'r ysbyty, hyd yn oed os oedd hi'n ddiymadferth, nid dyma'r adeg i gynlluniau anghytbwys Alwyn, bysai chwarae gwyliau ar hyn o bryd yn gyfan gwbl anweddus, gwell cadw'r droed ar y ddaear yn stond, rhaid oedd prynu ambell gelficyn newydd i'w gymhwyso ar gyfer dychweliad eu hanwylyn, byddai'n briodol hefyd bapuro o'r newydd ei hystafell wely, nid dyma'r pryd i galifantan ar hyd y bedlam ar ôl rhyw chwiw o dŵr ifori cwbl annealladwy. Chwythai hi'n huawdl amlgymalog o ebychlon, gyda rhai o'i chystrawennau mor hirfaith Almaenig fel na allai'r gwrandawr wneud odid ddim erbyn cyrraedd y diwedd ond ymdroelli'n gylch lluddedig ar y llawr yn y gornel a marw'n dawel mewn berf.

'Egwyl!'

Alwyn hurt a orfu. Synnwyr cyffredin a chlawstroffobia llychlyd. Am un diwrnod. Un dydd ac un noson. Dyma fyddai'r cyfle olaf iddyn nhw am lawer mis. Cyn gynted ag y dôi Del adref, caeth fydden nhw. Rhaid oedd bod yn ymarferol felly. Ond ar y diwrnod penodol pwysig unig hwn roedden nhw'n llawer rhy gynnar i'r trên.

'Chwarter awr yn rhy gynnar, dyna'r cwbl,' meddai Alwyn yn yr orsaf. 'Mae hynny'n gymedrol, i *mi*.'

'Mae hyn yn wallgof,' meddai Sioned.

Safasant y tu allan i'r stondin bapurau. Am ychydig o funudau fe'u gwacawyd hwy yno. Daeth tawelwch fel afalans drostynt. Teimlent fath o gydbwysedd gwaraidd. Ond roedd Del gyda hwy yn eu meddyliau. Ceisiai Sioned beidio â phendroni, er mwyn rhoi rhyw fymryn o sylw emosiynol i'w gŵr. Fe haeddai hynny. Roedd Sioned wedi ufuddhau i Alwyn heddiw fel y gwnaethai gannoedd o weithiau o'r blaen, yn erbyn ei hewyllys, ond er mwyn ei gynnal a'i ganlyn druan. Doedd y gwrthryfel cudd a deimlai hi ddim yn werth y drafferth. Dysgasai ei bod hi'n gallu bod gydag ef ac eto fod mewn lle arall yr un pryd. Nid oedd rhaid iddi ddod â'r cyfan ohoni gyda hi bob tro. Os oedd ei chorff gydag Alwyn, yr oedd ysbryd Sioned yn llechwrus dawel wedi ymadael ac yn eistedd yn sylwgar wrth erchwyn gwely Del. Yno syllai hi i mewn i'r llygaid merddwr rhyfeddol ac ar y bochau llonydd. Ble mewn gwirionedd oedd y wir Ddel erbyn hyn? A oedd yr 'hi' yna oedd yn arfer bod y tu mewn iddi – ac a fyddai'n sgipian ac yn dawnsio mor osgeiddig – oedd honno yn sgipian ac yn dawnsio yn awr ar wastadeddau poenus paradwys wedi gadael y burgyn hyll ac anhrugar yma ar ôl? A oedd y wir 'hi' honno yn annibynnol ulw ar y corff gwywedig? Neu ynteu ai'r diddim di-iaith yn unig a oedd yn siarad â'i mam mewn llonyddwch o'r gwely? Onid düwch diderfyn ebargofiant oedd ei hunig gydymaith?

'Beth ŷn-ni'n wneud fan hyn?' sgrechodd Sioned ynddi'i hun. Allai hi ddim deall ei gŵr. Roedd popeth yn wallgof. 'Pam ŷn-ni'n gwneud hyn? Rŷn ni'n gelain gegoer i'n gilydd, Alwyn.'

Beth oedd e'n ei feddwl wrth ei llusgo hi i'r fan yma? 'Wyt ti wedi colli arni, dwed?' Allai hi ddim amgyffred sut roedd hi wedi gadael iddi'i hun gael ei llusgo yma. Edrychai hi'n wyllt i wyneb crwt pymtheg oed a oedd yn pasio. 'Ydi pawb o'u co'n lân?' holodd. Yna, am foment, roedd pobl eraill wedi peidio â bodoli. Beth oedd yn bod ar ei gŵr gwallgof? Buasai sefyll ar wahân, fel y gwnâi ef pan oedd yna drybini, fel pe bai dyn yn gweddïo ar Dduw heb gredu'i fod Ef yno.

'Aros, Alwyn. Beth sy'n digwydd?'

'Hyn?'

'Ie, y drwg, y gosb, yr ymosodiad. Pam?'

'Ond fel hyn y mae hi.'

'Ond dŷn ni'n ddiniwed. Dŷn ni ddim yn haeddu hyn. Yn sydyn mae bywyd wedi mynd i'w aped, mae rhywbeth o'r tu allan wedi dod, arnon ni, wedi disgyn, pam? Dŷn ni fan hyn yng nghanol y dom.'

'Mae'n syndod nad ŷn ni ddim fan hyn yn amlach.'

'Doedden ni ddim wedi gwneud dim byd. Doedden ni ddim yn bwysig. Ond dŷn ni fel petaen ni'n cael ein defnyddio. Wyt ti'n gwybod beth sy'n digwydd?'

'Dere Sioned.'

'Wyt ti'n cofio bywyd Alwyn? Gynt. Cyn hyn, buon ni'n siarad bob dydd am Gymru. Roedd gynnon ni faich am ein gwlad. Ble mae hwnnw wedi heglu? Roedd yna batrwm yn ein bywyd, i wneud diwrnod o waith dros ein cymdeithas. Nawr mae hynny hefyd i gyd wedi canu arni.'

'Dyna pam mae eisiau egwyl.'

'A cheisio Duw!'

'Efallai.'

'Dyw e ddim fan hyn ta beth.'

Arweiniodd ef hi allan o'r orsaf i'r glaw a'r gwynt. Yma y cafodd hi gyfle i oeri.

'Alwyn, c'wilydd arnon ni. Fe ddylen ni weld y tu hwnt i'r galar 'ma. Dw i ar ynys ddryslyd o alar, ac alla i ddim canfod dim byd ymhellach. Beth sy'n bod arna i? Hyd at y gorwel does dim ond sgwd o ddagrau, dagrau. Nid ffydd ydi peth felly. Dw i wedi methu. Dere gartre, Alwyn. Rŷn ni'n rhedeg i ffwrdd.'

'Fel mynni di,' bodlonodd ef, yn anfodlon.

'Ar unwaith. Ie, dere,' meddai 'Er mwyn Del.'

Llusgodd Sioned ei gŵr i ffwrdd o'i euogrwydd, yn ôl i'r strydoedd marw, y ddihangfa. Roedd traed y gŵr yn euog ac yn isel. Daliwyd ei sylw hi gan wr ifanc, yr un gŵr ifanc o hyd, a fu'n sefyll wrth borth yr orsaf wrth iddynt gyrraedd ac yn eu gwylied hwy. Edrychai hi'n syth i'w wyneb wrth basio, a'i gyfarch yn betrus. Dylai hi ei adnabod. Rhyw lun o berthyn? Gŵr ifanc, caredig ei olwg. 'Bore da,' meddai hi, ond nid atebai ddim.

Pwy oedd hwnnw? Cymydog? Hwnnw oedd y gŵr ifanc gollodd ei fam? Neu ble arall? Sut roedd hi'n ei nabod e?

Safasant y tu allan i'r eglwys am funud. Yno, uwchben y porth ar y wal ar groesbren flêr, hongiai cerflun di-chwaeth gor-gonfensiynol gor-rwydd o Grist. 'Roedd hwnnw rywsut wedi hel dioddefaint pawb,' murmurai Alwyn, yn euog o hyd. 'Roedd wedi'i wacáu ei hun, ar gyfer y llenwi wedyn.'

'Fel yna mae'r goruwchnaturiol,' meddai hi. 'Mae'n ormod i mi.'

Ar ôl iddynt gyrraedd y tŷ, edrychodd Sioned allan drwy'r llenni a chanfod yr un gŵr ifanc yn sefyll ar y palmant gyferbyn. Roedd ef fel pe bai ef wedi'u dilyn hwy. Aeth hi i mewn i'r gegin at Alwyn.

'Y gŵr ifanc 'na welson ni, yn yr orsaf, mae e ar y palmant gyferbyn. Mae'n hynaws iawn ei olwg. Efallai'i fod e ar goll. Ac eto, mae'n hala'r ysgryd arna i. Cer ma's i ofyn iddo beth mae e eisiau.'

'Wyt ti'n meddwl y dylen ni?'

'Ydw; cer. Rhag ofn ei fod e eisiau help.'

'Ond pwy *yw* e?'

'Dyna dw innau eisiau'i wybod.'

'Does gynnon ni ddim busnes.'

'Pam mae e'n sefyll fan yna te?'

Protestiodd Alwyn drachefn; ond atebodd hi ddim. Ac ymlusgodd ef allan i geisio'r gŵr ifanc. Ond roedd hwnnw wedi mynd.

'Wedi mynd,' meddai fe. 'Doedd e'n ddim byd. Doedd 'na ddim ystyr iddo fe.' Ychwanegodd rhwng ei ddannedd, 'Mynd,' yn galed fel yna; yn galed fel carreg fedd.

'Wedi'i sgrialu hi,' adleisiodd hi. 'Fel 'na mae popeth y dyddiau hyn.' Ond meddwl yr oedd hi o hyd wrth reswm am un na chafodd ddim cyfle i fodoli cyn mynd.

Roedden nhw wedi gweld mymryn o Del yn y fan yna yn y tŷ am sbel.

Roedden nhw wedi gweld lot fawr o fanion am flynyddoedd mae'n wir, y gwrthdaro â'r tywydd, â phobl, â'r strydoedd, y cwbl yn ceisio'i ffurfio hi, yn fath o atgof annelwig, a'i gwneud hi'n fath o fodolaeth newydd yn y byd hwn. Ond ddaeth dim oll o'r fodolaeth honno. Ddaeth hi ddim i fod yn ddim, ddim yn iawn. Arhosodd hi ddim yn ddigon hir i ofidio hyd yn oed. Chafodd hi ddim digon o ofid i'w 'gwneud' hi cyn sgipian 'bant.

Ac eto . . . bu hi gyda hwy yn real am beth amser . . . yma . . . fe gawsant y fraint annealladwy . . . ac roedd yna rai oedolion na chawsant erioed blant. 'Gwyn dy fyd di, Sioned,' ebychai hi'n uchel wrthi'i hun ar ôl iddynt gyrraedd eu cartref.

A gadawodd hi Alwyn yn y fan a'r lle yn euog o hyd, a rhedeg i fyny'r grisiau i'r ystafell wely. Ffodd hi allan o'i bodolaeth briod ei hunan. Dilynodd ef hi'n araf. Roedd hi'n wylo'n hidl wedi ymdaflu ar y gwely. Ynghrwm, roedd ei bodolaeth oll yno yn udo ac yn gwingo i'r gwely.

'Dyw Cristion sy'n methu â galaru ddim yn Gristion,' meddai Alwyn yn dawel i'w chysuro hi. Ond daliai ef rywsut yn y frawddeg honno yn rhy iach.

'Pan gafodd Del ei threisio, mi dreisiwyd 'y nghalon i,' meddai Sioned yn chwerw. 'Mi gollais i 'ngŵr hefyd. Roedd hi fel pe bai hudlath wedi syflyd drosto-i . . . Paid â dweud wrtho-i am obeithio heddiw, Alwyn.'

'Na,' meddai ef. 'Dw i'n gwybod. Dwi'n gallu troi gobaith yn ffetus yn rhy aml.'

'Rwyt ti'n *defnyddio* gobaith weithiau, Alwyn, er mwyn peidio ag wylo. Ond mae wylo'n golchi'r llawr yn y galon.'

'Y cwbl ddwedodd hi . . . cyn marw i synnwyr y byd hwn . . . oedd "Dŷd". Roedd hi fel gwich olaf mewn gwyll.' Iddo ef, roedd hi'n afon o wyll.

'Wyla te.'

'Alla-i ddim.'

'Rwyt ti wedi caledu er mwyn peidio â thorri. Bydd yn realist, Alwyn. Torra. Sylweddola ein colled ni. Dŷn ni wedi colli'n gilydd.'

Edrychai Alwyn yn awr i lawr ar ei wraig, a'i alar ofnus yr un pryd yn bygwth hollti'i lwnc; eithr ni ddôi yr un deigryn ddim. Ei dro oedd hi i chwilio'r iseldir nawr.

'Efallai fod gen i *ormod* o ffydd,' meddai ef wedyn. 'Rwyt ti yn dy le, Sioned. Ach a fi. Dw i'n rhy iach.'

'Elli di ddim cael gormod o ffydd,' meddai Sioned.

'Ond ffydd ar draul cariad. Cariad sy'n coleddu ffydd drwy aberthu.' Ffydd yn y pen oedd ei ddrwg ef efallai, heb fod yn y galon, heb fod yn y gydwybod na'r dwylo chwaith. Ffydd oer. Ffaith haniaethol heb y serchiadau. 'Dwi'n mynd. Dw i'n mynd allan i brynu celfi iddi. Grym annwyl. Bydd hi'n dod adre cyn bo hir,' meddai ef; ond roedd e'n aros yn galed o hyd ac yn gwrthod symud.

'Nid disodli ffydd 'wnaiff cariad, Alwyn.' Daeth ei thro hi i'w galonogi ef.

'Fe dorrith galon, mae hynny'n sicr.'

'Gwnaiff. Mi wna-i weddïo y cei di help i dorri dy galon.' meddai hi. 'Does dim gweithred go iawn heb ffydd. Mae cariad yn pwyso ar rywun i weithredu rhywbeth wedyn. Ffydd yn gyntaf; gwneud wedyn. Mae digon i ni'n dau i'w wneud o hyd. Edrycha ar yr ardd. Un diwrnod, nid heddiw, ond un diwrnod, os gweithiwn ni, tocio'r perthi, ni'n dau gyda'n gilydd, plannu, chwynnu, ni'n dau wedi dod yn briod drachefn, fe fydd yr holl le yna yn tanio o gariad ar gyfer Del. Mae gen i ffydd fod hynny'n wir. Caiff hi le braf. Bydd hi'n gallu eistedd 'na, Alwyn, a ninnau fan hyn yn edrych arni hi. Allwn ni ddim ei gadael hi'n awr, a syllu ar ein poendod ein hunain. Bydd y llwybrau bach yn sgipian o'i chwmpas drwy'r glaswellt, a'r glaswellt dani yn llosgi o firi. A'r coed yn prancio bale, Alwyn. A'r cwbl: iddi hi. Fe bwyswn arni. Cei weld. Gwnawn. Os paentiwn ni'r waliau, fe'u paentiwn ni nhw â chariad. Ar gyfer Del.'

Palu celwyddau yr oedd hi.

'Ond beth yw Del?' gofynnai Alwyn.

'Bydd hi'n sbort. Ein planhigyn pitw ni fan yna. Meithrinwn hi'n ffrwydrad o betalau eto, Alwyn, aeddfed cariadus melyn newydd. Cei di weld.'

'A realiti traed ar y ddaear yw peth felly?' holodd ef yn ddiargyhoeddiad. 'Ai dyna yw bywyd call i blentyn sy wedi anghofio popeth?'

Doedd e ddim wedi'i deall hi. Ynghynt, hi a fuasai i lawr ac yntau i fyny. Yn awr, fel arall . . . Eto, daliai Alwyn i geisio brodio rhyw obaith dyfodol arall am Ddel – y deuai rhyw oruwch-feddyg i'r fei yn sydyn rywddydd – ac y byddai ymchwil ben bore yn fforio i'r eithafoedd yn y DNA yn y fath fodd fel y byddai modd osgoi galar yn gyfan gwbl – ac wedyn yr oedd yna obaith, gobaith gwyn dyfodol, mewn tragwyddoldeb o iacháu corfforol i bob wan jac ohonyn nhw: felly y mynnai Alwyn nad oedd am gofleidio'r presennol. A'r un pryd, yn llawer mwy ymarferol, yr oedd Sioned wedi dewis camu'n ddisymwth i ganol ystyr y cwbl *yn awr*, y funud yma, heb orffennol, heb ddyfodol, nes bod ei chariad yn wydn ac yn llewys ei chrys. Hi a'i disodlodd bopeth yn awr yno, a hynny a ddaeth yn gadernid oll i'w gofid.

*   *   *

Wrth geisio'i hamddiffyn ei hun yn erbyn pryderon Alwyn, aeth hithau a'i theimladau'n wydn drachefn. Er gwaetha'r orig o nerth, ymgaledai hi'n fwy pendant at y sarhad i ymennydd ei merch. Roedd perygl i'r person yn awr droi'n beth. Ei merch, a hi ei hun. Roedd hi'n cael ei godro o'i dynoliaeth. Hyn o loes a ddigwyddodd i ffrwyth ei chroth. Hyn a ddigwyddodd hefyd iddi hi – y dychryn i'r deall a'r darganfyddiad nas ceisiwyd. Rhaid oedd bodoli o fewn y cyd-destun hwn bellach. Ac ymgaledodd hi yn ei hymdrech i fod yn ddewr.

'Ie, cer i brynu'r celfi, Alwyn. A chofia brynu dysgl inni'i bwydo hi ohono heb sarnu. Ac awenau i'w dala hi ynghlwm wrth y gadair pan fydd hi'n eistedd wrth y ford. Ac nid celfi yn unig, ond teganau, a chasetiau. Cofia'r caneuon, Alwyn.'

Roedd peth o'r realydd ynddi. Roedd hi'n gwrthod gobaith y byd materol. Roedd hi'n gwrthod posibiliadau ymchwil mañana. Roedd hi'n paratoi ar gyfer bywyd newydd presennol.

'Fe fynna-i arddio,' meddai hi. 'A bydd hi'n gwylied.' Cododd hi. Ymorol.

Dyma nhw'n mynd i wneud pethau. Am ychydig o eiliadau teimlai Sioned ac Alwyn yn awr fod eu calonnau drwy ryw ryfedd dro annhymig yn gorfoleddu ganu, yn betrus isel ond yn bendant gyda'i gilydd. Dechreuent am foment fer edrych ar fywyd ymarferol fel peth naturiol. O'r teimladau at y gwaith. Ac felly roedd rhywbeth wedi digwydd iddyn-nhw ill dau yn unol. Nid oherwydd y cyd-glwyfo yn unig. Nid dioddefaint a'i cysurai. Cyd-dosturi oedd y peth dierth hwn, y cyfeirio tuag allan gyda'i gilydd at un person, y cyd-doddi mewn cariad at rywun arall nes eu bod ill dau wedi cynhesu rywsut mewn parch allblyg unol at ei gilydd hefyd.

Heddiw eisoes roedd hi'n ddiwrnod mawr. Heddiw a ddynodwyd yn ddiwrnod gollwng Del a hwythau o'r ysbyty. Am hanner dydd. Hynny'n unig i ddechrau, roedd yn ddigon. Cafodd Alwyn gyfle felly i brynu'r nwyddau angenrheidiol. 'Hi fydd ein hoffeiriad ni, Sioned. Hi fydd yn gweinyddu'n priodas newydd.' Aethan nhw ill dau draw i'r ysbyty i'w nôl hi. Yr oedd hi fel carreg. Gosodwyd hi i eistedd ar erchwyn y gwely yn barod i fynd allan i ymuno â cherrig eraill: â'r coed prennaidd ac â rhai stympiau sigaret. A'r planhigion.

Cael y gadair olwynion stadudol. Rhoi'u merch yn onglog gysurus ynddi. Ei gwthio i lawr y gwaered o'r ysbyty rhwng y waliau cerrig gobeith-iol i'r stryd.

Ei symud yn geometrig ar hyd y stryd.

Ar eu pwys yr oedd yna siop emau.

'Ga-i fynd draw i'r siop emau, i brynu modrwy newydd iti, Sioned?'

Safai treisiwr Del yn aflonydd y tu allan i siop gan ysu am gyffesu drwy gyflawni ei 'drosedd' arall, eto byth. Dymunai dynnu sylw ato'i hun. Dymunai'r treisiwr ledu'i euogrwydd fel offrwm ar y llawr o flaen ei ysbail, gan hiraethu am gosb, bawb â'i lach arno, yn ddolurus wridog yn ei euogrwydd gerbron y byd, yn wag wyllt am gael ei ddarostwng. Hiraethai am ddwyn yn sydyn o'r siop a rhedeg. Gwyliai Alwyn ef gyda pheth chwilfrydedd.

Edrychai'r gŵr ifanc mewn dychryn ar y triawd. Edrychai'n ôl ar y siop.

Nid oedd y plismon a oedai wrth y groesffordd yn y pellter yn ddigon agos. Ysai'r gŵr ifanc am gyflawni'i anfadwaith newydd. Ond pe torrai'r ffenestr â'i ffon yn awr, fe foddid y sŵn rhag y plismon. Cododd y gŵr ifanc ei ffon, ond fe'i gwelwyd gan Alwyn. 'Na!' gwaeddai Alwyn arno. Yna, rywsut, adnabu Alwyn y gŵr ifanc caredig ei olwg, y pla o ŵr ifanc bythol-bresennol. Adnabu Sioned ef. Do. Pam? Pwy oedd ef? Roedden nhw wedi'i weld o'r blaen.

Deffrôdd Del wrth ei weld. Adnabu hithau'r dyn. Aeth yn fyw i gyd drwyddi. Crynodd ei phen. Safai'r gŵr fel bwgan brain o'u blaen. Edrychai Alwyn yn chwilfrydig ar wyneb ei ferch. Cymydog oedd ef iddynt, mae'n rhaid. Gwelai'r ferch y gŵr ifanc yn symud. 'Dad!' gwaeddai Del o'i chadair olwynion. 'Mam' yn groyw fel y gog. Y ddau air. Syfrdanwyd y rhieni. Edrychasant ar ei gilydd yn syn anghrediniol lawen. Taflodd y gŵr ifanc ei ffon i'r llawr heb ei defnyddio. 'Deffroa,' gwaeddai ei lygaid ef ar Ddel heb ddweud dim. Roedd ei lais o hyd yn wag. Nid oedd ganddo gyswllt â'i gwir orffennol cadarnhaol o gwbl. Negydd oedd ef. Sgrechai'i lygaid ef arni drachefn.

Ond roedd Del wedi yngan rhywbeth. Daeth hi'n ôl i fyd byw. Hwn rywfodd a oedd wedi lled ddeffro Del o'i thrymgwsg, hwn hefyd a oedd wedi cael y fath effaith ysigol arni gynt. Ei lygaid gleision gloyw, caredig, godidog ef. Hwn. Ei gorff lluniaidd tal cyfarwydd. Pwy bynnag oedd ef, dihunasai Del ryw fymryn lleiaf. Roedd hi wedi creu ebychiad. Sylwodd y fam. Canfyddai'r tad fod yna ryw gynhyrfiad bychan yn ei ferch. Iaith o fath efallai. Y dieithryn hwn a alwasai arni o'r pellteroedd. Gorlifodd ymdeimlad o ddiolch annealladwy drwy holl fodolaeth Alwyn. Hwn a ddaethai â'i ferch yn ôl. Estynnai law tuag at y gŵr. Estynnai'r llaw yn ôl at ei wraig. Pwy oedd ef? Syniai Alwyn fod y dyn da hwn wedi'i anfon gan rywun, rhaid. Teimlai hwnnw ar y llaw arall fod Alwyn am ei fwrw. A bodlonai ar hynny. Dyna oedd yn haeddiannol. Ac yn anghredadwy. 'Siaradodd hi, Sioned.' Roedd hi wedi estyn iaith atynt. Yna dechreuodd y gŵr ifanc redeg yn chwil ulw gaib i gyfeiriad breichiau'r plismon. Rhedai Alwyn yntau tan chwerthin ar ei ôl. Dilynai golygon Sioned nhw bob modfedd o'r ffordd. Ryw ganllath ymhellach ymlaen yr oedd hi pan welwyd y gŵr o'r diwedd gan y plismon llonydd. Canfu hwnnw hefyd Alwyn yn ei ganlyn tan weiddi'n erfyniol. Trodd y gŵr ifanc i groesi'r heol yn y fan, heb fod ymhell o'r lle yr oedd Alwyn bellach. Ond gwibio i'r heol yn ddiofal a wnaethai'r gŵr ifanc. A'r fan yna y digwyddodd y peth. Gwyrai. Darfu. Cafodd ei daro i lawr yn ddamweiniol gan gar neu lorri neu fan a oedd yn teithio'n rhy gyflym. Cafodd ei glwyfo. Ar ei arlais yn deg. Tywalltodd y teiars drosto. Gorweddai ar y llawr gan waedu o'i ben. Brysiodd Alwyn ato i'w ymgeleddu. Ond er gwaetha'r gwaed, ac er ei fod wedi torri rhai asennau hefyd, yr oedd y gŵr ifanc yn ymwybodol o hyd, ond o'r braidd. Sylwodd Alwyn nad oedd y niweidiau, er cynddrwg oeddynt, yn ddifrifol o farwol o leiaf. Cyrhaeddodd heddwas o'r diwedd yn ei awdurdod i gyd. Plygodd dros y gŵr ifanc clwyfus. Yna, ar ei ôl ef, gyrrwr y car: 'Arna i roedd y bai,' ochneidiai hwnnw. 'Y fi laddodd e. Fi. Rown i'n mynd yn rhy gyflym. Down i ddim wedi yfed dropyn.'

'Fe welais i'r peth yn digwydd,' tystiai Alwyn gan bwyso uwchben llun y gŵr ifanc, a chan gil-sbio ar yrrwr y car gyda chyhuddiad yn llond ei lygaid. 'Roedd y bachgen ifanc, druan, yn ddiniwed, yn hollol ddiniwed offiser. Roedd e'n anfonedig. Wnaeth e ddim byd. Y car oedd yn gyrru'n rhy gyflym o beth cythraul.'

'Y fi!' cyfaddefai'r gyrrwr. 'Y fi!' cyffesai.

'Diolch,' murmurai Alwyn wrth y llanc clwyfus, 'diolch am ichi roi geiriau'n ôl iddi.'

A chasglai tyrfa fach o'u cwmpas, gyda phawb yn taeru diniweidrwydd damweiniol amlwg yr arwr ifanc. Roedd y gŵr ifanc yntau'n cyffesu'n fud euog hefyd â'i lygaid rhyfeddol. Ond roedd Alwyn yntau'n pledio, yn gorfoleddu'r un pryd. 'Geiriau!' meddai. Roedd y plismon gerllaw yn galw am drefn. 'Trefn, trefn,' gwaeddai, yntau fel arweinydd Steddfod. Yn sydyn, gwawriai ar Alwyn y dybiaeth, y posibilrwydd swrealaidd bron pwy oedd y truan. Y chwalfa feddyliol hon o druenusyn. 'Mae'r bachgen yma'n fachgen da, folon marw,' meddai Alwyn mewn ansicrwydd pendant. Plygai i lawr a thaflu'i freichiau am wddw'r crwt. 'Dal di ati machgen i. Mae 'da ti ddawn am ddaioni.'

Gwenai'r arwr ryw ychydig. Aeth y plismon ymlaen â'r ffwdan. Roedd ganddo lyfr nodiadau. Dodai'r byd yn ôl yn ei le.

Brin awr yn ddiweddarach, wedi iddynt ill tri gyrraedd y tŷ, y ferch fud a'r rhieni hyn, ac wedi iddynt osod eu merch yn daclus ddiddig yn ei chadair, yn araf ofalus, gofynnai'r fam, 'Tybed a wnaethon ni gamgymeriad?'

'Beth wyt ti'n feddwl?'

'Gyda'r bachgen 'na. Fe. Ti'n feddwl efallai? . . .'

'Na! Ddim o gwbl.'

'Y truan gwirion 'na. Beth se fe eisoes wedi gwneud rhywbeth sgeler i rywun? Beth se rhywbeth rhyngddo a Del?'

'Fe! . . . Gan bwyll bach. Beth wyt ti'n feddwl?'

'Oni allai rhywun fel 'na wneud rhywbeth o'i le? Ai fe oedd y dyn?'

'Pam rŷn ni mor barod i amau pawb, Sioned?'

'Ie . . . Ond dwyt *ti* ddim yn teimlo trueni drosto, does bosib?'

'Does neb byth yn gwneud camgymeriad gyda maddau,' meddai'r tad.

'Usht! Alwyn, rwyt ti'n rhy iach.'

'Ond fe allen ni brofi ewyllys da at bawb, oni allwn ni, at Del, at ein gilydd, does bosib? At hwn? Allen ni ddim?'

'Ewyllys da, dyna'r cwbl iefe? Wyt ti'n wirion Alwyn? Gelli di fynd yn rhy bell.'

'Dymuno'r gorau, dwi'n feddwl, yn hwyr ulw glas, a hynny o ddifri.'

'Gallen, efallai,' meddai hi yn fyngus annealladwy. 'Mae gofid yn werth rhywfaint o ewyllys da, mae'n siŵr. Ond hyn, Alwyn, camgymeriad o'r math hwn, Alwyn? Na. Alla-i ddim. Rwyt ti'n aros yn rhy iach.'

Gwenai Alwyn, 'Ond rwyt ti'n maddau i mi?' Gwenai hithau. Edrychasant gyda'i gilydd ar Del.

'Paid â bod yn rhy hyderus.' Gwenai hithau. Toddasant ill dau.

Estynnai Alwyn ei freichiau ati. 'Mae'n braf, on'd yw hi?'

'Y tywydd?' . . .

'Tywydd dawnsio wedwn i.' Aeth ef draw yn bwyllog i roi cryno-ddisg yn ei blaen. Jig Wyddelig oedd arni. Trodd Alwyn y sŵn yn uchel. A sefyll ar ganol y llawr, gan edrych ar Sioned, ac yna ar Del. 'Na! meddai'i wraig.

Estynnodd ef ei freichiau yn dyner ymholgar tuag ati. 'Madam?'

Cododd hi oddi ar ei sedd. Nesaodd hi ato mewn cywilydd. Yna cydiodd hithau yn ei ddwylo ef yn hyderus. 'Tywydd maddau, Alwyn?' Roedd y sŵn yn anweddus o uchel. Llifai drostynt ill tri. A dechreuodd y ddau riant ddawnsio tan godi'u coesau'n Wyddelig. Disgynnodd gwylltineb cynnes drostynt. Ymaflodd y ddawns yn y tŷ i gyd. Gyda'i gilydd yng nghanol eu gwylltineb dyma nhw'n closio tuag at Del tan chwerthin drwy'i gilydd. Roeddent yn taflu'r blynyddoedd i ffwrdd. Dyma nhw'n cyflwyno'u chwerthin i Del. Ac wedi ychydig o eiliadau, dyma'r fechan allan o ryw bydew enbyd a oedd ganddi yn ymateb gyda gwên yn gymysg ag ebychiad amwys. Roedd hynny'n ddigon. 'Wow!' gwaeddodd Alwyn yn ei ffolineb. Cydiasant o'r newydd yn ei gilydd, a chodi eu coesau'n Wyddelig o uchel o hyd, a chwyrlïo, y ddau riant newydd sbon danlli grai, a llamu, a siglo, a bloeddio eto. Roedd mynwes y wraig yn ysgafn ac yn enbyd o gynnes. Yn y golau siglai'i gwallt yn fyw ac yn ysgafn. Oherwydd y symudiadau, cadwynai'i gwallt o gylch ei phen ac ymlaen yn gylch golau fel pe bai'n ferch newydd ifanc yn clymu'i sgert hir yn ei nics er mwyn ei rhyddhau'i hun. A dawnsiai'i mynwes o gylch yr ystafell yn ifanc. Roedd ei hwyneb yno'n gynnes goch, gellid cynhesu'r bysedd yn ysgafn arni. Ac wedi cylchu'r ystafell am y deugeinfed tro, dyma hi'n lluchio llidiartau'r mynydd yn agored braf. A dawnsiodd ei choesau drwyddynt yn iach.

YMSERCHU YN Y GOFOD

Doedd hi ddim yn 'casáu'r' dyn. Allai hi ddim ei gasáu. Bobl bach, Hugh! A'i ddwylo esgyrn-mân a'i wyneb bychan gwelw fel pellen edafedd a adawyd allan yn y glaw! Pwy, dwi'n ofyn, allai gasáu'r fath annibendod wedi'r cwbl? Roedd ef mor-rhagweladwy bob dim â'i anadl olaf.

(Gallai rhywun ar unwaith heb agor llygaid glywed yn burion mai pwysleisio'r myfyrion hyn yr oedd hi mewn llythrennau italaidd. Ond eu pwysleisio a wnâi o fewn cyd-destun print cyffredin ei gwely.)

Ym mryd rhai gwrywod, bwlch yw ffyddlondeb rhwng anffyddlondebau diddorol. I fenywod ar y llaw arall, bwlch yw anffyddlondeb ynghanol ffyddlondeb trist. Heddiw roedd Gwen – beth bynnag fyddai'r gost – am deimlo'n arwrol ddiddorol. Heddiw doedd yna ddim un diferyn o dristwch anniddorol i fod i fentro ar ei chyfyl, bwlch neu beidio.

Pam dylai hi? Pam yn y byd mawr y dylai erlid ei nerfau'i hun ynghylch dyn bach nad oedd ganddo mo'r sefydlogrwydd cymeriad na'r nwydau ewyllysgar i feithrin yr un berthynas hardd a hir-amser â neb? Oni wnaethpwyd dynion i gyd o'r un defnydd annefnyddiol trofaus? Roedd ffyddlondeb ym mryd Hugh megis cerfio dŵr.

Gallai hi bellach ynddi hi ei hun fod yn gyfan gwbl hunanddigonol. 'Dynion, wir!'

Beth yn y byd, dywed, sy'n dy grafu di, ferch, yn troi dy feddwl ffordd yna? Mae'n ddiwrnod braf ei wala, on'd yw hi? Rwyt ti'n wareiddiedig hawddgar. Menyw ysgaredig lond dy groen wyt ti. Gad inni fwynhau bywyd *heb* ddynion, *fel* dynion. Bachgen bychan, crwtyn mân anaeddfed trist yw'r spesimen hwn: does dim eisiau rhoi dim sylw difrif i'r fath erthyl dwy a dimai. Anadlodd hi'n ddwfn. *A! Gofod!*

Cyn diwedd eu priodas, iddo ef, yr unig ffordd i fwynhau'i wraig oedd dychmygu ei fod yn godinebu gyda hi. Bellach, yn ystod y deng mlynedd diwethaf, fe'i hamgylchid ef gan odineb bythol, diddychymyg amrywiol fel pawb normal.

A dyma hwn, Hugh, heno, yn dod adref felly, lond ei groen fel y byddai ers blynyddoedd bellach yn ymlusgo draw i'w gweld bob nos Fercher.

Cerddai ef i mewn yn urddasol wag gan hen ddisgwyl popeth a allai ddod, yn debyg iawn i'r lleuad yn y môr, fel pe na bai ond yn unig swydd ganddo i adlewyrchu goleuni nad oedd ohono'i hun yr un hawl gynhenid a chyfreithlon iddo. Dôi â'i gyfran arferol o glebr, mor ddibynadwy lipa ei anwireddau, gyda'i absenoldeb arferol o sbonc, â phapurau Llundain. Ac yntau, wrth sleifio'n ôl ati, hi, at ei wraig gyntaf gynt, ymddygai fel petai wedi gallu gosod ei ail wraig ail-law yn dwt o'r neilltu mewn angof cyfleus.

A phwy oedd honno o bobl y byd, liciwn i wybod? O'r braidd fod Gwen, y wraig gyntaf, yn nabod Meg. Pe bai'n ei gweld yn blwmp ar y stryd, draw fan yna, o'r braidd y byddai'n gwybod pwy oedd y llygoden anaemig honno mewn sgyrt gonfensiynol frown – oni bai am y ffaith annifyr braidd fod y ddwy bellach mor enbyd o debyg i'w gilydd, hyd yn oed o ran taldra a phwysau. Nid fel hyn roedd hi'n arfer bod. Doedden nhw ddim *wedi* bod yn debyg erioed. Ond tyfasen nhw'n debyg gyda threigl triagl y lleuadau, efallai, dan gysgod deniadol Jon y mab. Do, hyd yn oed yn eu hannifyrrwch. Onid oedden nhw bellach yr un ffunud yn grwn, neu'n gymharol grwn?

Dirgrynai Gwen wrth synied y fath beth. Pan feddyliai Gwen am gariadon Hugh roedd hi'n falch fod bomiau atomig wedi'u dyfeisio.

A chodai'n annifyr araf o'r diwedd, o'r gwely yn barod i rywbeth. Ac yn neilltuol barod i'r eiliad cryd-cymalog a ystyrid yn fywyd.

Eto, os gallai hi gasáu rhywun bellach, efallai taw Meg (y llall) ei hun oedd honno. Efallai taw'r unig faban sgrechlyd y medr dynion esgor arno'n bersonol eu hunain, ac yr oedd ganddyn nhw'r gwroldeb digonol i'w genhedlu, oedd yr anhoffter hwn rhwng merched a'i gilydd.

Ac eto, ochr yn ochr â Meg, canfyddai hefyd yr hen efaill anniddorol hwnnw, yr hen faban cydymaith arall, anffyddlondeb. Roedd hwnnw'n efaill go sgrechlyd i'w anhoffter cyfredol. A hwnnw, a fuasai gynt yn achos i dynnu Hugh oddi wrthi, bellach a'i tynnai'n ôl ati. O'i herwydd, roedd ef yn barod braf i adael Meg (ei ail ddioddefydd) yn gwbl gafalîr bob cyfle a gâi er mwyn picio draw â'i anffyddlondeb ffyddiog i gael cip ar ei wraig hirddioddefus gyntaf.

Druan o Meg! Doedd honno eto ddim yn gwybod am y sbort a geid mewn gwacter.

Ond chwarae teg i Hugh, gallai gydymdeimlo â dirmyg Gwen. Ef ei hun oedd y tipyn drwg yn y caws mae'n rhaid; nid merched byth. Ond drwg mor ddiddrwg oedd nes nad oedd yn werth codi stêm amdano. Pam, felly, os oedd yn gymaint o chwiler disymud dila mewn agen wal, pam fel glöyn byw anochel llawn ffws roedd ef yn mynnu o hyd yn awr fflapian heibio'n ôl *mewn llythrennau italaidd* i sbecian ar ei wraig gyntaf bob nos Fercher, gan fod yr ymwahanu ystyrlon a phenderfyniadol rhyngddynt wedi hen ymsefydlu'n ddiddig? Pam?

Jon oedd y rheswm ar y dechrau, cewch fentro. A gellid deall hynny – ar y dechrau. Ie, yr anfarwol anghymharol Jon. Trefniant i Hugh gael cip ar ei grwt, dyna'r cwbl yn gychwynnol fu'r ymweliadau ffurfiol hyn ar nos Fercher. Rhyw wibdeithiau melys anghyfrifol oeddent er mwyn iddo gadw cyswllt â'r plentyn, picio gydag ef am dro, a chael cyfle i feithrin perthynas tad-a-mab. Cawsai gytundeb-llys ffurfiol gofnodedig i hyn. Ond yn awr, yn enw pob afreswm, ers tair blynedd bron roedd Jon yn y Brifysgol, ac yntau'r tad yn dal i ddod heibio mor undonog hoffus ag erioed oherwydd rhyw fath o sentiment, meddai fe, er mwyn sgyrsio *am* Jon. Sgyrsio, wir! Jon oedd ei ddelfryd o fab. Pam, nis gwyddai. Efallai oherwydd y tebygrwydd rhyngddynt ill dau, debygai ef. Nid tebygrwydd pryd a gwedd. Ond tebygrwydd yn eu hoffter aruthr o foron amrwd . . . Hysbys y dengys yr asyn.

Roedd ef a'i wraig gyntaf wedi cael Jon, meddyliai ef, i raddau er mwyn cadw'r briodas ynghyd. Ac o'r herwydd llusgodd eu merthyrdod ymlaen wedyn er mwyn diogelu bywyd gwastad. Bellach, er mai ar y llall yr oedd y bai, yr oedden nhw ill dau'n bryderus ynghylch y niwed a wnaethan nhw i'r crwt.

Unwaith yr wythnos y digwyddai'r ymweld tadol hwn am gyfnod, ac un waith yn ormod, o'i rhan hi. Math o adlais, estyniad neu barhad ydoedd, yn barhad rheolaidd i'r ymweliadau wythnosol a wnâi ef â Jon cyn iddo ef fynd i'r Brifysgol. Ond yn awr yr oedd ganddo fwy o amser dros ben. Onid ymddeolodd yn gynnar oherwydd cael tipyn o drawiad ar y galon? Rhyw dwmpath gwahadden o drawiad oedd, mae'n wir. Rhyw Bumlumon yn hytrach na'r Wyddfa. Ac yn awr, er ei fod yn dal i alw bob nos Fercher yn ôl yr amser penodedig, byddai ambell alwad achlysurol arall dros ben ac ambell ddiwrnod ychwanegol os gwelwch yn dda yn cael ei atodi. Rywsut, daethai'n hoff o ymweld â'i wraig gyntaf er mwyn cael ei atgoffa nad oedd yn gorfod byw gyda hi. Ffrindiau heb fod yn gariadon oedd y ddau hyn o hyd: cyn-ŵr a chyn-wraig yn gyn-briod, yn cyn-gofio'i gilydd ac yn cyn-obeithio na byddai gwir serchiadau byth yn blodeuo at neb eto.

Ac eto, meddyliai hi mor ddwys, O! na ddeuai'r Wyddfa fygythiol honno ar warthaf ei fynwes rywbryd.

Manteisio yr oedd ef felly, mae'n siŵr, ar y ffaith ei bod hithau, am ychydig, yn byw ar ei phen ei hunan bach. Wel, nid yn llythrennol felly efallai, ond yn symbolaidd . . .

A chodai'n araf o'i gwely: dechreuai hi wisgo'n feddylgar.

'Gofod!' meddai hi gan lapio'r gair o gylch ei dannedd. *'Gofod! Yr Anfarwol Ofod!'* Dyna ystrydeb air ar gyfer hanfod pêr yr unigrwydd hwn. Taflwyd ychydig o sboneri, mae'n debyg, i mewn i olwynion esmwyth ei gofod o dro i dro. Ychydig o amser y bu i'r sboner diwethaf chwyrlïo gyda hi tan estyn ei adenydd cyn hedfan i frigyn arall. Ond nid hwnnw, eithr y sboner cyntaf oll o'r gyfres ar ôl Hugh, – Robin, ef oedd y maen tramgwydd, mae'n debyg, neu'n hytrach y mwyn drobwynt, i'r naill neu i'r llall o'r ddeuddyn. Y cyntaf, bob amser, yw'r gynddelw unplyg. Yr ymyrrwr annisgwyl hwnnw a oedd wedi ysgogi Hugh, dybiai ef, yn ei grwydradau diddrwg-didda drwy'i ofod yntau gynt. Ym mryd Hugh, os oedd Gwen o'r diwedd am ei gwneud hi, gallai yntau yn ei dro hefyd ei gwneud hi gystal bob dim gan anghofio mai ei odineb ef a agorasai'r briffordd yn y cychwyn cyntaf.

I Hugh, roedd bywyd yn syml. Robin fu'r esgus teg yn 'wreiddiol'. Hen ddigon o esgus i neb i gyfiawnhau bwrw'i blu. Yn ei fryd ef, bellach, math o fonopoli rhyngwladol annheg preifat oedd diweirdeb neu ffyddlondeb: fe'i gwrthodai am resymau gwleidyddol hollol egwyddorol. Perchnogaeth gyhoeddus oedd ei bethau ef, nid y fentr gyfalafol breifat. Os oedd Gwen, meddai fe, am gael ychydig o waith cartref o'r calibr yna, yn ei gefn, i'w astudio yn ei gwâl ar adegau neilltuedig, gyda'r *Woman's Own*, cyrri a Phobl y Cwm, yna pam na allai yntau hefyd chwilio am rywun i'w hefrydu, rhywun weddol ddidramgwydd fel Meg? Roedd ei resymeg mor ysbrydoledig â'i swydd. Ac eto, rywsut, chwarae teg, bob tro buasai wedi hoffi arafu'r cariad dipyn bach er mwyn iddo bara ychydig pe gallai. Ond dyna ni! Mae pawb yn gwneud ei orau.

Marchnatwr beiros oedd ef. Pwy erioed a glywodd am neb yn dod o hyd i'r tamaid lleiaf o ramant mewn beiro? Mae'n debyg fod yn rhaid i rywun wneud y gwaith hwnnw, a'r rhan bwysicaf o swydd Hugh MacArthur, ac yntau o darddiad Americanaidd Albanaidd ac yn ddisgynnydd pell i Robert y Brewys yn ôl pob sôn, oedd gwerthu beiros i siopau i'r gorllewin o linell heb fod yn rhy syth yn ymestyn o Wauncaegurwen i Gydweli.

Tipyn o epicwriad mewn beiros oedd ef. Yn ei fryd ef, urddas dynol wedi'i ddyrchafu i wastad mynegiant oedd beiro. Teimlai mai hwnnw yn dawel bach oedd gwir ffynhonnell pob llenyddiaeth, y tarddiad na allai'r un dychymyg geiriol fyw hebddo.

Ac roedd ei gyn-wraig bellach, – yr hen Gwen stalwm – os gwelwch yn dda, fel petai wedi dod i ymddwyn fel un o'r siopau hynny ei hun iddo. Mangre oedd hi i eistedd ar bwys ei chownter ac yn achlysur i glebran er mwyn gwerthu'i nwydd. Meithrinasai ef sgwrs rwydd a chysurus wrth dreiglo o siopwr i siopwr, er na phreblai fawr am feiros. Ac yn achos Gwen roedd ganddo'r ddawn nid anghyffredin o oedi am awr, am ddwy awr, am dair, heb ddweud odid ddim o bwys.

Dechreuai, chwarae teg, bob amser drwy sôn am Jon. Gorffennai drwy sôn am Jon. Eithr rhwng y ddau begwn yna, dyn a ŵyr i ble y byddai'u geiriau'n eu harwain. Byddai hyd yn oed ogof Tan-yr-ogof wedi dylyfu gên wrth wrando arno. Effaith greadigol y beiros efallai, meddai fe yn bendant. Ambell waith, âi dros yr hen amser cyn i Jon ddod i darfu ar eu marweidd-dra. Ond mae eilunaddoli mab yn magu clawstroffobia, yn gyntaf i'r mab, wedyn i'r tad. Perygl oedd oedi'n rhy hir gyda'r un pwnc. Stôl mewn siop oedd Gwen iddo, iddo osod ei din i orffwys arni o hyd, tynnu'i bibell allan a phaldaruo. Onid hi oedd y 'chair' i'r gangen leol o Sefydliad y Merched? Clust o fath oedd hi hefyd heb geg – ond siwrnai a siawns, ac yn anhygoel briodol felly, yn ei farn ef. Gallai ef sefyll ambell dro ar ganol ei barablu, er mwyn syllu gyda rhyfeddod ar ei distawrwydd. Po fwyaf tawel y bo gwraig, mwyaf anghrediniol fydd ei gŵr. Sgyrsiai ef yn fynych am eu carwriaeth gynnar ac yna yn amlach am enedigaeth Jon (wyt ti'n cofio?) ac yntau'n ei gyrru drwy oleuadau traffig er mwyn cyrraedd yr ysbyty mewn pryd. Eu dyddiau heulog arhosol, ni allai hi gofio popeth, wrth reswm, (fel yr honnai yntau y gallai ef ei wneud yn gyfrifiadurol bellach, mae'n siŵr). Ni chofiai fod nosau chwerw wedi dilyn dyddiau chwerw, ond does neb yn potsian am bethau felly, roedd hynny oll yn angof bellach, a'r nosau i gyd mwyach wedi'i chwythu i ffwrdd o bant i bentan, fel pe bai gwynt cryfach nag arfer wedi rhuo o gyfeiriad Llyn Llech Owain – yn hen, hen hanes. Dyna'r math o glebr di-stop a geid wrth ei chownter hi, felly. Ond 'phrynodd hi ddim un beiro eithr ar ambell fore mwy unig na'i gilydd. Fel y bydd rhai pobl yn edrych ar ffilmiau er mwyn mwynhau wylad braf, felly yr ymwelai Hugh â Gwen er mwyn . . . wel, roedd hi'n stôl.

64

Weithiau, mae'n wir, ymdreiglent dow-dow i fyny i'r gwely am ddeng munud fach. [Mae'r ffilm yma'n mynd i gynnwys deunydd i oedolion, meddai'i dalcen taer. Ac fe wyddech y pryd hynny eich bod ar fedr goddef plentyneiddiwch eithafol arwynebol o berthynas ddiddim.] Cordeddu ddringo o gwmpas hen ofod ei gilydd fyddai'u hanes y pryd hynny. Ond roedd y gofod hwnnw yn eu gollwng cyn cyrraedd y brig. A dychwelai ef maes o law i amgenach gofod. Roedd gan y ddau ormod o atgofion. Pan fyddai ef felly yng nghwmni Gwen byddai yna un arall bob amser dan y cynfas. Bob amser yr oedd hwnnw'n gwrando ac yn murmur mwys gan sicrhau'u bod yn peidio byth â darganfod amlder perthynas yn ei gilydd, a'u bod yn osgoi'r pethau eraill yn natur ei gilydd a allai arwain at gyswllt llawnach. A charu'r dieithryn nid rhy ddieithr hwnnw fu'r gyfrinach yn rhy aml. O'i herwydd doedden nhw erioed wedi dod o hyd i hanfod ei gilydd. Methwyd ag ymuno yn rhythm dwfn di-ofod. Bob amser, ceid y trydydd dieithr.

Jon fel arfer.

Natur ddynol oedd y wlad yn y fan yna. Buon nhw'n curo ar y graig yn y fan yna, ond ni ddôi'r dŵr. Buon nhw'n ymestyn am y fwyalchen, ond yno, y garreg oedd yr un cantor yn y coed a glywent, a doedd gan honno fawr o amser i chwarae. Ymaflyd-codwm rhwng hunanoldeb a hunanoldeb oedd cymaint o gyfathrach ag a gaent, gwanc a wingai am wanc. Gyda dau ar eu pennau eu hunain fel hyn, unigedd gwahân oedd eu mawr ddarganfyddiad yn yr aceri o ofod. A gêm newydd unig bleth dros dro fyddai'r naill i'r llall mewn hen fethiant wrth fforio drwy'r gofod cyfun hwnnw.

Doedd hi ddim yn ei gasáu. Gair rhy gafalîr fyddai 'casáu'. Beth oedd yna i'w gasáu beth bynnag mewn marchnatwr beiros? Ac wrth gwrs, gallent hyd yn oed chwerthin gyda'i gilydd. Giglan o leiaf. Ambell waith ailddywedai ef hanes eneiniedig eu cyfarfyddiad cyntaf gyda'i gilydd. Hysbyseb annifyr ydoedd ef bellach am y cyfarfyddiad hwnnw, – wyt ti'n cofio Gwen, – a hynny'n llythrennol bron. Oni chaed, yn wir, dipyn o gymeriad hysbyseb o hyd ar draws hynny o wep a oedd ganddo? Hysbyseb gynnil yn y *Cymro*:

Beiro o ŵr bonheddig, hoff o sgrifennu 'Rwy'n dy garu' ar gerrig glân y môr, yn chwilio am gymdeithes 25-35 oed i sgrifellu ei serch drosti. Hynod am hwyl. Hoff o farchogaeth ar draws y Mynydd Du.

Marchogaeth! Gallai weiddi hynny eto.

Cofiai hi fe'n dweud un tro: 'Waeth gen i am farw, os caf ddal i farchog-aeth!'

Sut bynnag, cyfarfyddiad araul ac amlochrog gawson-nhw y tro cyntaf; ac mae'n bosib am wythnos neu ddwy, am ddiwrnod neu ddau o leiaf, iddyn nhw fod yn hapus. Wel, nid yn hapus. Bodlon. Gallai hi ei fodloni ef, a gallai ef geisio'i bodloni hi. Ac yna, i ffwrdd, i ffwrdd ar draws y Mynydd Du ac i lawr i Langadog. Beth arall a ddisgwylid mewn priodas? *Gofod!*

Ac yna, Jon a ddaeth i lenwi'r gofod. Gwych a difrycheulyd oedd Jon. Buan felly yr enciliodd hi i'r cefndir. Jon bellach oedd holl sylw Hugh. Jon oedd ei feddwl a'i arian a'i amser a'i hwyl, [heblaw am ychydig o Meg rhwng bachau petryal]. *Jon, ym mhob oedran o'i dyfiant, oedd canolbwynt bodolaeth.*

Jon hefyd oedd eu tir cyffredin, eu tir neb, yn y frwydr ddiarhebol rhyngddynt a'r weiren bigog.

Tybed, meddyliai Gwen wrth ailalw'r dyddiau a fu, *sut yr oedd hi ar Meg erbyn hyn? A oedd hithau hefyd yn gorfod dioddef? Ai hi oedd yr hir Amser y chwiliai ef Ofod rhagddi?*

O leiaf gallai Gwen frolio'n hyderus mai ei mab hi oedd Jon. Doedd dim amheuaeth am hynny. Chafodd y naill na'r llall ohonyn nhw yr un mab arall. Ac os oedd Meg yn gorfod gwrando ar ganran o'r rwtsh bondigrybwyll am Jon, am hyd yn oed hanner awr yn unig bob dydd, rhaid ei bod wedi cael llond cylla ac arennau ohono. Ni buasai Gwen wedi oedi am hanner amrantiad pe meiddiai gŵr fel hwn glebran byth a hefyd am fab rhywun arall ac am ddoniau hwnnw, am orchestion hwnnw, am yrfa anfeidrol ryfeddol hwnnw.

Ond o leiaf, gallai Gwen faddau rhywfaint iddo, maddau iddo ar gownt Jon o leiaf, a hyd yn oed ar gownt Meg. Cwningaidd yw bryd gwrywod. Wedi'r cyfan, mae meddwl pob gŵr anfoddog yn byw yn nhŷ drws nesaf. A doedd hi erioed – froliai, yn bur ddi-sail – wedi bod yn un am ddal dig ynghylch cymdogion. Os oedd Hugh, mewn munud wan, wedi tybied ei bod hi Meg yn rhagori rywfodd neu'i gilydd arni hi, Gwen, wel, rhwng cwningod Pentyrch a'i gilydd. Ryw dair gwaith yn unig y gwelsai hi Meg, ac nid oedd yr un o'r tair yna yn gofiadwy. A sut y gellwch ddigio byth wrth gyd-gwningen na allech o'r braidd osod magl iddi?

Doedd hi ddim yn dal dig tuag at Meg un mymryn, felly, na thuag at Hugh chwaith erbyn hyn, o ran hynny. Hugh bach, tila, diddim. Prin bod i'r gair 'dig' unrhyw ystyr yn achos Hugh. Fe'i gwnaethpwyd ef i geisio bod yn ddiddig. Wedi'r cwbl, ffigur go druenus oedd hwnnw erbyn hyn. Ar ôl ymddeol, a methu â dod o hyd i ddim call i lenwi'i amser (na'i ofod), ac yna ar ganol ei segurdod digyffro yn cael trawiad bach ar y galon, yr oedd ef wedi dechrau colli peth pwysau. Ceisio colli ychydig yn y mannau strategol yr oedd ef, meddai ef. Hoffai fod yr un pwysau â Jon. Er bod Jon yn fyrrach, roedd yn fwy cydnerth. Cyrraedd pwysau Jon oedd prif nod ei fuchedd. Cyrraedd yr un siâp a'r un hanfodion unfrydol. Pe gallai golli rhyw ddwy stôn arall byddent yn fwy tebyg i'w gilydd, a byddai ef yn iachach, fel Jon. Druan ohono, yn arbennig yn awr, ar ôl llwyddo i golli pwysau, mwy o bwysau nag a erfyniai mewn gwirionedd, yr oedd yn edrych yn bur fregus ac yn ymddwyn yn fregusach byth. O bryd i'w gilydd brefai defaid gwynion henaint ar ei gorun, ac erbyn hyn ysywaeth penderfynasent yn ddiplomatig gael corlan yno – un wag.

Ond bobl bach! pa ots iddi hi? Doedd Gwen yn hidio'r un botwm corn ynddo. Difaterwch oedd y disgrifiad cywiraf o'i theimladau. Nid cenfigen, ac nid dicter chwaith na gwrthuni. Difaterwch dihafal o absoliwt oedd y disgrifiad manylaf o'i hymateb i bob dyn yn y bôn. Dichon nad preswylio y bydd serch mewn unrhyw wraig ganol-oed: lletya y bydd. Os na chaiff serch rhwng deuddyn gwmpeini cyfeillgarwch ac aberth yng nghôr cariad, dyw e ddim yn mynd i ganu llawer. Dyna'r dychryn. Llywodraeth gwlad yw cariad lle na chafodd serch namyn swydd ddistadl mewn un adran, nid fel gweinidog ond fel is-ysgrifennydd ar y gorau.

Roedd hi wedi ymhoffi ynddo'n ystyriol unwaith; ond bu hi'n hoff erioed rywfaint, yn ysbeidiol, o dwysged o ddynion, yn arbennig ar ôl i anffyddlondeb cyntaf Hugh ddod i'r fei. Ond cyn hynny hefyd, efallai . . .: wedi'r cwbl, rhaid i bob gwraig a chanddi ŵr i bryderu amdano beidio ag ymserchu'n anghymedrol mewn Dyfal-barhad. Roedd ganddi lawer o alwadau priodol eraill ar y gweill (A dôi'r llythrennau italaidd wrth iddi ailalw'r gofrestr o gwningod, – *Robin, Arwyn, Elfed, Jonathan, Twm, Eic, Les, Ken: . . . Jonathan!* 'Yma, Miss!' Adwaenai hwnnw ers talwm iawn. Roedd hi wedi closio dipyn at hwnnw. Ac yr oedd rhagor yn dod i'w chof fel glöynnod byw yn awr wrth iddi ailalw Jonathan. Anghofiai mor rhwydd. Tra bydd rhai menywod yn troi serch yn dwymyn, roedd Gwen wedi'i droi'n Alzheimer's.) Gwell ganddi gerddorfa na chwarae ar un ffliwt bach. Ym maes rhyw, tybiai mai addasach oedd llywodraeth leol na llywodraeth ganol. Os nad achubwch y cyfle ar odineb yn y fan a'r lle, yna fe achubith godineb y cyfle arnoch chi. Fe gafwyd rhai *cyn* iddi gyfarfod â Hugh; a llawer – heblaw Robin, Arwyn, Elfed – *wedi* iddi ymadael ag ef. Roedd ganddi fel pawb arall ryw fath o reddfau iach yn goglais ei ffroenau wedi'r cwbl, chwarae teg. A beth oedd pwrpas griddfan onid i'w defnyddio ryw ben, a'u defnyddio gyda pheth arddeliad?

Ac wrth gwrs, os oedd hi'n rhoi ychydig bach o raff i'w chyneddfau fel hyn, yna, oni allai hi roi caniatâd cyffelyb i Hugh? Ac i Jonathan yntau yn ei dro o ran hynny?

A! Jonathan gynt. Jonathan pêr. Jonathan hirfelyn tesog.

Ond 'phriododd hi neb eto, er nad oedd yn brin o gynigion. Cofiai am Les yn ei ffonio un diwrnod, ac yn dweud, 'Gwen, dŷn ni'n dwlu ar ein gilydd. Dŷn ni wedi cysgu gyda'n gilydd mor fynych nes bod rhannau ohono'i'n gwybod eu ffordd o'th gwmpas fel cleren las o gylch ffenest y gegin. Dwyt ti ddim yn meddwl ei bod hi'n hen bryd inni briodi.' Ond ddaeth dim ohoni.

A'r cwbl a ddwedodd hi oedd, 'Ai Eic sy'n siarad?'

Fel pob un a fethodd â phrofi gwir gariad, tybiai y gallai'i godi lle bynnag a phryd bynnag y mynnai. Roedd hi'n credu'i bod yn dipyn o hedonydd a bod bywyd wedi cael ei wneud i fod yn gyfleus. Ond roedd bod yn hedonydd yn golygu byw celwydd a'i fwynhau. Gorfodai arni ddychmygu parhad nas profai, a mygu'i sylweddoliad pigog o'i gwendidau'i hun.

Roedd gan Hugh yntau druan ei fuchedd anochel, wrth gwrs, o fenyw i fenyw ar hyd y wifren deligraff, fel roedd ganddi hithau ei bywyd ei hun – er ei bod yn hŷn bellach, medden nhw, nag y bu, a'r llanciau heb alw mor aml. Ond dyna ni, 'trech celfyddyd a phrofiad nag ysbrydoliaeth mewn serch', dyna'i hargyhoeddiad di-sigl. Roedd rhywun o Gymdeithas yr Iaith un noson wedi dringo i fyny ar ei thalcen a phaentio'r slogan hwnnw mewn paent gwyrdd.

Y fath ansicrwydd a lithrai i fywyd rhywun oherwydd godineb. Nid yn unig y gŵr yn ansic am y wraig a'r wraig yn ansic am y gŵr, ond yr orsaf leol yn ansic am amser y trenau, a'r aelod seneddol yn ansic beth a ddwedsai yn yr etholiad cyn yr un diwethaf. Pawb eisiau gofod. Pawb eisiau ansicrwydd pêr. Doedd dim math o sicrwydd hyd yn oed a oedd yr ansicrwydd ei hun ynghylch bywyd mor gwbl sicr ag y dylai fod. Ac am y gweinidogion crefyddol lleol, wel, yr oedd y rheini'n ddiarhebol i gyd.

Un o'r priodasau cwmwl-bluog, eisiau-gofod, awel-grwydrol fu ganddyn-nhw, Gwen a Hugh, priodas bwysau-gwawr, flewiach-manblu, sidan-wyntog a gynhyrchwyd yn arbennig ar gyfer diwedd yr ugeinfed ganrif. Priodas ysgol-feithrin ydoedd, mewn gwirionedd, er gosod bwrdd carbord gyda'r gair 'Prifysgol' yn froliant uwchben y trothwy.

Doedd hi ddim yn ei gasáu. Ond fe hoffai'r un pryd pe bai ef yn ymweld yn llai aml, a phe bai'n siarad yn llai aml am Jon fel pe na bai dim na neb arall ar gael. Ond dyna ni: efallai nad yw perthynas byth yn coelio'i fod yn siarad gormod.

'Ond beth am Meg?' mynnai hi. 'Hi yw dy wraig ddiweddaraf.'

Jon oedd y cwbl iddo ef, ta beth, mynte fe. Eto roedd ef a Meg, awgrymai, yn hyfryd hapus gyda'i gilydd bellach, yn orfoleddus hapus, er na chawsant blant. Os felly, pam roedd ef yn picio mor aml yn ôl heibio iddi hi, Gwen, fel pe bai ef yn dannod ei hanhapusrwydd hi ei hun iddi?

Dim rheswm arbennig, meddai fe. A beth bynnag, erbyn hyn, meddai fe, roedden nhw am symud, ar symud o ddyffryn Aman, os gwelwch yn dda, ef a'i ail wraig, yn ôl i ardal Meg, ger Gwaelod-y-garth. Gan fod Meg yn rhoi'r gorau i'w swydd fel athrawes mewn ysgol feithrin, ac yntau wedi ymddeol o'i feiros, roedden nhw'n fwy rhydd: yn rhydd o leiaf i symud yn nes at gymdogaeth ei mam. A pham lai na phellhau ychydig oddi wrth ei wraig gyntaf? Disymud oedd honno, ym mhob ffordd bron. Onid Gwen oedd y math o wraig anghyfrifol a arddangosai'n loyw na ddylsai gwragedd erioed fod wedi cael y bleidlais?

Oedd hynny'n golygu na fyddai'n dod heibio mor fynych?

Oedd.

Hyd yn oed ar nos Fercher?

Oedd.

A Jon?

Wel, doedd e ddim yn gweld Jon yn fynych yn awr, ta beth, dim ond yn ystod y gwyliau.

Ond y sgyrsio *am* Jon?

O! tipyn o faldod oedd hynny. Gallai sgyrsio am Jon rywle rywle. Dros y ffôn efallai. Rhyw fath o fis mêl drwy'r ffôn. Beth amdani?

Ond beth am y gwyliau? Sut y byddai hi arno ynglŷn â'i gyswllt â Jon, ac ymweld, yn ystod y gwyliau?

Roedd e wedi meddwl am hynny. (On'd oedd yn meddwl am bopeth?) A'i gynllun ef ydoedd, os byddai hi mor garedig â chytuno, y gallai Jon ddod acw atyn nhw yng Ngwaelod-y-garth am hanner y gwyliau, a threulio'r hanner arall gyda hi yn nyffryn Aman.

'Alla-i byth ddeall y bobol 'ma sy'n byw yn yr ardaloedd cyn-lofaol hyn, gyda'r tomennydd wedi'u symud, heb ddim ond anialwch gwyrdd yn eu lle.' Eilliwyd coed oddi ar y pridd er cyn cof. Oni chofiai ef yna hanes am gi wedi dod i'r ardal ffug wledig amddifadedig hon am wyliau? Fe gafodd y fath drafferth yn dod o hyd i foncyff pren nes ei fod yn falch i ddychwelyd i Gaerdydd i ymollwng yn erbyn y castell.

O! yn daclus iawn felly. Roedd e wedi meddwl am bopeth. A beth amdani hi?

Sut felly?

Beth oedd e'n disgwyl iddi hi wneud?

Sut felly?

Wel, colli Jon am hanner y gwyliau, wrth gwrs. Neb yn dod heibio nos Fercher chwaith! Beth y gallai hi ei wneud? Beth am ei theimladau hi? Sut roedd e'n disgwyl iddi hi ymateb? Hi! Wel, dim o gwbl debyg iawn wrth gwrs. Doedd dim eisiau iddi hi ymateb o gwbl, un ffordd neu'r llall. Roedd Jon yntau yn ddigon cytûn. A sut bynnag, oni châi hi ragor o Ofod?

Dim ymateb o gwbl? Dim disgwyl iddi ymateb chwaith! Ie: dyna'i agwedd wrywaidd erioed. Doedd dim ots amdani hi. Roedd hi'n unfed ganrif ar hugain. Canrif y ffasgiaid gwrth-ffeminyddol. Doedd ei theimladau hi, a'i gobeithion a'i hegwyddorion a'i phurdeb hi ddim yn cyfri'r un ffeuen. Ei defnyddio, dyna'r cwbl wnaethai ef erioed. Cyfleustra oedd hi, cyfleustra adeg eu carwriaeth, cyfleustra i dwtio'r tŷ ac i ddod ag ychydig o bres o'i swydd gyda'r beiros, cyfleustra wedyn i gymdeithasu ac i fwrw'r amser ar orig wag. Cyfleustra ymylog, rhywbeth i'w godi am dro, a rhywbeth i'w daflu'n ôl i'r gwter. Mecanyddol oedd y weithred o gymdeithasu dros y cownter a ddyfeisiwyd i daclu ychydig ar galonnau briw anghyfleus.

'Gofod!' poerodd ef o'i geg sych. Yn hytrach nag anwylo'r gair cysegredig o gylch ei daflod ac ar flaenau'i ddannedd fel y byddai hi'n ei wneud ers talwm, ei boeri'n ddihidans a wnâi ef.

Ac yn awr roedd meilord yn hedfan bant fel dafn ar wifren wedi cael digon arni hi, ac eto am sicrhau ei fod yn cadw rhyw fath o gyswllt â Jon ac yn ei hamddifadu hi o Jon yn ystod yr amser hwnnw.

Gallai, sylweddolai o'r diwedd, gallai hi ei gasáu. Pe bai ef yn ddigon ystyrlon ac yn ddigon o ddyn, *gallai* hi ei gasáu hyd ei fêr. Cyfleustra oedd pawb iddo ef. Cyfleustra fu hi. Roedd hi wedi'i ffansïo . . . efallai . . . Ond . . . Ac eto . . .

Dim ond eisiau mwy o Ofod diarhebol ddaearyddol yr oedd ef, meddai ef.

Rhywbeth tebyg iddi hi. Doedd hi ddim *yn* ei gasáu, wedi'r cwbl. Faint bynnag o ofod oedd ganddo, allai hi ddim ei gasáu. Roedd e mor dila, mor ddychrynllyd o anfeidrol ddibwys, mor anweddus o dragwyddol eiddil. Roedd yn rhaid cael sylwedd i gasáu rhywbeth neu rywun gydag unrhyw fath o gynddaredd go iawn. Pan geid tameidyn o ofod pwdr mor anferthol fusgrell â Hugh, doedd dim amdani ond tosturio orau y gellid, a mynd ymlaen gyda hyn o fuchedd.

Ond un diwrnod, y tu ôl i ddrôr yn yr ystafell wely, wedi llithro yno drwy amryfusedd, ac wrth dacluso, daeth hi o hyd i hen lythyrau; hen hen lythyrau, oddi wrth hen hen hen gariadon. Ac yma ac acw sonient amdani hi. Hi! Rhyw grybwyll, fflipian grybwyll, ac eithrio ambell un go brin a fanylai. Ni ddarllenasai erioed y fath watwareg felly. Roedd gwawd ambell lythyr mor eithafol fel na allai o'r braidd ymateb rhag cilwenu'i hun nes sylweddoli o'r newydd mai hi oedd y cocyn hitio. Cael sbort am ei phen hi yr oedden nhw, a dylai hi fod yn annherfynol grac tuag ato. Ond rywsut, glaswenai, heb ffrwydro, heb regi, laswenau creulon bron, yn greulon tuag ati'i hun ac yn greulon tuag ato ef, a bron yn benderfynol . . . Rhyw synfyfyrio felly y bu hi drwy gydol y dydd.

A dyma ef heno, wel yn hwyr yn y prynhawn, neu'n gynnar efallai, yn baglu i mewn i'w thŷ, yn ôl ei arfer, dros ei charpedi anhreuliedig, a'i fegin hyll yn tuchan a'i wyneb yn sgarlad a'i lygaid fel pe baen nhw eisiau dod ma's i gwrdd â chi am sgwrs fach, fel goleuadau car yn y nos yn eich rhybuddio chi cyn cyrraedd cornel eu bod ar eu ffordd. Cwyno yr oedd ef ei fod wedi bod yn codi cesys ar ben y wardrob, ac yna wedi gorfod dringo i'r atig a chludo rhagor o ddodrefn i lawr o'r atig i'w harchwilio yn barod ar gyfer y mudo mawr: roedd ef wedi ymlâdd. Doedd ef ddim am symud dim na mudo byth mwyach: bydden nhw'n ei gludo ef allan y tro nesaf ar blancyn.

Chwarddodd ef yn gynnil yn ei lif blawd ei hun fel y bydd cyn-blancyn.

Edrychai Gwen arno gan ledwenu drwy'i llygaid lliw cwrw-sunsur, ac eto'n dosturiol ansicr fel petaen nhw'n dod o Gaerdydd.

'Mi ddylech fod wedi aros nes bod Jon yn dod adre.' 'Chi' oedd hi bob amser rhyngddynt bellach.

'Byddai'n rhy hwyr.'

'Bydd e gartre ymhen deng niwrnod.'

'Rhy hwyr. Mae Meg eisiau popeth yn barod erbyn dydd Sadwrn.'

'Ydy hi'n wir?'

'Mae ei nai, mab ei chwaer, hwnnw sy'n berchen ar wasanaeth-post preifat, un o'r ffyrmiau 'na sy'n cludo parseli'n ddi-ffael i unrhyw ran o Brydain erbyn trannoeth, mae e wedi addo y mudith e ran helaeth o'r dodrefn yn ei fan fawr ar ei ddiwrnod rhydd cyntaf. Bydd hi'n braf dechrau symud, a dechrau ymsefydlu o'r newydd.'

'O!' meddai Gwen yn gwta fel pe bai ei dwrn wedi colli anadl.

'Does dim gormod o hwyl arna i serch hynny,' meddai fe'n ffwr-bwt, gan edrych o'i gwmpas ychydig yn ansicr ar ba gyfandir y safai. 'Does gynnoch chi ddim syniad mor galed mae Meg yn gallu bod.'

'Dowch; cewch baned gyda fi nawr, a byddwch-chi fel y boi.'

'Bysai Jon wedi gallu gwneud y cwbwl mewn chwinciad chwannen,' cyfaddefodd ef, gan ei led grafu'i hun.

'Bysai.'

'Mae Jon yn gyfarwydd â phethau fel hyn.'

'Wel ydy wrth gwrs, dyw rhywun ddim yn chwarae rygbi bob Sadwrn heb fod ei gyhyrau'n cadw'n weddol barchus.'

'Nac 'dy, hyd yn oed i ail dîm Gors-las!'

Ciledrychodd hi arno'n chwilfrydig. Na, doedd e ddim yn disgwyl yn iach o gwbl. Anadlu'n gyflym roedd ef, ac o sylwi ar ei ddwylo esgyrnmân yr oedd y rheina'n wyn welw fel pe bai'r gwaed wedi ymadael â nhw am y milfed tro.

'Dowch i eistedd am funud. Ac mae gen i lythyr oddi wrth Jon i chi'i ddarllen. Nid yn aml mae'r cythraul bach yn sgrifennu llythyrau. Mae'r ffôn yn rhy gyfleus; ond roedd e eisiau rhoi ychydig o enwau a chyfeiriadau pobl yn ardal Gwaelod-y-garth imi.'

A! Jon! y cyswllt rhyngddynt.

'Ie, gwell imi eistedd.'

Eisteddai. Dechreuai hi hwylio pob o ddysgled o goffi iddynt. Wrth iddi lithro allan tua'r gegin, fe wyliai ef hi'n cilio'n freuddwydiol neu'n cilio i freuddwyd. Synfyfyriai ef amdani'n arallfydol: y fath gorff! y fath ffigur luniaidd! Y fath de! Y fath osgeidd-dra gan y te hwn o hyd, ac yntau ei hun mor ysbaddedig fregus. Fe'i caeodd ef ei hun yn ei ofod tawel gyda'i de. Doedd e ddim am siarad â neb am funud, ac roedd yn falch i gael egwyl i ddarllen y llythyr. Ar ôl ei ddarllen eisteddodd yn ôl, a syllu'n wag ar Gwen a eisteddai bellach o'i flaen yn dawedog. Roedd ei galon yn curo'n wyllt, ond nid oherwydd Gwen. Ceisiai ei fynwes ganu mymryn, a chanu cân serch henffasiwn; ond yr oedd wedi anghofio'r geiriau. Megis y dyfeisiwyd ysgarthu i ymwared â'r bwyd a dderbyniwyd gan y genau, felly yr ymwaredir â'r cusanau, nas derbyniwyd, drwy ddychmygu caneuon serch.

'Dych chi'n edrych yn well erbyn hyn,' meddai hi er nad oedd e ddim. Ond roedd yn rhywbeth i'w ddweud, ac yn fwy diplomatig na dweud wrtho ei fod yn edrych yn waeth. Allai hi ddim ei gasáu.

Cododd ei ben, ac yna tynnu pecyn bach o'i boced.

'Ydy popeth yn iawn?' gofynnai hi drwy'i gwefusau gloyw fel lolipop.

'Godidog,' meddai ef. Roedd ei drwyn mor goch ar y pryd fel y gallech ferwi llaeth arno.

'Da iawn.'

'Dw-i wedi dod ag anrheg fach,' meddai ef yn fuddugoliaethus gan roi'r pecyn ar y bwrdd.

'Doedd dim eisiau.'

'Oedd, roedd rhaid. Dyw hi'n ddim byd. Dim ond arwydd. Rych chi mor . . . Na!' ac yna gwawriai arno. Wrth ddod allan o'r tŷ roedd e wedi codi'r pecyn anghywir. Dyma'i anrheg i Jon. 'Na: mae'n wir ddrwg gen i. Dw-i wedi gwneud camgymeriad. Mi ddes ag anrheg . . .'

'Jon?'

'Do; mae'n enbyd o ddrwg gen i.'

'Popeth yn iawn.'

'Mi a-i'n ôl . . . Doedd dim esgus . . .'

'Peidiwch â sôn. Does dim galw.'

'Na, mi ddeua-i'n ôl eto. Diwrnod arall. Mi fydd yn gyfle newydd. Yn achlysur.'

'Does dim eisiau.'

Doedd hi ddim yn ei gasáu. Sut gallai deimlo'r un cas at y creadur pitw? Difater oedd hi. Ond chwarae teg iddi, roedd yntau yn y bôn yn ddifater tuag ati hi hefyd fel arfer.

Hyd yn oed gyda'r busnes godinebu 'ma, teimlo tipyn yn nawddogol a wnâi hi tuag at Hugh. Plentynnaidd oedd ef. Eisiau tegan newydd o hyd. Tipyn yn anaeddfed oedd ef wyneb yn wyneb â byd oedolyn priodas gyflawn, heb gyrraedd ei lawn dwf. Ac felly y byddai hi yn achos cynifer o gwningod. Un peth yn unig yn eu copâu pidlach nhw oedd ystyr perthynas. Doedd dim ffyddlondeb, dim teyrngarwch, na dim cyfartaledd. Doedd Hugh druan, y gofotwr, erioed wedi dysgu beth oedd ymddiriedaeth lân, erioed wedi cyd-lawenhau mewn caredigrwydd. Sut gallai fod yn ŵr mewn oed?

'Dw innau ddim yn teimlo cant-y-cant heddiw chwaith,' meddai hi gan balu celwyddau.

'O?'

'Pwtsyn.'

'Pam, beth sy wedi digwydd?'

'Mynd at ei ateb y bore 'ma.'

'Cael ei ladd?'

'Marw. Ei galon, yn hen ac yn fusgrell, chi'n gwbod.'

'Gwn i.'

'Cwrdd â gast yng ngardd un o'r cymdogion.'

'Gwn i.'

'A chael ei ddychryn.'

'Mae'n flin gen i.'

'Dyna ni. Mae'n dod i ni i gyd. Maen nhw'n dweud am y glöyn byw fod cyplysu'n golygu tranc: bydd yn colli'i fywyd cyn gynted ag y bo'n ei gyflawni . . . neu'n peidio â'i gyflawni.'

'Ond mae'n wir ddrwg gen i. Dw-i'n gwybod pa mor hoff roeddech chi ohono.'

'Oeddwn. Druan,' ac yr oedd ei llygaid wedi'u llenwi. 'Meddwl roeddwn i,' meddai ymhellach ond yn betrusgar gan graffu ar ei wyneb blinedig ef, '. . . na . . .'

'Beth?'

'Na, mae'n iawn. Siarad ar fy nghyfer rown i.' (Hen galon hyfryd oedd ganddi, mae'n rhaid.) Rholiodd un deigryn bychan bach prydlon i lawr dros ei bochgern. Trawai hwnnw gipolwg tua'r ardd, yn fwynaidd, yn wâr. Ac yna, diflannodd i'w cheg. Y funud yna, er nad oedd hi ei hun mor beryglus â'i phaent rhyfel, yr oedd blas rhyfel byd mwy ystyrlon nag arfer yn ei cheg.

'Ond beth?'

'Dim byd . . . Na, does dim brys . . .'

'Beth? Oes rhywbeth galla-i wneud?'

'Nac oes. Dim.'

'Oes. Mae 'na rywbeth. Un peth bach.'

'Na. Mae'n iawn. Dim byd. Anghofiwch. Mynd i ddweud, a dweud y gwir . . . na . . . wel, meddwl rown i tybed fysech chi'n gallu palu twll rywdro, twll bach bach yn yr ardd imi'i gladdu'n fuan, ond does dim ots, does dim brys gwyllt, mi alla-i aros. Ddim heddiw. Dych chi ddim yn hwylus.'

Edrychai hi allan i'r ardd yn gariadus. Os y cartref yw'r cig eidion ymhlith lleoedd, yr ardd yw'r gwin coch. I'r fan yna y mae'r trwyn yn cyrchu am ei amheuthun mwyaf. Lle bach i oedi gyda rhythm tyfu yw gardd. Mewn man felly gellir hau prudd-der a medi areuledd, a'i charu heb brofi gwrthodiad. Iddi hi erioed, cronfa i lyncu melyster yw gardd heb fynd yn dew.

'Dw i fel y boi erbyn hyn,' celwyddodd ef.

'Na. Rywdro arall.'

'Ydw. Edrychwch. Fy llaw. Dwi fel y graig. Dyw hi'n fawr o dasg. Ac wrth gwrs fod 'na elfen o frys. Pwtsyn, wedi'r cwbl. Mi alla-i balu tamaid o dwll mewn hanner smic. Allwn-ni ddim gwastraffu amser. Chwarae teg. Mae'r hen Bwtsyn yn haeddu ymdrech ychwanegol, druan. Cyn iddo ddechrau colli'i anrhydedd drwy ddrewi. Beth oedd ei oed?'

'Wyth.'

'Rown i'n rhyw dybied ei fod-e wedi bod gyda chi ers rhai blynydd-oedd. 'Run oedran â fi ym myd y cŵn, dwi'n feddwl. Gwelith Jon ei eisiau fe.'

'Gwnaiff.'

'Jon oedd ei ffefryn,' meddai ef yn freuddwydiol, a'i galon yn pystylad o hyd.

'Does dim dwywaith.'

'Dych chi'n cofio fel y byddai fe'n anelu am gôl Jon cyn gynted ag yr eisteddai.'

'Ydw.'

'Dych chi ddim wedi'i ffonio?'

'Na, ddim eto. Dyna'r peth cynta y bydda-i'n ddweud wrtho'n nes ymlaen heno.'

'Wel, gallwch ychwanegu wrtho hefyd ein bod ni wedi'i gladdu'n barchus, a rhoi ychydig o gerrig i nodi'r fan, a thorch o flodau gwyllt yr ardd os gallwn ffeindio rhai berfedd gaeaf fel hyn.'

'Does dim,' meddai hi. 'Trueni hefyd. Mae gen i flodau mor chwaethus fel arfer yn yr haf. Nid rhai uchel eu cloch yn sgrechian dros y lle . . . Mae yna wareiddiad o fath . . .'

'Oes,' meddai Hugh, 'hyd yn oed mewn blodau gwyllt.'

A chododd Hugh gan dorchi'i lawes yn barod i'r gwaith.

'Gwna-i ddysgled arall ichi erbyn dewch chi'n ôl.'

Na! Allai hi ddim ei gasáu erbyn hyn, ddim yn hollol, druan. Wrth ei wylied yn awr drwy'r ffenestr wrthi'n ddiwyd gyflym yn palu'r twll, *allai hi ddim llai na'i hoffi ryw fymryn bach.*

Roedd y pridd mor galed gul iddo yr amser yma o'r flwyddyn. *Ych â'r pridd.*

'Na,' meddai hi gan wenu rhyngddi a hi'i hun, 'na,' fel pe bai am ei gollwng ei hun, ac yn ei dal ei hun yn ôl rhag y mymryn lleiaf o emosiwn nad oedd yn gwbl weddus. A dechreuodd lenwi'r golchwr llestri. Y funud yna roedd arni'r math o olwg ymwybodol ysgafn a wisga menyw a balla arafu wrth basio'r byd a'r blaned Mawrth ar y draffordd, ond a gaiff ryw fymryn o gipolwg brysiog arnynt yr un pryd.

Aeth Hugh ati yn egnïol hunanddangosol i balu twll. Un o fanteision cŵn rhagor gwragedd, meddyliai, oedd eu bod yn darfod ynghynt.

Yn sydyn, wrth ei wylio ym mhen pella'r ardd o'r gegin, fe'i gwelodd Gwen ef yn ymestyn ac yna'n disgyn yn ddiymadferth araf ar ei benliniau, oedodd fel yna am ychydig o eiliadau gweddus, ac yna syrthiodd ymhellach, suddodd, bridd i'r pridd, ymlaen ar ei wyneb. Fe'i plannodd ei hun yn ddisyfl yn naear Eden. Roedd rhywbeth difrifol yn bod arno efallai. Nid ymarfer corff yr oedd ef.

Ei greddf gyntaf hi oedd rhedeg allan ato yn llawn llythrennau italaidd ac ebychnodau; ond tin-drodd am dipyn. Roedd ei chorff yn ei galw ato'n ddisymwth ac yn ddiohiriad, ond na, roedd rhywbeth chwilfrydig amgen yn ei meddwl yr un pryd yn peri iddi oedi a phendroni. On'd oedd ef erioed wedi dymuno cael mwy o ofod neu wahanol ofod? Tybed ai dyma'r ateb heddiw, ai dyma'r diwedd gwrthddywedol? Ai palu bedd a'i lladdodd ef? Ai palu a wnâi ei fedd ei hun? Ai dyna fyddai'r gofod gwahanol? Syllu allan a wnâi hi wedi'i dal yn syfrdan wrth ganfod o'r newydd ei gorff yn gorwedd wyneb-i-waered ar un ochr i'r lawnt. Roedd yr hen greadur wedi'i blastro druan. Ac yna, ailwenodd yn gwbl gywilyddus, gwenu'n araf ac yn galed derfynol bron ar yr ochr arall . . . Dialedd Pwtsyn oedd hyn. Ac atalnod llawn.

Wedyn, dechreuodd rhyw led chwerthiniad, chwerthiniad pitw bach ar y dechrau, dorri allan o gorneli'i cheg, ac yna gynyddu yn ei stumog, a chynyddu drwy'i thagell a'i hysgwyddau, yn ddiymadferth nes yn raddol iddo lenwi'r gegin, heb fod yn gras uchel, ond yn dreiddgar. Dirgrynai'r sosbenni ychydig, ond ddim llawer, a hithau'n llawn, llawn, llawn, llawn llawenydd.

Pwrpas llamu mewn llawenydd ym mryd ambell un yw dweud wrth ddisgyrchiant nad yr hen ddaear drom biau'r diwedd ulw.

O'r diwedd, fe'i casglodd hi ei hun at ei gilydd, a cherdded yn bwyllog allan o'r gegin fel offeiriad, i'r llwybr, ar hyd y llwybr, drwy'r bydysawd tywyll nes ei gyrraedd ym mhen draw'r ardd. Roedd hi, pe bai sachau'n cerdded, yn cerdded fel sach. Cilwenai rhai o'r blagur ar y coed wrth iddi basio. Gwenodd ei amrannau yntau hefyd ychydig bach uwch y pridd wrth ei chlywed y tu ôl i'w war. Gorweddai ef yn deg mewn tir bendigaid a'i anadl yn diflannu yn ddiwyd yn y ddaear. Teimlai ef yn ffodus iddi ddod ato fel hyn: mae'n dda mai benywaidd yw dynoliaeth. Plygodd hi'n ofalus drosto, a throi rhan uchaf ei gorff nes gweld ei wyneb. Roedd ei hwyneb yn felyn ddi-wrid. Roedd yntau'n anadlu'n wanllyd o hyd. Ac eto, daliai'n fyw. Roedd ei wyneb ychydig ar y naill ochr.

'Ydych chi'n o lew, Hugh?' holodd hi fel y bydd merched, yn chwilfrydig felly.

Agorodd ef ei lygaid ac edrych arni mewn braw. Ymddangosai wyneb ei gyn-wraig yn glyd ac yn gynnes fel gwely y gallai yntau nythu ynddo a thynnu'r blancedi dros ei ben.

'Ddim felly,' murmurai'i wegil.

Dechreuai hi friwlan ychydig; ac ymhen dim amser yr oedd y diferion yn stagran o gwmpas yr ardd fel malwod meddwon.

Glanhawyd yr ardd o'i ddeutu eisoes ers rhai dyddiau yn loyw lân. Yr oedd fel pe bai rhywun wedi mynd i lawr ar ei liniau i gasglu pob llwchyn ar gyfer ei orweddiad. Hyd yn oed os na thynasid pob chwynnyn, yn sicr buasai rhywun wrthi'n ddiwyd am oriau yn eu trefnu'n rhesi dyfal ddisgybledig a geometrig. Yng ngwaelod deheuol yr ardd ceid twmpath o ddail gwineulwyd, bob un yn ei le, wedi'i adeiladu'n boenus o ddestlus. Gellid arogli'r llwch yno yn ysgafn ac yn niwlog yn y ffroenau.

Ar wahân i hynny roedd yna awyrgylch trwyadl o antiseptig. Carthu fu arwyddair yr awyr yn y gornel honno. Cabolwyd y lleuad. A chafodd y gŵr diymadferth hwn ei osod yng nghanol mangre y cliriwyd ei holl adfeilion ac yr ysgubwyd ei holl gymylau o'r neilltu nes bod y lawnt fel wybren heb adlewyrchiad arni yn unman mwyach. Fe'i diboblogwyd oll ond amdano ef.

Trueni sbwylio'r lawnt hefyd.

Dechreuai bendroni. Pe gadewid ef yn y fan yma, deuai'r pabïod melyn Cymreig a'r meillion a'r dant-y-llew yn un eigion anystyriol a rholio drosto toc. Fe âi ef yn rhan o ysbryd y lle, yn un gyda'r gwreiddiau. Llosgai'r blodau-menyn eu petalau yn ei glustiau. Tyfai coesau llygaid-y-dydd drwy'i drwyn rywdro neu'i drwyn drwy lygaid y dydd. Wrth i'r heulwen fflamio drwy'r ddaear maes o law fe âi ei freichiau ef yn rhan ohoni a'i groen gwyn gweinyddol yn ufudd i'r gwyrddni colledig cras. Estynnai'i droed ei wyntyll o esgyrn ar y llawr. Efallai y deuai'n ffosil. Bois bach! Meddylia! A'i gario i'r Amgueddfa Môr yn Abertawe. Gwenai braidd yn falch wrth ystyried ei bosibiliadau.

'Dim ond palu,' sisialodd ef fel dyn a oedd yn ymyl cyfrinach.

'Peidiwch â siarad gormod.'

'Liciwn i petai Jon yma,' meddai fe.

'Sut 'dych chi'n *teimlo?*'

'Poen.'

'Ble?'

'Yn 'y mryst.'

'A!' Beth oedd yr A! yna? A fwytasai hi hufen iâ? A aroglasai lud? *'Peidiwch â siarad!'*

'Meddyg,' meddai. 'Meddyg,' eto. Roedd cyhyrau'i wyneb wedi anystwytho, fel pe bai amser eisoes yn gwneud cerflun er cof amdano. Syllodd hi arno'n graff. Roedd ganddo'r math o drwyn a dyfir yn gariadus yn nhai gwydr Dyffryn Tywi. 'A ffoniwch Jon,' ychwanegodd.

'A!' meddai hi drachefn, ond heb symud.

'Liciwn i petai Jon yma.' Allai'r dyn ddim meddwl am rywbeth arall, hyd yn oed ar achlysur mor anghonfensiynol â hyn? Cododd ef ddau amrant neu dri fel pe bai'n codi cornel o'i grys i ddangos y graith ar ôl tynnu'i bendics. Roedd e'n dechrau blino ar berfformio angau fel hyn. Roedd yn bryd gwneud rhywbeth, fel y dywedir yng nghefn gwlad Ceredigion.

'Jon! Jon! Jon o hyd!' ebychai hi.

'Dim ond palu twll wnes i.' Teimlai fwydyn ymwthiol yn goglais ei glust chwith.

'Dyna maen nhw i gyd yn ddweud.'

Edrychai'i lygaid ef allan arni gyda golwg syn ac anneallus wrth weld y llawr, a'i galon fel llond lorri o dywod gwlyb, a'i ddwylo'n llawn o ddolur. Roedd ei gyn-wraig erbyn hyn mor erchyll o oer. *Roedd hi fel petai'n ei gasáu.* Ond allai hynny ddim bod. Allai neb gael dim i'w gasáu ynddo fe. Ble?

'Jon!' murmurodd ef. Anadlai fel teiar lorri Volkswagen toredig yn dioddef o ddarfodedigaeth.

'Jon! Jon!' ebychodd hi. 'Beth yw'r obsesiwn, ddyn? Dych chi ddim yn cofio Jonathan?'

'Pa Jonathan?' Anesmwythodd ef. 'Beth ych chi'n feddwl?' Doedd hi ddim yn deg i'w fryst fod y ddaear yn symud fel hyn odano ychydig. 'Ydw, ond beth . . .?'

Tawodd.

Ac yn awr roedd y sgwrs yn carlamu Hei! Ho! yn ei blaen, ac yntau'n ei dal yn ei hôl orau y gallai wrth afael yn yr awenau.

Nid ebychai Hugh ddim. Symudai ei ben ymhellach ar y naill ochr. Jonathan! Beth ddwedsai hi? Ceisiai lygadrathu ar Gwen yn hygoelus drwy gil ei lygad. Na! Dyna y bydden nhw i gyd yn ei raffu. Roedd gwên fach ar ei hwyneb fel llechen a oedd wedi llithro ychydig o'i lle ar do. Dyna hi i'r dim, yn palu celwyddau fel cath, dyna hi, yn ceisio'i ddychryn, yn dod ag arswyd yn ddisymwth fel hyn i ganol ei argyfwng, a hithau'n pentyrru marwor celwyddog ar ei ben. Jon. Sothach! Jonathan, ymlaen ac ymlaen felly. Sbwriel! Beth ddwedodd y fenyw? Palu, palu celwyddau, fel erioed. Gad ifi godi.

Ac eto, hi ei hen gariad gynt, ei gyn-wraig, edrychai hi mor neis yn y fan yna: dim ond rhoi ychydig o finegr arni, gallai'i llarpio gyda thamaid o bysgodyn . . . Wel, tipyn go lew o finegr efallai.

Mor heddychlon y curai adenydd y glöyn byw gwyn dychmygol hefyd gerllaw yn erbyn glesni meddwl yr wybren.

'Jonathan!' meddai ef yn fyngus ac yn llesg, a chau'i lygaid; ac wrth iddo gau'i lygaid yn glap, llithrodd y sylweddoliad salw yn ysgafn dros ei dalcen. Fe drôi ef yn flodyn bychan gwelw – n'ad fi'n ango o bosib; ac yn ysgafn o gelfydd yr union bryd hwnnw glaniodd glöyn byw. Ac oedi fel fflam ddibwysau. Taniodd Jon ledled ei feddwl.

Dechreuwyd nofio i ffwrdd yn y mwg myglyd.

Golchwyd meddwl Hugh i fyny y funud honno ar draeth palmwyddog Eden, ond dim ond am funud. Doedd dim ots fod ei lewysau ychydig yn rhacsog a gwlyb. Roedd yna goconyts a merched tywyll, a gwallt hir taeog yno. Gwyddai erioed, pe bai pobl eraill wedi gallu sylweddoli ynghynt mai Tarzan oedd ef, y buasai'r fforestydd i gyd eisiau iddo ymweld â nhw. Daeth un o'r merched tywyll taeog hyn mewn ffrogiau cwta ato â chyfrifiadur côl, a dechrau teipio'i ewyllys. 'Hufen iâ?' gofynnodd un arall mewn ffrog yr un mor feiddgar. Roedden nhw wedi cyrraedd yr egwyl.

Clywodd Gwen y ffôn. Yr Heddlu? Tewch! Na! Ynteu ei chydwybod? Gadawodd hi Hugh ar fwy o frys nag y'i bwriadasai, tan adael i weddill-ion ei anadl i ymlwybro ar adenydd llewygus i'r gofod. Aeth hithau i mewn yn osgeiddig ddiarddangos a chodi'r derbynnydd.

'Fi sy 'ma.'

'A! Jon.'

'Pam? Beth sy'n bod?'

'Dim byd.'

'Eich llais. Yn od . . .'

'Dim ond tipyn o ddolur gwddwg.'

'Dim ond ffonio i holi sut mae pawb.'

'Newyddion drwg.'

'Pwy . . . nid . . . dim byd difrifol . . .?'

'Ie. Y gwaethaf.'

'Pwtyn?'

'Ie.'

'Ro'n i'n amau wrth dy lais.'

Buon nhw'n sgyrsio, felly, am chwarter awr; ugain munud. Yna, ffarweliodd hi. Penderfynodd Gwen efallai mai pryd oedd hi i gael rhyw olwg ar ei chyn-ŵr. Doedd dim siâp rhy dda arno, druan. Ac yn wir collodd gymaint o anadl ag a gofiai hi erioed ganddo wrth iddi gyrraedd. Roedd ef eisoes wedi colli tameidiau ohono rywle neu'i gilydd ynghynt, rhai darnau ers wythnosau, mymryn fan yma a mymryn fan draw megis yn yr ardd yn awr. Bellach, collodd y gweddillyn olaf trist trystiog ar y glaswellt mwyn i mewn i'r gofod mawr. Gorweddai mor dawel yno druan bach fel y gallech glywed un pry cop yn sibrwd celwyddau wrth bry cop arall ynghylch amser yr angladd.

'Fe'i dwedais wrth John,' meddai hi, '. . . am Bwtsyn.'

Aeth hithau felly dow dow yn ôl i'r gegin i alaru uwchben y cwpan-eidiau o goffi disgwyliedig eto a oedd wedi sarnu llaeth ar draws plât y feicro-don. Ac âi bywyd hamddenol, heddychlon, hael, dow-dow yn ei flaen o'i deutu yn y gegin am weddill y prynhawn fel cyfres o ymweliadau serchog.

Ac acw roedd Hugh ar y lawnt yn syndod o wyn, yn herfeiddiol hafaidd o wyn. Gorweddai ar ei drwyn neu ei drwynau yn annhymorol, ac oherwydd hynny'n gludydd oerfel. Dechreuai hi (sef yr hin) friwlan o'i gwmpas, yn atal-dweud o brostadaidd i ddechrau. Dafnai ar ei wegil. Dafnai ar ei gorun croendenau. Dafnai a dafnai, yn hwylus helaeth, fel pe bai wedi cael tipyn o brofiad. Doedd neb yn gwybod o ble y deuai'r glaw, ond beth bynnag oedd y tarddiad, yr oedd yn benderfynol o ddod. Yr ydym oll yn gyfarwydd â'r math o law sy'n dafnu i ddechrau ac yna sy'n pistyllu i mewn i ni yn sydyn nes i'r esgyrn gael eu trwytho. Felly nawr y tai o'i ddeutu, a'u hesgyrn oll, wedi'u mwydo. Dechreuai'r palmentydd a'r ffyrdd ymhellach draw doddi. Trôi meddyliau'r bobl yn y strydoedd yn afonydd rhugl a hyglyw. Yr oedd yn bryd i'r swyddfeydd a'r banciau chwilio am eu rhwyfau. Wele, cyffyrddwyd â botwm anghywir ar y cyfrifiadur a diflannodd y ddaear oll i mewn i lifogydd tryloyw o gyhyrau gwlyb. Wedyn, y glaw ymyrgar hwnnw, pan gyflawnasai ei orchwyl, yr un glaw diamynedd yn gymwys, a ddarfu. Distyllodd ynddo'i hunan. Gwawriodd ar Gwen nad yr haf a oedd yno o gwbl, nad glöyn-byw chwaith. O'i gwmpas yn yr ardd honno yr oedd distawrwydd newydd sbon danlli grai yn disgyn. Syrthiai mwyach fel eira, plu mân tawel oer a bentyrrai o gylch coesau estynedig Hugh ac a lanwai'r bylchau rhwng bysedd ei law. Glynai ychydig hefyd yn ei wallt, lluwchfeydd o ddistawrwydd cannaid a fyddai'n sicr o fod yn rhwystr i gar Jon wrth ddod adref heno. Doedd dim syndod ei bod yn teimlo'n oer. Crynai'r tawelwch wrth esgyn a setlo ar y gwair gan lenwi'r gofod i gyd. Pe bai hi'n para fel hyn am awr arall, fyddai dim gobaith i Jon ddod adref am sbel efallai. Teimlai hi'n rhwystredig, a theimlai'n fwyfwy ansymudol rywfodd.

Beth yn enw pob amynedd oedd y dyn yn ceisio'i wneud fan acw ar y llawr? Twrio am fwydon? Pa hawl oedd 'dag ef ym mherfedd gaeaf i orwedd ar ei lawnt hi fel yna yn jocôs fel pe na bai dim arall i'w wneud? *Roedd hi yn ei gasáu, yn ei gasáu â'i holl gyhyrau, â'i holl ymennydd, â'i holl ddychmygion.* Hen bryd hefyd. Roedd ef bron yn afreal. Roedd stormydd eira a chesair yn chwythu ar hyd a lled y byd, a doedd dim gwell gydag ef i'w wneud yn y fan yna ond segura'n jocôs a gwylied y glöynnod pert o dawelwch yn dawnsio o gwmpas y lle fel criw o ferched ysgol wedi'u gwisgo ar gyfer priodas yn prancio law yn llaw o gylch polyn y pentref. Dynion!

A Gwen, hi, ei gyn-wraig hardd hon, hithau hefyd yr oedd hi yn awr bron yn afreal iddi hi ei hun, ond yn ffigur hir ac ystwyth a ymdeithiai bellach ar draws y lawnt ato. Plygai uwch ei ben yn annwyl. Dôi fflyd o atgofion annifyr a hiraethus yn ôl yn awr drosti amdano yn preswylio yn yr un palas â hi am y tro, am y gweision a'r morynion a rhai corachod fel yn y dyddiau gynt yn cario hambyrddau ac arnynt nicerbocergloriau a chrempogau. Atgofion a breuddwydion gwraig yng nghyflawnder ei hoes. Yntau yn uchelwr gerllaw; hithau'n uchelwraig. Y fath deyrnasiad a gawsent yn yr hen amser gynt! Y fath lywodraethu gwyllt! Chwarae Lotto drwy'r dydd. Gyda thrugaredd a charedigrwydd ym mhob man, wrth gwrs, ond yn ddisgybledig hefyd ac yn wâr gynnes yn yr hen gynoesoedd rhamantus. Trôi'r atgofion pêr amdani hi a Hugh yn felyster chwithig, ar eu gorseddau, ac fel y bu pethau erioed, bellach mor weddaidd fonheddig. Yno y buont am funud fach yn Eden heb ddim dwli, a heb amser iawn na gofod i ddim na neb oll, ond i'w gilydd glân. Bellach, yr oedd y cwbl hwnnw gynt wedi darfod rywfodd. *Teimlai'i bod yn mynd ychydig bach yn deimladllyd. A chasâi hi gofio. Fe gasâi'r unigrwydd newydd, didrugaredd. Berwai casineb ynddi tuag at yr amddifadrwydd a'u goddiweddai mwyach, y terfynoldeb newydd hwn a oedd wedi disgyn ar warthaf eu tipyn cyd-fyw achlysurol diystyr hirfelyn.* Profedigaeth hirwyntog yw ysgariad efallai y mae ei chynhebrwng yn ymestyn ar hyd y dyffrynnoedd a thros fynyddoedd am ganrifoedd lawer.

'Beth amdanat ti a fi, bach,' sibrydai hi'n synhwyrus wrtho, 'yn ceisio ailgynnau'r tân ar hen aelwyd?'

Ond braidd yn ddiddywedwst fu Hugh. Hunanladdiad yw pob pydredd, meddyliai hi.

Byddai hi'n gweld ei eisiau fe.

Ymdawelai hi yn awr mewn amgylchfyd cyson o gasineb cymedrol ffyddlon heb yr un llythyren italaidd i'w gweld yn unman, oni bai am un neu ddwy fach grwydr *efallai* a ysgubai hi'n fuan i'r gofod gerllaw.

NEDW DOLWAR FACH

'Rwyt ti'n rhy shimpil, Nedw bach. Rhy ddiniwed i fod byth yn llofrudd taclus go-iawn.' Meddyliwch am farnwr parchus yn y Trallwng yn yngan y fath angharedigrwydd, yn syth fel 'na. Fel bwrw esgid daladar drwy we-pry-cop. 'Doet ti ddim yn deall digon. I fod yn llofrudd mae'n rhaid fod gen ti *ryw* glem.'

Deffrown yn araf yma tan gasglu'r dydd at ei gilydd. Gosod y cof fan yna, y ddealltwriaeth fan draw. A theimlo'r synhwyrau gan bwyll a'r syniadau'n creulon ymuno braidd o dameityn i dameityn anesmwyth mewn bore rhy ystyrlon.

Roedd cwilydd arna i. Roedd hi fel pe bai pawb yn 'y nghyhuddo i o fod yn rhy dwp i fod yn bechadur. Diau mod i'n rhy dwp i fod yn bechadur deche, mae hynny'n siŵr ei wala.

'Gwirionyn bach fuest ti erioed. Gwirionyn fyddi di byth, tra bo bedd ym mynwent Llan'hangel.'

Celwydd trist! Celwydd noethlymun borcyn! Be gebyst oedd ar y dyn? Mae'n wir fod rhai yn dweud mai diffyg gallu a'm rhwystrodd rhag talu'r rhent. Doedd gen i, medden nhw, ddim digon o ddeunydd llwyd i gynnal twlc heb sôn am dyddyn. Ond, on'd oedd y dirwasgiad wedi taro miloedd o bilcod tebyg? On'd oedd dyled yn 'sigo ffermwr ar ôl ffermwr yn arbennig ym mlynyddoedd tlawd 1816-1817, 'sigo nes bod y landlordiaid bloneg flinedig wedi cael eu gorfodi i ostwng rhenti ymhobman?

Wrth gwrs mod i'n ddeall yn rhy ddeche. Ac roedd arna i gwilydd, nid am y twpdra ond am y defnydd o'r twpdra.

'Beth ddwedai dy Ann di te heddiw?' meddai'r Barnwr yn galed wedyn, gyda'r llais araf, trwm, llwm ac anniddorol yna, y math o arafwch sy'n peri i fellten denau ymddangos fel twf derwen. Ymrithiai Ann o 'mlaen yn ddisyfyd, yn gwmwl gwyn anferth heb fymryn o storm yn agos ati yn un man.

'Ateba, ddyn.'

Ie, dyna hwnnw drachefn oddi uchod yn gofyn y fath gwestiwn. Ac yn sarhau rhywun annwyl i mi yr un pryd. Roedd pawb yn nabod Ann. Hyd yn oed hwn. Mae honno'n cael ei thaflu i'm dannedd penwan i o hyd. Mae fel pe baen nhw eisiau defnyddio'r un a edmygwn i yn anad neb yn ffon i'w dannod imi. Roedd arna i . . . a sticiodd y gair yn fy meddwl fel hadau mwyar rhwng rhai o'm dannedd lleiaf pwdr.

Does dim dwywaith iddi hi, Ann, ddwyn cyfran o'm hymennydd gynt, a dyna pam rown i mor shimpil. Cyn imi erioed ddod i'r fei roedd hi yng nghroth mam wedi casglu'r holl ddoniau, y doniau a allai fod yn eiddo i John a Jane ac Elizabeth; i'r teulu oll yn llon. Diau mai twp 'y ngwala own i felly oherwydd hynny. Twp hefyd wrth brynu hen denantiaeth denau Mary Oliver. Twp wrth drafod cynnyrch y fferm wedyn. A mwy anfeidrol dwp byth wrth dynnu blewyn o drwyn Dewi Davies.

Twp? Na. Nid twp yw'r gair. Balch, ie; cableddus, ie. Diddisgyblaeth a byr 'y ngolwg, purion. Ond byth twp, na!

'Twp wyt ti, Nedw. Nid troseddwr maleisus.'

Ond maleisus fues i hefyd. Do. Hen gweryl oedd hyn, a minnau wedi magu dig yn gwbl Anghristnogol. Hen gynnen bendew ynghylch ei wartheg yn torri i dir Wern Fawr ac yn mathru'r cae ŷd. Dylwn i fod yn drech na'r fath fabieidd-dra clytiau. Dyna'r prawf moesol yn dod ar 'y ngwarthaf, a finnau'n ei fethu. Onid own i wedi dweud lawer tro ac wedi meddwl hefyd – 'fel y maddeuwn ninnau i'n troseddwyr'? Ac os oedd gwartheg arallfydol Halfen yn mynnu peth porthiant prin gen i, ac yn croesi'r afon i'm tir i, i ddeintio tipyn o'r cil, does bosib nad oedd modd gwareiddiedig i unioni'r fath gam?

O'r gorau, twp own i, efallai. Ond dyw bod yn dwp ddim yn bechod marwol.

Ac eto, rown i'n methu â chasáu Dewi Davies yn go iawn. Mae pawb yn ddynol, meddan nhw i mi, hyd yn oed llygod sgubor. Rown i wedi gwneud 'y ngorau glas i drechu'r ffieidd-dod annifyr tuag ato. Croes hollol i'm hewyllys oedd yr adwaith a arhosai bellach. Ac eto'r un pryd, allwn i ddim ei ddioddef rywsut yn un man. Ac roedd gwir fai arna i. Roedd gen i gwilydd tost. Rown i'n methu â gweld y byd budr ond oddi tan ei aeliau fe.

'Symlyn wyt ti, penffol a dwl bared, Nedw.'

Fan yna roedd hwnnw'n dal ati, dal ati, oddi uchod ar ei gwmwl Barnwr yng Nghwrt y Sasiwn fawr, yn dal ati, dan ei beriwig slent, a'r diléit mewn dal ati. Roedd arna i gwilydd coch; oedd, a'm trwyn yn goglais fel chwain mewn stabal. A'r hyn oedd yn fwyaf chwithig ar y pryd oedd yr union gyhuddiad o beth anallu. Nid gwaradwydd y llofruddio, ond yn hytrach y gwarth fod brawd Ann yn hurthgen harti. Gwridwn mewn cwilydd am 'y nghywilydd balch.

'Dwi'n dy gondemnio di . . .'

Am funud byswn wedi hoffi bod yn llofrudd go barchus, un blewog, cyhyrog, ystyrlon yn hytrach na bod yn dwp, dwp, dwp. Mi hoffwn feddu ar yr urddas i gael 'y nghyfri'n lleiddiad call colledig, ond yn frawd i Ann yr un pryd.

Oherwydd dyna own i, does dim dau. Ac eto, mae arna i ofn imi synied am eiliad aliwn mai un peth pwyllog wnes i erioed yn y tipyn buchedd 'ma – dileu Dewi Davies. Rhy bwyllog o'r hanner. Rown i'n gwybod i'r botwm beth rown i'n wneud. Dyna'r drwg. Rown i'n sylweddoli pob ystum i'r dim lleiaf. Hyd yn oed yr holl ffordd yn ôl o Ferthyr ymlaen llaw, yr own i 'na yn yr afon gydag e. Rown i ar hyd y bedlam yn corddi yn ei gylch. Nid y gwartheg yna oedd y drwg. Peidiwch â'u coelio nhw. Nid cenfigen chwaith am ei fod e wedi gallu fforddio prynu tenantiaeth Wern Fawr ar ôl i mi fethu. Ac nid yr ymryson ynghylch fy hawliau fel hen denant ar gyfer rhannu'r cynhaeaf. Ond ei ddwylo blewdrwm ef ym mhob man.

'Dy gondemnio di . . .'

Ei fysedd ar Ann, hyd yn oed ar ôl iddi farw, a'i sbort am ei phen, ei phen gloyw a serennog hi, dyna a borthai fy llid bob amser. Edliwiai ef yn y cof ei heithafiaeth a'i sancteiddrwydd hi. Gwawdio'i chanu glân pefriol. Goganu'i gallu grasol rhedegog. Buasai'n gwneud hyn o'r blaen yrstalwm lawer tro, ac yn fwy byth ar ôl ei marwolaeth, ar ôl iddi ddod yn adnabyddus y tu hwnt i blwyfi Llan'hangel a Llangynyw.

Ann, 'y melltithreg i!

Hi lofruddiodd Dewi Davies drosto-i. Hi yno-i mewn amddiffyniad o'i glendid.

Dw i'n penlinio wrth feddwl amdanat. Dw i'n penlinio wrth gofio'r modd cynnes y byddet ti'n sôn am dy Waredwr llewyrchaidd. Roedd y galon yna a oedd gen ti yn taflu'i het i'r awyr, a'r tangnefedd yna ar dy dalcen pan oedd Duw'n dynesu atat, roedd y rhain yn peri imi ddiolch yn dipiau. Roedden ni i gyd wedi dod i nabod yr Arglwydd, mae'n wir. Ond roeddet ti dros ben llestri wedi mynd i'w anwes Ef, ac yn gysurus yn Ei freichiau. Roeddet ti fel daeargryn dan liain ford. Ac rwy'n diolch fod pawb ohonon ni rywfodd wedi cael ymdroi yn ymyl yr un ystafelloedd ac ymolchi yn yr un gwres â thi . . . er mod i wedi haeru wrthot ti lawer tro o ran sbort, fod Feswfiws yn burion . . . ond nid yn yr un gegin.

'Dieuog o lofruddiaeth. Euog o ddynladdiad.'

Ann! Glywaist ti? Beth oedd ar y dyn? Fi! Dynladdiad! Roedd yn waeth na hynny. O fel dw i'n difaru! Dw i'n cwympo ar 'y mai. Dw i'n methu deall. Cweryl sydyn oedd hi, Ann, o dan gythrudd. Mor wallgof â glawogydd y Berwyn yn yr Hydref. Ond doedd dim esgus. Dw i'n euog. Ac maen nhw'n 'y nghyfri'n euog, ac yn gywir felly, yn euog o sarhau Duw, yn euog o ddifrïo dyn, ac yn euog o'th ddifenwi di, Ann fach.

Mae arna i gwilydd. Pa beth yn y byd yw cywilydd ond gwedd ar falchder, gwedd ar ailymaflyd yn yr hunan?

'Ond dw i am ddatgan dedfryd drugarog.'

'Beth yw hyn?'

'Oherwydd mai'i amddiffyn ei hun yr oedd y troseddwr . . .'

'F'amddiffyn fy hun! . . .'

'Oherwydd bod yr ymrafael wedi codi'n ddisymwth, oherwydd bod yna bryfocio cas wedi bod, oherwydd nad oedd yna fwriad ymlaen llaw, oherwydd bod yna'r fath record o ymddygiad da yn hanes y troseddwr, oherwydd . . .'

Gwyliwn ei ymennydd athletig yn ymgordeddu. Chwilio am esgusodion yr oedd ef. Tyrchu osgoi'i ddyletswydd, rywfodd. Pe bai e'n enwi un cymhelliad yn blwmp fe allwn i dderbyn ei fod e'n coelio'r peth. Beth oedd ar y dyn?

'Oherwydd bod y lleiddiad hefyd yn wirionyn.'

Dyna fe eto. Gwirionyn, shimpil, twp bost. Bwyta maip a thatws rhost. Yn enllibio er mwyn trugaredd, gan 'y nghyfri'n faw, a baw ydw i. Fel rhywbeth y byddai Smot yn dod yn ôl ag ef wrth hela pan fyddai'n methu â ffeindio ffesant. Dwi'n haeddu cael fy llusgo drwy laid y gymdogaeth oll gyda holl ffesantod y sir. Ffôl own i. Gwirion ei wala. Dw i'n haeddu cael 'y nghyfri'n warth diwerth ymhlith 'y mhobl. Baw dan wadn. Bradychais i'r eglwys ei hun, a dwi i ddim yn haeddu cael dangos fy wyneb byth eto ymhlith Cristnogion cadwedig . . . 'Ac oherwydd ei fod e'n frawd i Ann . . .'

Dyna oedd yn ei feddwl e o'r cychwyn er nas ynganodd.

'Gan nad oes ganddo ddim eiddo yn yr ardal, allwn ni ddim atafaelu hynny.'

O leiaf, dw i cyn dloted â lluen. Mae hynny'n rhywbeth o'm plaid i. O leiaf, dw i'n llwm ac yn garpiog. Yn ddifoethau, yn noeth. Does gen i ddim oll i'w gynnig. Amddifad a gwaglaw. Anghenus a diddim ar lawr. Dim.

Roedd tywydd wyneb y barnwr wedi dechrau briwlan. Casglai yr aeliau at ei gilydd i ddechrau, yn gymylau bychain streipiog digon diddrwg. Wedyn o'i glustiau ymgasglai'r gwynt. Ac ar draws ei gernau tywyll a'i fochau crac, taenai'r storm, tiwniai, tonnai, taniai. Doedd argoelion yr hin wedi sôn dim oll am hyn; ond ffansïol yw'r rheina bob amser – rhywun yn syllu allan drwy ffenestr y gegin, yn bwrw amcan, a dyna ni: haul Canol Mericia. Fel tornado.

Ond y fath dornado diddim. 'Deuddeng mis o garchar. A swllt o ddirwy.'

Beth sy ar y dyn? Swllt, ddyn. Ond nid damwain oedd hi.

Cariwyd fi o'r llys. Beth ddwedodd e? Hynny bach. Jôc. Mewn cell dw-i. Cell wag, heblaw am Ddewi Davies, . . . Elizabeth 'y ngwraig, ein saith plentyn, ac Edward Johnes meddyg Garthmyl a chrwner y cwest, ynghyd â'r deuddeg rheithiwr, a phen mynydd pellennig barnwr Cwrt y Sesiwn Fawr ac eira'i gopa, . . . ac Ann. Yr holl fyd. Mae'r sillaf yn gryndod i'm gwegil ac i'm sgwyddau. Ann! Swllt!

*   *   *

Syllwn ar y ferch ddisylwedd dywyll a oedd bellach wedi dychwelyd yn llechwraidd i'm cell.

Ydi Cristion go iawn yn gallu lladd byth? holwn mor sobr ag y gallwn i. Ydi e'n gallu colli'i natur yn ddisyfyd i'r fath raddau ac mor ddidoreth nes ei fod e'n gallu fflawtio deddfau'r Cread?

'Ydi,' meddai'r ddrychiolaeth dosturiol wrth fy ochr, a'r dôn yna ar ei lleferydd yn ddychryn i ddiffyg sancteiddrwydd . 'Munud gwyllt. Munud o amddiffyn gwallgof.'

Ond, Ann, fe ddaeth ata-i â'i bâl. Roedd e'n chwifio'i bâl uwch ei ben. Roedd e'n bygwth tragwyddoldeb ym mhob cornel. Roedd am godi gwallt 'y mhen fel codi chwyn. Gwaeddwn i arno: 'Cer yn d'ôl Dewi Davies.'

'O'm tir i, Nedw Tomos,' sgrechai yntau, 'y munud yma. Hel dy droed o 'nhir ddyn.'

'Be sy'n bod?'

'Chwynna . . . dy hun.'

'Mae gen i hawl, Dewi.'

'Hawl?' ubai. 'Hawl! Does gen ti mo'r clem i fod â hawl dros ddim byd.'

Hyrddiwn i'r sillafau yn ei geg wrth ffoi tuag at yr ysgubor. Roedd ei sgidiau'n fuan wrth 'y nghwt. Daliai ef i chwyrlïo'i offeryn. Gerllaw ar hoelen ar bared yr ysgubor hongiai cryman. A chipiais y cryman yn 'y nwrn.

'Fy nhir i yw hyn,' mynnai.

'Ond.'

'Y nhir cysegredig cyfreithlon i, a phopeth sownd sy arno.'

'Mae yna reolau ynghylch rhannu'r ŷd,' meddai fy llais.

'Mi wn i bopeth am bethau felly.'

'Mae yna arfer gwlad, ynglŷn â'r hen denant sy wedi hau.'

'Mi wn i'r arferiad yn burion.'

'Wel, bydd yn rhesymol ddyn,' meddwn.

'A beth am yr arferiad ynghylch yr adeiladau,' dadleuai, 'ai'r hen denant sy wedi hau'r rheina?'

'Does gen i ddim . . . Hawl yw hawl. Mae'n arferiad.'

'A'r pontydd. A'r gwartheg sy wedi tewhau.'

'Dw i ddim yn gofyn am fwy na'm hawl.'

'Beth am y tywydd? A'r awyr? A'r heulwen? . . . Ai'r hen denant biau'r rheina uwch y Wern Fawr?' meddai, nid o falchder ond o bryder.

'Does gen i ddim awydd ond i rannu'r cynhaeaf.'

'Dyma fy hawl elfennol i.'

Gwelai fod gen i gryman. Ond beth yw cryman pitw wrth ochr pâl? Ysgydwai'r bâl fel gwaywffon. Gwaeddwn am help. 'Dafydd Rogers! Rhisiart Dafis.' Gwibiwn drwy'r ysgubor ac allan drwy'r cefn, gan daflu ystyllod y tu ôl i mi ar ei lwybr ef i'w atal. 'Rho'r bâl yna i lawr.' Rhedwn i lawr tuag at yr afon.

'Siôn Edwart! Siôn Elis!'

Gwaeddwn a gwaeddwn. Roedd ef ar 'y nhrywydd yr holl ffordd, ac yn ubain ar yn ôl, a finnau'n peri i ysgyfarnog ymddangos yn warthus hamddenol.

'Help!' gwaeddwn. 'Bydd yn rhesymol ddyn!'

'Aros di'r cythraul barus.'

'Help! Rhisiart Wood! Jâms! Jâms Dafis! Rheswm!'

'Paid ag ymesgusodi,' sibrydai Ann.

Dilynai ef fi i'r afon, a gwg fel cwningen ar dân. 'Rho'r bâl yna i lawr,' gwaeddwn. Yr oedd y dŵr mewn llif, a throis i'w wynebu. Drwy gil fy llygad gallwn weld Siôn Edwart yn rhedeg o bell tuag aton-ni. Roedd yntau'n gweiddi. Ond roedd e'n bell.

'Bydd yn bwyllog, Dewi . . .' Codwn fy llygaid fel drylliau. Doedd gen i ddim diffyg hyder ynghylch fy nerth corfforol. Corff ydw i. Doedd dim o'i le ar f'ysgwyddau. Fe'u hadeiladwyd nhw i gynnal tŵr eglwys y plwy pe dechreuai'r seiliau ysigo. Fe'm doniwyd i hefyd â breichiau Gothig. Pe bai cerflunydd yn chwenychu model ar gyfer Samson, a chymryd bod y cynhaeaf i gyd wedi'i ddwyn i'r ysguboriau, byswn wedi gallu darparu orig eithaf defnyddiol iddo. Nid yn ddi-glem y tyfodd y ddihareb yn yr ardal am 'flew clustiau Ned Dolwar'. Fe'm pensaernïwyd benbwygilydd ar gyfer paffio oni bai am un anfantais anhwylus, sef f'anianawd dof a chrin ac ymostyngol a fuasai wedi rhoi cryn her i fwydyn a geisiai'r twll mwyaf diarffordd yn y modd mwyaf chwim i ymguddio rhag y glaw, anianawd llipa na wybu'i gracio ond unwaith yn y pedwar amser . . . Unwaith yn ormod.

'Dw i'n siŵr y gallwn i ddod i gytundeb.'

'Dw i am dy garthu di . . .'

'Gawn ni siarad . . .'

'O'r tir, y cythraul twp.'

'Gawn ni siarad yn dawel.'

'Pwdryn wyt ti. Rwyt ti wedi gadael dy ôl yma.'

'Aros, ddyn. Paid â bod yn wyllt.'

'Gwenwyn wyt ti ar hyd y ddaear.'

Ciciwn ddŵr Efyrnwy i'w wyneb. Ciciwn yn ysgafn, bron yn chwareus yn fy nychryn, Ann. Y dŵr. A chamai yn ôl ychydig. Ac wrth geisio osgoi'r tasgion drwy gamu'n ôl baglai. Dim ond dŵr, Ann. Baglai'n drwsgl. Neidiwn arno. Roedd y bâl yn ei law o hyd. Ceisiwn ei atal â'm llaw rydd. Ceisiwn dynnu'r bâl.

'Na,' criai ef. Ac roedd ei lygaid fel llwynogod. 'Mi ladda-i di'r cythraul,' meddai fe. 'A dw i'n dweud y plaendra . . . ta pwy oedd y butain chwaer oedd gen ti . . .'

'Paid â hel esgusodion,' meddai Ann.

Torrai rhywbeth o'r tu mewn i mi. Digon oedd digon. Roedd f'ysgyfaint i'n gadarn. Gwelwn ei law, Ann, y llaw arw honno a oedd wedi ceisio ymyrryd â thi un diwrnod, y llaw halog a hyll. A chodwn 'y nghryman o 'ngho. Cryman bychan. Y lleuad honno a dorrodd drwy'r wybren ac a holltodd y sêr i gyd ag un ergyd. Lleuad fedi'r noson goch. Dim ond y lleuad honno a lanwai fy nhywyllwch mwyach. Padell o leuad welw a'i llond o waed, Ann. Cofiwn air Twm o'r Nant yn od ddigon:

'A'r dyn tlawd, mewn gwawd a ch'ledi,
Fel y lleuad yn llawn oerni.'
'Esgusodion, esgusodion tlawd.'

'O haul, aros,' gwaeddai 'nghalon, 'aros yn Gibeon; a thithau, leuad, yn nyffryn Ajalon.' Aros. Roedd yna sgrech yn 'y nghalon. Roedd yna sgrech yn 'y mreichiau. Yn y pellter gwelwn Siôn Edwart o hyd yn rhedeg. A'r tu ôl iddo, yntau hefyd yn rhedeg nerth ei sodlau tuag aton-ni, Jâms Dafis. Ond bydden nhw'n rhy hwyr. Codwn y cryman yn uwch, Ann, yn ddall, a'i ergydio. Bwriwn ef. Daeth y cryman i lawr fel caead, Ann, a chlwyfo pibellau gwaed ei frest. Fe'm clwyfwyd innau, Ann, o'r tu mewn iddyn nhw. Ei asgwrn cefn, fe'i torrwyd, a gwythiennau'r thoracs. Fe roliodd yn y dŵr.

'Roedd ei hwyliau wedi'u rhwygo'n yfflon. Ysigid yr ystyllod ar ei ddec. Twmblai'r broc o don i don. Doedd dim ohono a allai gyrraedd y bywydfad. Saethai rocedi o'i lygaid i'r awyr i alw ar unrhyw gwch a allai fod ar y gorwel i gyflymu. Ond heb symud o ganol yr afon roedd e wedi cyrraedd glan. Mi wnes glwyf, Ann, bedair modfedd o hyd, dwy fodfedd o led, tair modfedd o ddyfnder. Waeddodd e ddim. Ddim un smic. Furmurodd e ddim. Suddodd i'r dŵr â mwg ei waed yn cymylu'r afon. Sefais i'n syn. Ac edrych ar ei weddillion, Ann. Roedd Fyrnwy wedi cau amdano ac wedi cau am 'y nghalon i, yn dynn, wedi cloi.

'Nedw!'

'Troellai'r staeniau gwaed oll yn yr afon fel pysgod aur, yn ôl ac ymlaen, i fyny ac i lawr, yn bert bert. Sylwais i nad oedd dim cyswllt o fath yn y byd rhwng y pysgod hyn a realiti. Unig bwrpas y cymylau gwyn uwchben oedd tin-droi, hwythau, o amgylch y pysgod yn yr afon. Llanwyd 'y meddwl i â chelwyddau.'

'Be wnest ti, Nedw bach?' sibrydodd Jâms Dafis.

'Be wnest ti ngwas i?' meddai Siôn Edwart.

'Allwn i ddim ateb. Roedd y dŵr yn gwasgu arna-i. Roedd y pysgod arian yn nofio o gylch f'ymennydd. Roedd lladd wedi bod yn 'y nghalon, ond ymatal yn f'ewyllys. Llwyddai marwolaeth i ddringo ar hyd llwybr arall. Fe oddiweddwyd Dewi gan yr un sy'n dilyn pawb. Roedd yna eraill

wedi dod erbyn hyn. Roedd Dafydd Owen wedi dod o rywle. A Tomos
Smith. Roedd yna rai plant wedi dod. A chŵn. A Ffransis Griffiths a'i
wraig. A thithau Ann o'r bedd. Pawb. Ond neb a allai 'y ngollwng i. Neb.

'Nedw bach, be di hyn?'

'Edrychwn o 'nghwmpas ar goll. Rown i wedi ewyllysio iddo fe fyw.
All neb wadu hynny. Doedd dim y gallai'r afon ei wneud i'w adferyd.
Edrychwn yn wynebau brawychus pawb. Dyma fi ar drothwy'r deugain
oed, yn ŵr sad a pharchus, a chanddo deulu mawr, yn Gristion wedi
f'aileni, yn gynheiliad i achos f'Arglwydd, yn weithiwr cydwybodol ym
mhob peth, yn hunan-gyfiawn tost, yn bopeth gwir a gwiw a didram-
gwydd ar funud gorffwyll yn colli pob llywodraeth drosto-i fy hun, yn
gwylltio'n gudyll. Wedi 'ngholli i mi fy hun.

'Beth wnes i?

'Rown i yn ei gasáu wedi'r cwbl – o'r bôn i'r brig y munud yna. Ond
dyw hynny does bosib ddim yn ddigon. All hynny ddim bod yn rheswm.
Dyw'r elyniaeth benna ddim yn ddigon o esgus dros gyflawni rhywbeth
mor gwbl anfad â hyn. Ac eto allwn i ddim gwadu'r peth. Er na allwn
gredu bellach fod yr hunllef yna wedi digwydd, roedd y dystiolaeth yn
glir yn gelain gron o flaen f'amrannau.

'Y tu mewn i mi yr un pryd, marw; yr oedd hunan-barch a gobaith a
theulu oll wedi marw yr un pryd.'

'Dewi Halfen!' ebychai Tomos Smith yn benbleth i gyd gan edrych ar
ddieithrwch cochlyd dŵr yr afon.

'Dere'n ôl. Dere lawr i'n tŷ ni,' meddai Dafydd Rhosier gan estyn ei
law tuag ataf.

'Rown i'n gwbl bŵl. Gafaelodd Ffransis Griffiths a Jâms Dafis yn
dyner yn f'ysgwyddau a'm harwain. Cerddwn drwy hud i fyny drwy'r
caeau heb edrych ar neb, heb edrych yn ôl. Rown i wedi difodi Dewi
Halfen, ac wedi 'nifrodi fy hun yn derfynol.

'Difa dyn cyfan, Ann. Dyna flas i'r dannedd. A'r cwbl oll i ti. Dyna
gêm bur a gwirion a ffôl i'r adolesent. Chwifio cryman yn yr awyr a dod i
lawr â hwnnw i chwalu'i asgwrn-cefn, y fath chwarae – i hollti'i nerfau, ac
i saethu'i waed dros yr afon, a gweiddi o'r tu mewn i mi fy hun. Digon.
Digon yw gormod. Digon i'th deulu. Digon i'th fferm. Digon, digon i'r
pridd lle cei di dy gladdu. Digon. Digon o serch. Digon o chwarae hefyd.
Digon o wylo alaethus o'r diwedd eithaf am byth mwyach, digon. I'th
wirionyn di o frawd, Ann Dolwar Fach, – frawd.

'Ac yn awr, yn flinderus flin a llesg, mae traddodiad Dolwar Fach wedi cyfrannu peth i draddodiad parchus undeb y troseddwyr, a finnau wedi cymryd fy llw gyda'r môr-ladron a'r godinebwyr, yr imperialwyr a rheibwyr plant bach. Mae staen araf y gwaed du blinderus lesg wedi ymlwybro i lawr 'y mreichiau, dros 'y nghluniau a'm penliniau, fel pe bai'n parablu, 'Triwch gael gwared â fi nawr te.'

'Be ddaeth drosot ti, Nedw bach?' holodd Jâms Dafis.

'Cei di dy grogi wst ti,' meddai Siôn Edwart.

Rhewodd pawb.

'Druan â Dewi . . . Druan ohonot ti 'nghyfaill ifanc,' meddai Dafydd Rhosier.

Roedd pawb yn paratoi i'm hangladd. Roedd eu hamrannau yn 'y nghladdu i yn y fan.

Oedd yna ystyr i hyn oll? Wyt ti'n gallu'i ddeall. Oedd rhywun yn haeddu hyn? Efallai, meddyliwn, efallai fod lladd yn llai o beth os nad yw'r lleiddiad o unrhyw werth. Os nad oes ganddo na chyfoeth na safle, dyw hi ddim yr un fath. Os yw'n wirionyn twp, ac os yw'r sawl a leddir ganddo, yntau, yn amddifad o bob pwrpas a phwysigrwydd, efallai fod y ddau gyda'i gilydd yn peidio â chyfansoddi dim byd arwyddocaol. Heb fod yn ddigon pwysig i Farnwr. On'd yw'r cyfoethog yn well ei fyd bob amser? Wedi'r cwbl, pwy oedd e? Dewi? Pwy oedd hwnnw? Y cwbl wnaeth y sawl a lofruddiwyd oedd bodoli. Ychwanegodd yntau ddim doeth erioed at gynhysgaeth ddiwylliannol y gymdogaeth. A fi, ei lofrudd, beth wnes i erioed? Llai byth. Bodoli? Dim oll. Bod yn frawd i Ann? 'Y mhechod gwaetha. Be wna-i byth, ond marw ryw ddiwrnod efallai, marw ryw ddiwrnod yn sicr? Gadael gweddw ac igian plant.

Y peth gwaetha y gallwn i fod wedi'i wneud erioed oedd gwneud yfflon o gawl o bopeth.

Cyraeddasom y tŷ.

'Beth wnawn ni nawr fechgyn?' murmurodd Jâms Dafis.

'Gwell cloi Nedw rywle.'

'Ond ymhle?'

'Wnaiff y llofft y tro,' meddai Dafydd Rhosier.

A'r fan yna y'm rhoddwyd i.

Gallwn glywed y cynllwynio a'r murmur a'r sibrwd a'r ochain a'r dadlau ffyrnig ar gerdded i lawr yn y gegin. Roedd pawb yn chwys domen. Tagai'r waliau fi. Edrychwn o 'nghwmpas yn bryderus. Roedd 'y nhrwyn yn goglais fel cacwn ym mysedd-y-cŵn. Es at y ffenest. Tynnu'r bollt. A'i hagor. Roedd hi'n agored a'r meysydd yn ymagor o'm blaen. Roedd hi'n rhydd ac yn agored. A'r bryniau draw. A'r awyr iach. A Brycheiniog o'r golwg yn lân. A Chefncoedycymer. Ble? ble mae honno? A Liz 'y ngwraig. A'n plant.

'Gwirion wyt ti wedi'r cwbl, Nedw bach.'

'Roedd y ffenest yn agored.

'Llithrwn i lawr y wal y tu allan. Ac i ffwrdd â fi tua'r gorwel glas.'

'Nedw bach,' murmurai Ann yn araf, 'paid â siarad cymaint amdanat dy hun.'

*   *   *

Eisteddwn a 'mhen yn 'y nwylo, gan bwyso ymlaen at y tân, yn y tŷ bychan bach yn yr Heol Fawr ym mhentref Cefn Coed y Cymer. Wrth 'y nhraed roedd 'y ngwraig Liz. Yn y cefndir, gan sefyll yn ôl yn agos at y waliau, 'y mhlant bach, ar wahân i'r bychan ar y llawr a anwybyddai bawb.

'Mae'n rhaid imi fynd yn f'ôl. Oes. Dw i'n cytuno. Does gen i ddim dewis. A mynd cyn iddyn nhw ddod. O Liz, mae'n ddrwg gen i. Mae'n ddrwg gen i 'mhlant annwyl i . . . A fi o bawb. Dyna'r peth ola wnaethwn i byth.'

Trois at 'y ngwraig a 'nhalcen yn gryndod.

'Liz, fy nghariad brydferth i. Beth wnei dithau nawr?'

Cofiwn hi'n dod, yn ferch ifanc landeg, yn forwyn i Ddolwar Fach ym 1798 i gynorthwyo Ann, a'i gwallt fel seren wib yn ffrwydro. Ac o'r diwrnod cyntaf hwnnw fe'i cerais hi. Rown i wedi ffoli arni. Dwedais y cwbl wrth Ann. Ar y pryd, pan gerddodd hi drwy'r drws yn swildod i gyd fe'i carwn hi ac fe wyddwn na fyddai neb arall byth yn gallu gwneud hyn imi.

'Hyn, wrth gwrs, yw rhagluniaeth,' meddai Ann. 'Hyn yw daioni gras cyffredinol. Hyn sy'n anrhydeddu dyn bach. Cael rhyfeddu wrth greadur arall.'

Ond bellach roeddwn i wedi gwneud hyn i Liz, wedi dwyn gwarth ar y teulu oll. Ni allwn faddau i mi fy hun byth.

'Sut digwyddodd y peth?' crygodd llais Liz fel hen wreigen.

Roedd hi wedi heneiddio mewn awr. Roedd ei gwddw'n dechrau adfeilio.

Edrychwn ar ei thalcen. Roedd hwnnw'n hen. Ei llygaid. Ei bochau. Ymddatod yr oedd ei harddwch oll. Craffwn arni.

'Be wnes i i ti?' Roedd fy llais innau'n eiddo i rywun arall. Roedd hithau'n ddieithryn tost hefyd.

*   *   *

A dechreuai'r olwynion grensian fy esgyrn, yn rheolaidd, yn ofalus, yn bwyllog drwm. Ar Awst 21, 1818 y lladdswn i Ddewi yn farw gelain. Drannoeth cynhaliwyd cwest yn nhŷ Dafydd Rhosier, a finnau'n absennol. Yng ngwanwyn 1819 cynhaliwyd fy achos yng Nghwrt y Sasiwn fawr yn y Trallwng, a finnau wedi sleifio yn fy ôl.

Edward Johnes y Crwner, y meddyg o Arthmyl, a roddodd dystiolaeth y Cwest yn y cwrt. Gydag ef safai'r deuddeg rheithiwr fel petaent wedi ymgynnull, gyda Dafydd Rhosier yn flaenwr iddynt. Roedd rhai ohonyn nhw wedi bod yn dystion i'r digwyddiad. Doedd dim dirgelwch wrth gwrs. A doeddwn i ddim am ddadlau â neb. Caen nhw ddweud a gwneud a fynnent.

Gweiddi wnâi Edward Johnes. Chlywais i erioed mo'r dyn yna'n siarad fel dyn call. Gweiddi a gweiddi.

Beth oedd gen i i'w ddweud? Dim ond cyffesu. Ond pam ddyn? Cwympo ar 'y mai. Pledio'n euog. Allwn i ddim honni ei bod hi'n ddrwg gen i, er ei bod yn ddrwg ofnadwy gen i. Byddai'r fath eiriau'n wallgof, nid yn unig oherwydd eu bod nhw mor ddiniwed o annigonol, ond oherwydd, er 'y mod i wedi bod mor orffwyll ar y pryd, fe wyddwn y gallai'r peth ddigwydd, fod y peth o fewn cwmpas 'y nhueddiadau gwirion i, mai fi wnaeth hyn, neb arall. Neb . . . Mae'n wir flin gen i.

'Ond pam?'

'Does dim esgus,' meddai Ann.

Ar y diwedd fe'm gwthiwyd i allan o'r lle ac allan o bob cymdeithas, sobrwyd y gwallgofrwydd oll, ac oddi yno mewn rhwymau fe'm cludwyd i i garchar Trefaldwyn. Mewn rhwymau cofiwch, ar ôl imi farchogaeth yn rhydd ar gefn ceffyl benthyg Siôn Ifan yr holl ffordd yn ôl o Gefncoed-ycymer. 'Bron yn ddamwain,' meddai'r Barnwr. Ac mewn rhwymau y'm gadawyd i ar lawr y gell ar 'y mhen fy hun, fel pe bawn i'n chwenychu heb sôn am allu dianc.

Sugnwn fywyd o bell, y dafnau olaf ohono yno, rhwng fy nannedd, yn

araf rhwng fy nhaflod a'm tafod, ac yna'n denau at fy llwnc. Yna'n ddi-
syfyd, poerais. 'Bywyd,' meddwn mor chwerw ag y gallai 'mustl i, 'wedi'i
orbrisio.'

Ar 'y mhen fy hun yno oeddwn, feddyliwn. Ond celwydd fydd hynny
bob amser yn fy hanes i, wrth gwrs, hyd yn oed pan geisiwn fod ar fy
mhen fy hun bellach, hyd yn oed pan nad oedd dim gwell a ddymunwn
yn y byd tlawd hwn nag unigedd. Maen nhw'n siŵr o ddod. Ymennydd
fel yna sy gen i. Fe fyn hwnnw rithio pobl a phethau – a digwyddiadau
yn anad dim. Cha-i byth lonydd. Does dim ond goddef yr orymdaith
hudol yn yr ymennydd bach. Y presenoldeb dychmygol cyson.

Ac er mwyn gweld y rheini, dichon fod tywyllwch yn help. Dod wnaen
nhw i gyd, fe wyddwn hynny, linc-di-lonc i mewn i'm cell. Y barnwyr oll.
Dewi Davies, yn sicr, a'i utgorn. Mae e'n siŵr o fod yma'n fuan. Fe ddylai
fe fod ymhlith y cyntaf, ar flaen y gad. Ac Edward Johnes gyda'r drymiau.
'Pam?' dyna y bydd e'n ei weiddi. Gweiddi a gweiddi. Yn awr yn y fan
hon y ca-i fynd dros yr Achos mewn modd manylach nag ar y pryd. A Liz
wrth gwrs. Hi a ddisgwyliwn ar y blaen. Hi oedd yr atgno cyntaf.
Chwiliwn yn ddyfal am ei hwyneb hawddgar. Ble oedd hi? Dylai fod
yma. Gwn beth ddywedai hi. Gwn sut y byddai hi'n closio ata-i, yr un y
gwirionwn arni. A gwn y byddwn i'n cywilyddio o hyd, ac yn erfyn arni
am faddeuant, heb fod eisiau erfyn arni o gwbl. A chyda hi y byddai'r
plant a'm mab hynaf cydnerth pedair ar bymtheg oed yn dad newydd
iddynt i gyd. Roedd arna i gywilydd. Ble? Y rhain i gyd. Bydden-nhw'n
siŵr o ddod. Nhw â melyster eu diddanwch. Maen nhw'n llenwi corneli'r
ystafell â normalrwydd eu chwerthin, a'u storïau'n cario'r meddwl ar y
gwynt. Ond nid ymddangosodd neb. Arhosodd y gell yn wag. Dim ond
gwyll a baentiai'r waliau. Ar 'y mhen fy hun. Pydrwn yno gyda'r math o
bersawr dethol a geir gan hen sanau chwyslyd a adewid ymhlith afalau
cleisiog dros fisoedd mewn bocs. Roedd digon o arswyd yn y gell fel y
gallech ei dorri'n dalpau a'u gwerthu i fwganod.

'Liz,' sibrydwn.

Ond ddôi hi ddim.

'Dewi Davies,' gwaeddwn wedyn. 'Edward Johnes.'

Ni syflai plufyn ym mlanced y tywyllwch. Fe'i lapiwn yn gyflawn o'm
hamgylch.

'Oes rhywun acw?' holwn. Codais fy nghlustiau fel cerrig beddau.
Adleisient yn ddiymadferth – 'Na.'

Holwn y tipyn ffenest fechan yn uchel ar y wal allanol. Holwn y llawr. Holwn y drws du bitsh budr. Rown i'n cael 'y merwi ym mrwmstan eu diffyg croeso. Am oriau ac oriau.

Doedd dim ateb heblaw'r adlais od.

Yna, siglodd rhywbeth, yn ysgafn fel papur sidan. Yn llipa fel pluen. Crychai. Yr oedd rhywun yn llithro drwy'r nos. Ymddangosai crac tenau brau yng nghwr y tywyllwch. Yr oedd yna rywun ar bwys, yn anadlu'n ysgafn, yn symud buddai.

Yr Arglwydd? holwn.

Ann oedd 'na. Ymddangosai hi yn y bore fel petalau. Taflai ffenestri'i henaid yn agored. Gwaeddai allan ar y bore, 'Henffych fore!' Rhedai hwnnw ati. Golchai hwnnw drosti a hedfan dros ei gwallt fel ton ar afon Fyrnwy yn fflapian adenydd.

Roeddwn i gydag Ann eto. Roedden ni'n dau ar ein pennau'n hunain esgus yng nghegin Dolwar Fach, a newydd fod yn darllen Mathew'r bumed.

'Na ladd,' meddai Ann esgus. 'Ac ystyr hynny yw derbyn heddwch y tu mewn – dywed ie wrth y drefn. Dywed ie wrth y gaeaf, ac ie wrth y glaw tawel. Dywed ie wrth farwolaeth pan ddaw. Caru yw "na ladd" i'r Cristion.'

'Ond mae yna elyn,' meddwn i.

'Na ladd. Câr dy elyn.'

'Ond mae'r Beibl yn ei gondemnio.

'Sut? Ai ti yw'r Beibl?'

'Dŷn ni i fod i wrthwynebu'r drwg.'

'Dim ond pan fydd gwrthwynebiad felly'n ffurf ar gariad. Gwranda Nedw, 'mychan i. Lladd yw meddwl yn wael am rywun. Lladd yw ei gondemnio yn y galon. Lladd hefyd yw ei ddileu o'r meddwl. Chei di ddim gwneud hynny. Mae pechod yn beth anferth. Nid ti biau condemnio.'

'Fi biau tystio os oes 'na anghyfiawnder.'

'Purion.'

'Fi biau dweud y gwir am yr anghyfiawnder bythol.'

'Iawn. Ond ti hefyd biau cofleidio'r bobl, cofleidio'r un – yr un sy'n dy dramgwyddo di.'

'Fi di hwnnw.'

'Ac nid ti yn unig.'

'Dewi Davies?'

'Hwnnw'n anad neb. Ei garu fe, Nedw, nes bod dy lygaid yn popian.'

'Ond mae e'n dy gasáu *di*.'

'Fy ffansïo i y mae e.'

'O Ann!'

'Dyna yw'r olwg gas sy arno. Mae yna rai bechgyn fel 'na.'

'Ond y gwawd amdanat ti, Ann, y gwatwar a'r genfigen.'

Chwarddodd hi ei chwarddiad hir, cariadus, ei chwarddiad petalau y funud yna, fel eira, y chwarddiad ffrydiog yna a adwaenai'r coed a'r gwartheg yn Nolwar Fach.

'Beth wnaeth e?' gofynnais i, yn amau rhywbeth.

Taflodd hi ei chwerthin eto.

'Tawn i'n meddwl . . .' meddwn i, 'tawn i'n gwybod . . .'

'Cyffwrdd,' meddai hi, yn swil ostyngedig.

'Cyffwrdd â thi?'

'Am chwarter eiliad.'

'Gallwn i . . .'

'Na ladd.'

'Mi allwn i ei ladd e'r munud 'ma.'

Lluchiodd ei gwallt yn ôl dros ei gwegil. Roedd hi'n gwneud sbort am 'y mhen i, ac eto'n fy hoffi i. Eto'n bryderus amdana-i. Gallai cawod o'i gwallt foddi hanner Sir Drefaldwyn. Neu chwarter o leiaf.

Weithiau, pan fyddai Ann yn ymddangos fel hyn, neu hyd yn oed pan fyddai Duw ei hun yn closio ata-i adeg gweddi ac yn arwain 'y meddwl i ar hyd llwybrau gwledig dieithr 'wyddwn i ddim amdanyn nhw, mi allai rhywbeth onglog symudo y tu mewn i mi. Byddai'n 'y mhrocio i yno. Ffuglen oedd, a oedd bron fel bywyd. Profwn i fath o ysgogiad corfforol mewn safle tua gwaelod yr asennau ar yr ochr chwith mewn man nad oedd e ddim yn arwyddocaol o gwbl fel arfer. Tybiwn i mai f'ysbryd i oedd hyn. Dyna'r peth dieithr hwnnw a allai glician bron yn hyglyw weithiau. 'Ef' oedd f'enw i arno fe. Ond fentrwn i ddim yngan mai f'ysbryd oedd 'na: allai peth felly ddim bod mor gyhyrog. Ac eto, roedd yr ysbryd hwnnw erioed wedi bod yn fygythiad dirgel pur finiog i mi. Fe chwaraeai tu mewn i mi ar gefn gambo fel actor mewn anterliwt drasig, tan brocio a phrocio, gan chwilio am ei linellau.

'Ystyr na ladd,' meddai Ann, 'yw casglu'r holl gariad cadarnhaol yna sy yn dy gyfansoddiad di at ei gilydd, a'i gyflwyno i arffed Dewi Davies druan.'

'Ann, petawn i'n gwybod fod Dewi Davies mewn unrhyw ffordd yn ymyrryd â'i fys â thi, nid fi fyddwn i. Ond Satan ei hun.'

'Nedw! Taw. Paid . . . Dw i ddim am siarad â thi.'

'Ann!'

'Na. Clyw, Nedw Dolwar Fach. Dw i ddim am bara'r sgwrs hon, dw i ddim am dorri sill eto, ddim sill arall gyda thi nes dy fod di'n suddo ar dy liniau, ar dy wyneb, ac yn ymddiheuro i Dduw. Siarad yn wirion fel 'na! Yn ei erbyn Ef y pechaist ti. Ceisio'i ladd E wnest ti. Yn erbyn yr Anwylyd, yr Un sy'n ymladd â thi yn afon Efyrnwy, yn ymaflyd codwm, yn rholio ar lawr yr afon nes dy fod di'n noeth, Ef dirgelwch bywyd, yn erbyn Ei gariad Ef y buest ti'n brwydro, yn poeri, yn rhegi. Cwymp nawr o'i flaen E, fachgen. Ar d'union.'

A threiglodd hi i ffwrdd. Tynnodd hi furiau'r carchar amdani'i hun fel blanced neu dywydd, ac yna ciliodd.

A ga-i ddychmygu eto fodoli ambell fore gwyn pryd na bydd dim wedi digwydd? A ga-i agor eto awyr las foreol sy'n dafnu, ac yn dileu popeth go iawn? Henffych fore. Fues i'n rhy barod i leddfu edifeirwch â chymedroldeb. Ddaw dim bore gwyn felly ar 'y nghyfyl heb adnabod y nos ddu ei hun. Mae yna eiliad yn dod sy'n troi pob aur yn blwm. Mi ddefnyddia'r dagrau y trwyn i gynnull sgwd. Eiliad edifeirwch fydd hyn: mor chwerw ag atgof cyson, mor felys â chyfaill triw.

Cydwybod yw'r llygad i bob ffynnon lân, Ann, yn profi i'r hunanbwysig fod yna bobl eraill ar gael. Mae'n perswadio'r llwfrgi nad oes tebyg i blygu. Ac mai cael gwared drwy garthu yw gwaith gwych Gwaredwr.

*   *   *

Ann ei hun oedd yno, yn ddi-os. Ac fe ddaeth hi ata-i droeon, nid o'i lle unig ym mynwent Llanfihangel ond o'i lle llawn yn y nefoedd. Cyn y prawf hirfaith hwnnw yng Nghwrt y Sasiwn Fawr y dôi yn fynych fynych, ac wedi imi gael 'y nedfrydu i garchar. Yn arbennig wedyn. Daeth ata-i a siarad.

Dywedai un weddi bob tro . . . Diolch am wae Crist, am wae'r cariadlon.

Chwe gwaith bob dydd y gweddïwn gyda hi. Hi a weddïai weithiau, fi weithiau eraill. Ceisiwn ffurfioli fy niwrnod er mwyn cadw trefn ac ystyr ar 'y meddwl oll. Gweddïwn yn syth ar ôl dihuno, yna wedi brecwast, unwaith wedyn cyn cinio, yna'n syth ar ôl cinio, unwaith eto cyn swper, ac yn olaf cyn noswylio. Dyma drefn fy mywyd. Dymunwn gyflwyno pob dydd gwyn i'r Arglwydd fel hyn. Efô oedd biau'r munudau glân. Ac roedd Ann gyda mi bob tro wedi dod â sancteiddrwydd Iesu'n ôl i'm meddwl. Roedd Rhywun arall allan y fan yna felly, yn gwylio'r sachaid yma o bechod, yn gwylio drosto-i. Nid rhywun annelwig bellach. Ond rhywun yn llawn o bob ystyr. Y dirgelwch hysbys. Yr Un sy'n ein lapio ni. Y cudd sy'n ein datguddio ni i ni'n hun.

Ac wrth i mi dderbyn hynny tyfai edifeirwch. Tyfai'n ysgariad melys ynof. Credu yn Nuw yw Ei fod Ef wedi dod o hyd i fi, yn cwato y tu ôl i gadair rwyllog mewn cornel, a'm pen i lawr, mewn cell dywyll a'm hanwesai. Bwystfil twp, dyna fuaswn i. Uffern ar goesau. Pentwr o brennau balch yn disgwyl matsien. Hunan-gyfiawnder du gwirion oedd y maen melin am 'y ngwddwg yn afon Fyrnwy. Doedd dim esboniad arall yn bosib. Beth bynnag oedd Dewi Davies, beth bynnag a wnelai neb, roedd yna gyfraith gan Brydain Fawr, a phe bai dynion anghyfrifol i'r carn fel fi yn hyrddio'r gyfraith yna i'r domen, doedd dim gobaith i neb fwynhau bywyd gwareiddiedig. Doedd bosib y byddai Dewi Davies 'y nharo i mewn gwirionedd. Na. Nid f'amddiffyn fy hun wnes i, nid dyna 'nehongliad bellach o'r hyn a ddigwyddai. Beth bynnag oedd y rheswm, roeddwn i ar fai. Mi fues i'n euog, yn falch ac yn dwp. Ac roeddwn i am golli'r trysorau gwachul a hurt yna i gyd yn yr afon dan lif.

Ond y fan yma rydw i nawr heddiw yn oer ac yn elyn i mi fy hun rhwng pedwar mur cyfyng; wedi 'y nal fel cloeon mawr dur. Ar 'y mol. Yn hiraethu am gael byw.

'Be wna-i Ann? Ar ôl dod allan o'r lle yma. Alla-i ddim gorymdeithio'n ôl i'r Cefn. Bydd pawb yn gwybod. Fydd byth cyfle i ailddechrau.'

'Be arall?'

'Allwn i byth wynebu 'nghymdogion, na phobl dda y capel chwaith.'

'Balchder o hyd?

'Ie, hen jôc yr angylion.'

'Be oeddet ti'n meddwl ei wneud?'

'Ffoi efallai. Mynd â'r teulu i ryw dref fawr.'

'Lloegr?'

'Bryste efallai. Ie. Neu Lerpwl. A'i gadw Ef yn ddirgel yn y fan 'na.'

'Mae dychymyg y Cymro, pan fydd e'n marw, bob amser yn mynd i Loegr.'

'Wel, Mericia te.'

'Mae'r defaid i gyd, y naill ar ôl y llall, yn brefu am y lle bach glas tu hwnt i'r dŵr neu'r clawdd.'

'Ond aros! Sut? Na.'

'Ie.'

'Tyddyn ar ôl tyddyn a'r perchnogion wedi ymadael, ac ymfudo acw i Mericia. A'r fan yma, adfeilion dros y lle i gyd, dyna'r lle rwyt ti eisiau imi aros. Cymru lân? Ond ble mae honno? Yn unman, yn 'y ngolwg i.'

'Ie. Y lle 'ma yw hi i fod, Nedw: Cymru frwnt yw'r unig dwll i ti.'

'Wedi imi ladd y wlad hon fel hyn, gorwedd gyda hi?'

Gymaint y'i carwn i hon, Ann, mor ddel oedd ei gruddiau, fel na allwn wrth syllu arni y foment honno fod heb beidio â gweld y gwahaniad rhyngddo i a hi: yn ei phrydferthwch ysgyrnygai wyneb hardd marwolaeth arna-i. Ei hwyneb hollt-gymylau, dyna a'm cyfeiriai tuag at iechyd. A finnau, doeddwn i yn ddim ond cambrintiad yn y Beibl Teuluol.

'Rwyt ti yn llygad dy le, meddwn i. Does gen i ddim digon o wmff i fynd i unman ar ôl mynd allan.'

'Wmff fydd eisiau arnat ti i aros.'

'Does dim digon o egni gen i, Ann, i fod yn ddiog hyd yn oed.'

'Nid egni i bethau felly sy eisiau arnat ti nawr ta beth. Ond egni i ddisgwyl, egni i aros ac i weddïo ac i weithio. Ac yn y pen draw, egni i beidio â gwneud dim, ond egni i orfoleddu.'

Roedd hi yn llygad ei lle. Nid yn ysgafn y canolbwyntir y meddwl ar yr Arglwydd ac y crynhoir yr holl sylw ar un pwynt. Nid heb ymdrech yr ymddihetrir rhag pob ymyrraeth a phob tarfiad. Ac nid heb chwys y llithrir i mewn i'w bresenoldeb glân a gorffwys yno yn yr un pwynt, ymroi yn dawel yno, ac aros. Crynhoi'r teimladau a'r meddyliau a'r dyheadau fel defaid i mewn i gorlan un pwynt y tu ôl i'm talcen. Ac aros. Mewn ofn. Mewn braw melys. A'r croen yn crychu. Cwrcydu. Ac wynebu'r sylwedd.

Codwn gydag Ann i'r entrychion, serch hynny. A hyd yn oed yno, edrych tuag i fyny. Ac edrych wnes i gyda hi yr oriau yna fel dyn newynog yn chwilio am friwsionyn. Gyda hi y syllwn fel y gwnaethwn lawer tro. A gwyddem ein dau am bob twll chwys a phob crych o liw ar wyneb Iesu Grist, a'r goleuni a darfai o'i gwmpeini pur. Hyn oedd dicter carthiol Duw.

'Ann, Ann, pam na wnest ti adael peth ymennydd ar ôl i mi yn y groth?'

'Mae rhai pobl, Nedw, yn beio etifeddiaeth am ryw gamgymeriadau yn eu cymeriad. Ond yr hyn sy eisiau yw darganfod yr Edifeirwch sy'n eu tynnu nhw o'na.'

Wedyn ciliodd Ann am ryw hanner munud, ac roeddwn wedi 'y ngollwng eto. Cripiwn i lawr tua'r dyfnderoedd ar frys. Ymhlith y cysgodion isaf y codwn 'y mhabell, a'm gwrid yn y fan yna mor ddiflas â hen esgid a olchwyd i lan afon Fyrnwy ar noson ddi-sêr ar ôl brwydr go dost.

Ond roedd gen i ymwelydd arall yn y fan yna, ambell waith, un arall heblaw Ann. Roedd yn ddrychiolaeth ddu ar bwys, ac adwaenwn hon yn bur dda hefyd. Dyma gysgod pob cysgod. Y düwch y tu ôl i'r düwch. Presenoldeb ymosodol marwolaeth ei hun yn yr holl hanes, dyna a oedd yn loetran o gylch ymylon a chorneli fy llygaid. A dyna gan amlaf fydd ei harfer. Daeth honno ata-i law yn llaw â Dewi.

Rwy'n cofio'r syniad a goleddwn i'n blentyn y byddai'r drefn hon yn newid rywbryd, yn wyrthiol. Efallai y dôi Duw'n sydyn gyhoeddus, a rhoi pen ar yr holl fusnes marw hyd y lle. Mewn pryd. Dadwneud pob dim daearol. Efallai y bydden ni'n deffro ac yn cael mai hunllef oedd y cwbl. Cysgod oedd yno, serch hynny. Ac i mi, yr un cysgod oedd pob cysgod. Un cysgod ydoedd pan ddôi hwn – y cysgod diwahân, cyffredinol. Ond nid felly y gwelai Ann hi.

A dwi'n cofio meddwl ar y pryd. Mae'n amhosibl gafaelyd byth yn y presennol bondigrybwyll. Bydd hwnnw wedi mynd. Dim ond y gorffennol. Does dim dal ar y dyfodol chwaith. Dim ond y gorffennol, ac mae hwnnw wedi marw.

'Dw innau'n gwybod yn well . . . erbyn hyn.'

'Wel, wrth gwrs, Ann.'

'Roedd yr Arglwydd yn dweud y gwir gwyn, wyst ti.'

'Down i'n amau dim.'

'Mae'n rhaid i'r lle fod yn lân.'

'Oes.'

'Didoli . . . chwynnu.'

'Ti sy yn dy le, Ann. Amdana i, yr unig ffordd y bydda i'n meddwl yw â'm dwylo.'

'Cynghorwyr sâl yw dwylo. Ond dwy go wahanol i ddwylo pawb arall. Efô â dwylo glân sy'n gogrwn.'

'Ann, wyt ti'n cofio, cyn iti ddod yn Gristion, pan oet ti'n dal i fynd i'r Eglwys, a finnau'n dair blynedd yn iau na thi ond yn dipyn o lanc wedi dod i'r bywyd ac yn rhodianna draw i Bontrobert . . . Wyt ti'n 'nghofio i un noswaith yn dweud wrthot ti – Mae E yno Ann . . . Wyt ti'n cofio? Yno.'

'Ydw.'

'Ac wyt ti'n cofio beth ddwedest ti'n ôl?'

'Na.'

'Mi ddwedest ti: gobeithio'i fod e.'

'Clebran oedd peth felly.'

'Ond nawr rwyt ti'n sicr ohono heb siarad, yn sicrach na fi.'

'Debyg iawn. Mae tipyn bach o fantais gen i nawr.'

'Tsheto – cafflo – yw hwnna.'

'Heb adnabod marw i'r pen draw does 'na neb yn cael hyn, Nedw. Hyd yn oed yn ystod dy fywyd.'

'A-i ddim i Loegr, Ann.'

'Fe'i gwyddwn i. Nac i Mericia.'

'Mi a-i'n ôl i'r Cefn; aros yng Nghymru a galarnadu gyda'r hil.'

'A gorohian hefyd yn yr hen fröydd llwyd. Hen fröydd y felan, dyna'r lle i ti. Wyddost ti, Nedw: pe bai'r gwanwyn yn dod yfory, a throad y rhod yn sticio'r un pryd, a'r holl Saeson yn mynd adref at eu harian, a'r Cymry'n dechrau credu o ddifri, pe bai digon o ffrwyth yn codi o'r ddaear i'n cadw'n dew am byth, fe gaet ti, fe gâi'r Cymry rywsut, ryw dipyn o achlysur i farwnadu o hyd.'

'Ond Ann.'

'Mae yna afon. Mae ei dyfroedd yn golchi traed plant Israel fel croen gwyddau. Dere i lawr i ymolchi.'

Dirgrynwn i wrth ei geiriau hunanfodlon. Roeddwn i'n genfigennus ohoni. Roeddwn i'n anfodlon iddi ddangos 'mhechod yn erbyn Duw o'r newydd. Dechreuwn deimlo'n anfodlon ei bod hi'n ymweld â mi fel hyn. Dechreuwn ddigio wrthi.

Roedd ei llygaid yn troi tuag i fyny am foment. Roedd hi'n cau ei llygaid yn awr, a nofiai'i llais dan ferddwr y gell. Cydiais i yn llafn y cryman a'i droi wyneb i waered gan afael yn gadarn bellach yn y pren. Teimlwn yr un gwallgofrwydd ag o'r blaen yn dychwelyd.

'Dere i lawr, Nedw Dolwar, a chicia dy draed yn y glendid fan yma.'

Crynwn wrth feddwl am ei gweddïau.

Ond wrth iddi godi'i phen euraid tuag ata-i, ac agor ei genau tirion, i yngan brawddeg fer arall, codwn i'r cryman. Fe'i chwyrlïais uwch ei phen

tan anwesu'r awyr. Fe'i traw-wn i lawr ar ei gwallt prydferth fel pe bawn
i'n fy lladd fy hun.

'Pam Ann rwyt ti'n bod? Pam rwyt ti'n craffu arna i bob cynnig mor
serchog? Does gen ti ddim bedd cysurus i fynd iddo?'

Syrthiai hi, y gyhuddreg. Symudwn innau'n ôl i ganiatáu'i chwymp.
Agorai hi'i cheg waedlyd wrth ddisgyn.

'Dere i lawr i ganol yr afon gynnes,' murmurai hi drachefn. Ond roedd
hi'n farw. Ann wedi cael ei difrodi'n lân, a'i llygaid yn awr yn hyll o
brydferth, a'i gwaed yn ymchwyddo'n donnau dros y llawr.

Hunllefau'r gwallgofddyn.

Dodais y cryman i lawr wrth ei hochr yn ddestlus. Dwi'n cofio nawr
mor ddestlus fues i. Roedd cyhyrau f'wyneb yn gryn ac yn wyn o wae.
Llyfwn 'y ngwefusau. Roedd y cwbl drosodd mewn tri munud, a 'mysedd
a'm harddyrnau yn llyn o gochni diog, a 'mron a 'nghylla'n ochneidio.

Roedd Ann ei hun yn farw gorn eto, y tu mewn i mi. Difodwyd hi yn
'y nghydwybod. Rown innau'n llofrudd drachefn, ac wedi lladd a gwybod
'mod i'n lladd, yn lladd yn effro fyw. Rown i wedi lladd yn gariadus
edifeiriol unwaith eto nes 'mod i'n sylweddoli'r peth i'r bôn, a chariad
wedi egluro'r difater yno-i a'i wneud yn groyw lân. Ac wrth ei lladd hi,
lladdaswn hanner 'y modolaeth yn hun. Does dim dealltwriaeth o Dduw
heb wybod ein bod ni'n methu â'i ddeall. Dyna bob deall.

*　　　*　　　*

Dirwynodd y flwyddyn gron tua'i therfyn. Aeth Ann yn ôl at ei
thadau. Dychwelais innau i'r Cefn. Es yn ôl i'r capel bach. Ailgydiais yn 'y
nhasgau. Closiodd y teulu o'm cwmpas o'r newydd. A llowciwn innau eu
croeso fel mochyn anorecsig.

Roedd yr awyrgylch bron yn normal. Bron, ddwedais i. Gwlân a thin-
tacs sy'n gwneud gwely gobaith. A chawn rannu yno fy ffolineb adferol
â'm gwraig. Y fi, y llofrudd parchus amddifad. Normal i'r botwm yn 'y
niffyg deall.

Y distawrwydd o hyd! Braw'r ymatal gan bawb yn y capel, yr ymatal
cwrtais hir! 'Dyna'r peth na alla-i ddim o'i oddef,' protestiwn i . . . 'Neb
yn dweud botwm corn. Hyd yn oed y blaenoriaid. Pawb fel pe na bai dim
wedi digwydd.'

'Druan bach. Beth wyt ti'n ddisgwyl?' holai Liz y wraig.

'Gair.'

'Mi weddïodd pawb. Mi weddïaist ti.'

'Do . . . Cyfleus. Rhy gyfleus.'

'Fe gest ti dy gosb.'

'Nid gan yr eglwys.'

'Ond rwyt ti wedi edifarhau. Fe gest ti dy garchar. Rwyt ti wedi talu. Damwain bron, meddai'r Barnwr. Mae pawb yn gwybod yr hanes. Beth wyt ti'n ddisgwyl? Mae pawb yn drist drosot ti, dros yr holl sefyllfa.'

'Mi wnes i wangalonni hefyd, a suddo i'r felan.'

'Mae 'na bethau gwaeth na lladd dyn,' meddai Liz a'i hwyneb cyn sobred â baban newyddeni.'

'Fel beth?'

'Peidio ag edifarhau hyd y diwedd,' meddai Liz yn araf.

'Ie?'

'Peidio â chredu.'

'Dim ond imi ddifaru, te, fe ga-i ladd faint fynna-i wedyn, felly?'

'Nedw bach, rwyt ti'n gwybod mai babïaidd yw'r ddadl yna.'

'Ond pam na wnân-nhw ddweud te? Dyna dwi'n ei haeddu. Gweiddi. Damnio.'

'Mae yna bethau eraill i'w gwneud. Pethau sy tu hwnt i'n hamgyffred ni.'

'Fel beth?'

'Dy sancteiddio di. Ein carthu ni i gyd. Cyffwrdd â'r Mawrhydi.'

'Pam na wnân nhw ddod allan a blingo a dannod ar gyfer sancteiddio? Mae yna ryw adleisiau yn y cefndir o hyd.'

'Chlywais i ddim.'

'Wel, beth arall oedd gan Abram Williams echnos pan ddwedodd e: ddylai neb fod yn flaenor gyda'r Hen Gorff os nad oedd e'n gynta wedi lladd rhywun . . . o leia yn ei feddwl?'

'Sylwais i ddim arno'n dweud hynny. Trio'n hadeiladu ni roedd e.'

'Na. Distawrwydd sy amlaf obeutu'r lle. Distawrwydd yw'r ymosodwr geiriol mwyaf ffyddiog.'

'Mwynha'r distawrwydd hwnnw te 'y ngŵr annwyl i.'

'Ond dw i'n meddwl o hyd.'

'Mor anghydweddus â gwryw!'

'Dwi'n methu peidio.'

'Ma's â hi yw dy hen ddull patriarchaidd arferol di.'

'Mi wnes i. Do. Un waith yn ormodol.'

'A chest ti dy gosbi. Dere yn dy flaen 'nawr. A difaru i'r gwaelod bob dydd o'r newydd. Mae 'na ragor o ddrygau ar ôl. Mae sancteiddhad yn symud euogrwydd. Ond paid â thyrchu'n ôl wedyn. Rwyt ti wedi cael d'atgyfodi, ddyn.'

'Dyw'r gair euog yn y galon byth yn dweud celwydd.'

'Oni wyddon ni oll hynny?' meddai Liz yn ddwys.

'Ac mae'r distawrwydd yn taeru hynny bob dydd . . . â thafod huawdl atal-dweud.'

'Mae difaru'n golygu troi o'r gorffennol i'r dyfodol.'

'Dyna braf fyddai cael llyn o dawelwch i nofio ynddo. Carthu pob drwg o'r system . . .'

'Paid byth â gwneud yn ysgafn o'r fraint honno, Nedw bach. Casâ dy hun. Fe gostiodd yn rhy ddrud i rywrai heblaw ti. Ac i'r Un pur yn anad neb.'

Plygwn 'y mhen yn isel. Rown i'n dal i glegar pethau ar 'y nghyfer. Mor braf fyddai cadw ychydig o drefn ar yr aelod bach yma yn 'y ngheg. Bron yn feunyddiol fe agorwn 'y ngwefusau, ac i ffwrdd â'r march heb awenau o fath yn y byd.

Digwyddiad rhyfedd yw distawrwydd.

Codwn nawr yn egwan mewn anneall.

'Pam na wnân nhw ddim siarad? Neb.'

'Does neb eisiau taflu'r garreg gyntaf. Pawb yn ei dŷ gwydr ei hun.'

'Mi allan nhw i gyd daflu'r un pryd o'm rhan i.'

'Maen nhwythau'n euog hefyd.'

'Mor euog â fi?'

'Wrth gwrs. Dyna'r drafferth gyda disgyblaeth eglwysig. Pwy sy heb falchder? Pwy sy heb gysgod o falais? Pwy sy heb esgeuluso addoli digon, a chanmol digon, a phlygu digon? Pwy sy heb lithro yn ei gredu, a pheidio â dibynnu digon? Pwy sy'n caru Duw yn llawn?'

'Nid eglwys yw eglwys heb ddisgyblaeth. Ffiniau sy'n rhoi ystyr.'

'Roedd yr hen Moses Tomos yn arfer dweud mai hunan-ddisgyblaeth yw asgwrn cefn pob disgyblaeth eglwysig. *Gofyn* am ddisgyblaeth, dyna yw ei hanrhydeddu, . . . ar y bol. A hynny tu mewn i'r gorlan. Y prawf ar hunan-ddisgyblaeth llwynog yw sut mae'n ymddwyn mewn cwt-ieir.'

'Ond wi eisoes wedi gofyn amdani.'

'Dyna ystyr ei derbyn. Edifarhau yw disgyblaeth. Dyna roedd y brodyr yn ei 'mofyn.'

'Ond mae'r pwlpud does bosib yn gallu cyhoeddi disgyblaeth a threfn, yn wrthrychol felly.'

'Os bydd yr Ysbryd Glân ei hun yn saernïo'r pwlpud harddaf yn y byd, Nedw, mae'r Diafol yn siŵr o esgyn iddo.'

'Ond mae'n rhaid imi gael disgyblaeth. Dyna dwi eisiau o hyd.'

Nid atebodd Liz. Digwyddiad od yw distawrwydd. Mae'n gallu chwerthin. Ac eto, mae'n gyfeillgar. Mor barod y rhuthra rhai i gondemnio'i gilydd ac i ddifenwi. Ac mor gynnes y lapia tawelwch am yr enaid briw.

'Disgybla fi,' gwaeddwn o'm tu mewn drachefn a thrachefn. Gwaeddwn, gwaeddwn yn 'y nghalon.

Roedd popeth yr oedd angen ei ddweud wedi'i ddweud. Bellach yr oedd distawrwydd yn cael rhwydd hynt rhyngon ni'n dau. A gweithio'n ddyfal a wnâi.

'Dw i'n mynd am dro, Liz.'

Amneidiodd hi â'i phen arna-i, fel gwên. Gwenais innau'n ôl yn nwfn f'ysgyfaint. Rown i wedi 'ngeni mewn ffos ond yn byw bellach yn beryglus o agos i'r nefoedd. A cherddwn allan o'r fan yna i gyfeiriad y Bannau pell. Ar 'y nhro heddiw ar hyd islwybrau'r nefoedd wen, cefais rywbeth tebyg i oleuni tirion. Cyffyrddodd, siglodd yn erbyn fy nghroen. Golau ysgafn, tyner, gwyn. Sylweddolwn fod yna ddau ddyn wedi'u lladd ym mhlwyf Llangynyw ar Awst yr 21ain. Dewi Davies yn swyddogol dan y gyfraith, wrth gwrs. Ond i lawr yng nghyhyrau afon Fyrnwy, roedd yna gorff pitw arall yn gorwedd. Yn bobian yn y dŵr. Yn arnofio. Ann wrth gwrs; yr ail lofruddiaeth, y gyhuddreg. Ond na. Gorweddai corff arall, a nawrhan o'i falchder yn y dŵr rhedegog, yn cael ei gario. Nofiai hwnnw'n gegagored, a'i wyneb i fyny, yn syfrdan fud, fi, nofiwn innau heibio i Gapel Pontrobert tua'r môr heddychlon hir.

Yna, o'r newydd o gyfeiriad y Bannau y clywais i eco llais Ann drachefn yn y fan a'r lle yn groch fel cloch yr eglwys. Yno. Ac nid yn y pellter yn unig. Ann yno-i, yr eco anlladdadwy yn llithro i lawr ata-i'n ôl. Canu yr oedd hi o fan i fan:

Yno y mae yn llond ei gyfraith
I'r troseddwr yn rhoi gwledd.

Ac am y tro cyntaf ers y llofruddiaeth hunllefus yr oeddwn yn gwybod beth oedd caru Dewi Davies. Y fath wledd. 'Y nghyfaill, anwylyd, Dewi.

Sylweddolwn angerdd difalais maddeugar yn arlwy hyfryd – yn datws, yn nionod, yn foron, fel manna. Cerddai tuag ata-i â hambwrdd llawn. Ymestynnai'r maeth i lawr drwy'r cymoedd i gyd ata-i i mewn i eigion o drugaredd. Dod i lawr 'wnaeth e. I lawr o'r mynydd y daethai'n ffrytiog heddiw, i lawr i'm hawntio. I lawr. Nid fi a oedd wedi dringo i fyny hyd un o ystlysau'r mynydd i gyrraedd Llygad y Ffynnon ger y brig yn y bannau. Roedd yr hen chwedl yna am wahanol lwybrau i ddringo'r mynydd yn ddwli i gyd. Oddi uchod y dôi i lawr ata i, . . . *arna* i. I lawr yr oedd y Ffynnon erioed wedi rhedeg.

Y PLÂT

Trodd Tomos o'r heol a fuasai'n ei arwain ymlaen at ei feddygfa foreol ynghanol y dref. Roedd ef am fygu'i deimladau. Cafodd sedd ym Mharc y Frenhines er mwyn i'r fainc odano bendroni'n herfeiddiol ennyd ynghylch y gwrthodiad annisgwyl hwn i'r datblygiad newydd gan y Cyngor Lleol yn ôl yng Nghymru. Roedd y Cyngor wedi caniatáu drwy hyn iddo gael ail gnoad ar y genhinen. Ond ni allai dawelu ei feddwl am y fath hansh annisgwyl. Am foment lwyd, gwell ganddo fuasai oren o'r trofannau efallai.

Yr oedd Bron Amant ar werth unwaith eto. Dyna'r cwbl heddiw oedd yn cyfrif iddo ef. Ac roedd hyn yn rhoi ail gyfle, os oedd angen ail gyfle. Gallai ef wneud iawn am y *faux pas* cyntaf.

'Mae hynny'n rhoi ail gyfle ar ymyl y plât.'

Roedd yn flinedig, ac yn grac ei fod mor flinedig.

Sychedai am ddiogi pellter efallai. Sychedai am gysuron breuddwyd yr hen fro. Ail fywyd yw ail gyfle. Ond ysbyty yw'r cof lle y bydd y cleifion gynt yn siarad yn sentimental â meddygon y dwthwn hwn. Wnaiff hynny byth mo'r tro. Wrth syllu'n ôl, diau ein bod oll yn plygu beth fel drychau mewn ffair, ac edrychwn drwy'n coesau'n ôl. Gwelwn dipyn o synnwyr ar sgiw-wiff, ond y mae i gyd beniwaered. Doedd e ddim gant y cant yn sicr a oedd ef eisiau tyrchu yn y plataid lleol o'r safle yna o gwbl bellach.

Roedd ef newydd ffonio swyddfa'r consortiwm ym Mhrinwel. Holai beth oedd ystyr yr hysbyseb yn yr *Amseroedd* y bore hwnnw. Gwenodd ynghanol ei ferw amheuthun ei hun. Yr esboniad clinigol a gawsai oedd bod y Cyngor Lleol, drwy fin rasel o fwyafrif wedi gwrthod y datblygiad (ffiaidd) a arfaethwyd gan gonsortiwm *Cymru'r Haf.* Ni allai neb bellach gonsurio pentref Breiddyno i fod yn wersyll gwyliau ffasiwn-newydd, diolch am hynny. Byddai Bron Amant felly ar gael drachefn, yn ddiogel ddilys hynafol flêr ar ganol y plât, yn dŷ haf. Gallai ef ailgydio yn ystyr ei fywyd a'r gwarineb araf tawel, os oedd ots am hynny.

'Dyma un gollyngdod bach o leiaf,' meddai wrth y fainc. Diateb oedd honno. Roedd Tomos yn falch. Roedd bywyd yn ddigon dyrys eisoes heb gweryla â phawb.

Ond arhosai amryw anawsterau o hyd. Roedd y crocbrisoedd a ofynnid yn awr wrth geisio ail werthu tai Breiddyno, a geiriad anghoeg yr hysbyseb ei hun mor arallfydol fel na chaniatéid i neb ond haen uchaf y dosbarth canol Seisnig efallai bwrcasu'r tai ar gyfer eu gorchwyl blinderus o fwrw gwyliau haf. Doedd dim sôn, serch hynny, am union bris Bron Amant ei hun ar ymyl plât y pentref. Llai na'r lleill efallai? Nid dyma'r lle i fyfyrio am y posibiliadau.

Ocsiwn oedd i fod, yn ddiau.

Y tebyg yw, yn lle gwersyll gwyliau ffasiwn-newydd, yr hyn a gaent maes o law fyddai pentref bwganaidd dilys hen-ffasiwn, llawn am drimis perlewygus yr haf a gwag am realaeth gweddill y flwyddyn.

Eto, yn ôl i'r fath le y gelwid ef gan y penderfyniad gogleisiol hwn. Galwai'r pridd, ond roedd hynny'n annigonol: y gwreiddiau a ddarparai egin. Roedd ei orffennol yn rhuo, yn gwawdio rywsut yn ei glust. Hwnnw a fuasai mor ddistaw ynghynt, – ac yntau'n gorwedd yn glyd yn y gornel hon o Loegr fel pe bai wedi'i droelli o fewn ei goesau a'i gynffon ei hun, a'i ben wedi'i wthio'n rhan ddofn o'r cylch abred blinedig i mewn i'w fynwes, – yn ddisyfyd wedi ymagor yn uniongyrchol ddiymatal effro i seiniau syn ei febyd. Roedd hi fel pe bai wedi cael ail gyfle i bwyso a mesur ei wallau coll. Neidiasai'r hen bethau yna rywsut o'r cysgodion ar ei ben a lapio'n annioddefol o gylch ei wddf. Hyd yn hyn dim ond ei bresennol a fuasai'n llefaru wrtho yn y fath fodd mewn sillafau dof o ymwthiol. Ond bu hwnnw ers tro yn dawel odiaeth ei ru ac yn ymddangosiadol fodlon yn ei alltudiaeth foethus. Rhuthrwyd yn awr o bob cyfeiriad arno yr un pryd, yn Fedlam anghymedrol, yn yfory, yn ddoe, yn drennydd, yn heddiw anniddig. Oedd yn rhaid i hyn ddigwydd? Roedd yn benderfynol o fod yn atebol i'r sefyllfa.

'Mi fyddai mam o leiaf wedi bod yn falch. Y greadures. Caiff cleifion Kensinborg – rhad arnynt – drwytho yng nghawl eu colestoról am ddiwrnod neu ddau arall. Dwi'n mynd o'ma. Chi, breswylwyr tywyllwch tybiedig, cerwch i'r siopau iechyd i chwilio Lecithin.'

Creadures braidd yn fytholegol fu ei fam. Roedd ef wedi'i cholli yn wyth mis oed; a'i dad wedi'i fagu rywsut ynghyd â'i ddau frawd hyn ar ddyddyn Bron Amant. Yna, bu farw'r ddau frawd hwythau mewn damwain car ar yr M3; a gadawodd ei dad Fron Amant yn dreftadaeth fythol iddo ef, gan obeithio, er bod Tomos Edwards bellach yn feddyg llewyrchus ar gyfer gowtwyr Kensinborg ac yn hen lanc go sefydledig, y byddai'n falch i gadw'r tŷ yn fangre i'w wyliau achlysurol. Ef oedd y ddolen yn y gadwyn Gymreig. Felly y dylsai fod, yn ddiamau, yn ddi-blant neu beidio. Felly y buasai hefyd oni bai ei fod ef mor anesthetaidd o anghofus. Roedd mân betheuach meddygol yn dwyn ei fryd ef o hyd ac o hyd. Ciliasai'r genhinen ar ei blât y tu ôl i'r tatws, y tu ôl i'r moron a'r mynydd o saws. Unrhyw esgus rhag hansh. Ond bid siŵr, nid anghofio'n gyfan gwbl a wnaeth. Ni chymerai'i genhinrwydd yn gyfan gwbl ddihalen.

Ar ôl clywed bod cwmni o Gymry lleol o ardal Breiddyno wedi bod yn palu tai gwag yn y pentref i'w pocedi ar hyd y blynyddoedd er mwyn datblygu'r pentref yn uned gyfan maes o law (gwladgarwyr tra mad, yn ddi-os), penderfynasai ef werthu Bron Amant ar bwys iddynt. Rhaid i bawb fyw. Yma yn Lloegr y mae pob grŵp o Gymry gartref yn ymddangos o bell fel petaent yn mynd i wneud rhywbeth dros ddiwylliant eu pur hoff bau. Prin y gellid disgwyl iddo sylweddoli y pryd hynny y gallai fod gan rai Cymry bach draed sad ar y ddaear bengaled hon. Tybiai'r rheini y gallent, drwy weddnewid pentref bach Breiddyno yn hen dreflan Gymreig gyflawn o'r ddeunawfed ganrif ynghyd ag ambell fasnachwr neu fasnachwraig yn nillad y cyfnod, ddenu'r math mireiniaf o ymwelydd haf i dreulio ychydig o wythnosau chwedlonol mewn un o'r hen dai garw a adeiladesid o gerrig y fro yng nghlyw corn ar bostyn lamp a fyddai'n wylofain caneuon gwerin chwaethus o sgwâr y pentref o wyth y bore tan wyth y nos. Onid 'gwyliau thematig' oedd yr hwyl i bawb bellach? Ac felly, gan bwyll prynasant y cwbl. Disodli'r hen gymuned gyfoes. A throsglwyddo'r cyfan yn obeithiol i ddwylo gofalus elw er mwyn peidio â bod yn hiliol. Ni ragwelsant erioed y gallai fod gan ambell ysgolfeistr anymarferol ac ambell weinidog efengyl-gymdeithasol ar y Cyngor Lleol fonopoli o awdurdod ynghylch cynllunio'r ardal. Ac i'r gwellt yr aeth eu harofun.

Roedd hwnnw i gyd drosodd.

Cafodd Tomos ail gyfle. Sylweddolasai yn awr fod Bron Amant yn ddwfn arwyddocaol iddo. Onid math o ddifaru diog oedd atgof fel hyn? Er mai gwell weithiau beidio ag ailadrodd peth nas adroddwyd yn iawn y tro cyntaf, pentyrrwyd ei flynyddoedd hiraethus mewn banc, ac ni ddôi dim elw o bethau felly.

Daliodd y trên 14.20 ef y prynhawn hwnnw. Fe'i cafodd ei hun mewn cerbyd gyferbyn â menyw dra gwaraidd ganol-oed a edrychai arno fel yr edrycha llygad-maharen ar garreg. Ond ni theimlodd ef erioed yn llai caregog. Yn feddal ei galon, penderfynai adael y gorchwyl o edrych arni i bobl eraill yn y cerbyd. Syllai oddi wrthi at y ffatrïoedd a'r swyddfeydd a ymddanadlai ar bob ochr i'r rheilffordd wrth iddynt ymadael â Kensinborg ddinesig. Bro felys ei chleifion cymwynasgar. Teimlai mor encilgar y bore 'ma â'i wallt. Doedd ef ddim yn hollol siŵr a oedd yn hoff o'r byd real a phrysur hwnnw. Ac eto, math o ŵr dinas oedd yntau bellach. Ac onid dinas o'r fath oedd uchafbwynt gwarineb? Oni ddwedodd Plato rywbeth i'r perwyl hwnnw? Neu Dante?

Parry-Williams, mae'n siŵr.

Am Joan Powell gyferbyn ag ef, yr oedd hi'n crynu'n syrffedus o'i thu fewn wrth ffarwelio â gwrthuni'r adeiladau undonog. Gwnaethpwyd rhai menywod ar gyfer dynion: gwnaethpwyd eraill i edrych allan drwy ffenestri trenau. Ei haros 'wnâi'r 'mynyddoedd mawr'.

'Mae'n glaf, on'd yw hi?' meddai hi. Roedd ei haeliau'n cyrlio'n gyfareddol syrffedlon. Saesnes oedd Ms. Powell, er bod ei hen hen dad-cu yn Gymro. Dysgasai'r Gymraeg bellach am resymau rhamantaidd.

'Hwnna?' meddai ef, bron heb ddweud dim. Ond wrth iddo wneud diagnosis, neu brognosis, dechreuai amgylchoedd gwledig Kensinborg ymwthio fwyfwy i'r fei.

'Ie. Y fath loddest . . .'

'Gloddest?'

'O ddiffyg bywyd.'

'Dyw'r ddinas ei hunan ddim cynddrwg,' meddai ef yn goegfalch wrth i'r trên ymwthio allan i ganol y caeau gwastad Seisnig a rhesi twt o boplys soffistigedig ar hyd y cloddiau fel milwyr sy'n chwarae milwyr wrth sefyll y tu allan i Balas Buckingham. Codai'r fenyw gyferbyn ei haeliau yn lle fwlgariaeth gofyn pam. 'Hyn,' meddai ef gyda'r pendantrwydd hwnnw na ddaw ond drwy fyw a'r llygaid ynghau, 'yr ardaloedd ffug wledig hyn, rhwng y wlad a'r dref, dyna sy'n ddiflas. Y gwareidd-dra llydan diberson . . . a ffugfaw. Mewn tref, yn y canol, mae yna faw dynol o leiaf.'

Llaciodd hi hynny o dalcen a oedd ganddi. Doedd ei haeliau ddim mor ifanc o ryw ugain mlynedd â lliw ei gwallt. 'Rych chi'n teimlo'n gartrefol mewn baw felly?' gwenai hi'n uwchraddol. Diferodd ei gwên i lawr ychydig ar draws ei sgyrt. Doedd gwrywod druain yn ddim ond gwrywod wedi'r cwbl; ond roedd dynoliaeth oll yn dal yn fenywaidd. 'Ein cyrff ni,' murmurai hi tan ei hanadl tan wthio ymlaen yn falch ei bronnau hysb.

'Mae'r ddinas ei hun yn darparu brwydr beth bynnag,' atebai ef. 'Ond fan hyn, ar yr ymylon, rhyw fath o barêd yw hi a'r cadfridog wedi dod i weld a yw'r botymau'n sgleinio.'

'Mae gynnoch chi ddant at frwydr?' gwenai hi oddi uchod mor anfilwrol ag y gallai yn y dyddiau goleuedig hyn.

'Oes,' meddai ef yn briodol oddi isod. 'Mae'n cadw'r adrenalin ar ddi-hun.'

Beth bynnag amdani hi, doedd Dr Tomos Edwards ddim yn ei argyhoeddi'i hun. Ac nid oedd am fod yn ferthyr i hon ar ganol trên, ddim dros ei grogi.

Gyrrai'r cerbydau yn eu blaen yn amyneddgar.

'A'r sifalri soffistigedig? Yr anturiaeth? Mewn brwydr o'r fath. Dyna'ch dant chi hefyd?' Dygnai hithau ymlaen. Roedd hi'n gwenu fel octopws am ei ben. Câi ef gyfle o'r herwydd i ddatrys ei dannedd. Syllai arnynt. Ymholai pa rai oedd ei rhai hi ei hun, a pha rai'n ddannedd dodi. Cyn-hyrchid dodedigion annaturiol o naturiol y dyddiau hyn: ychydig bach yn afreolaidd hyd yn oed, ac yn sobr o an-wyn.

'Na. Yr adrenalin. Dyna'r cwbl.' Doedd ef ddim cant-y-cant yn siŵr beth oedd yr union frwydr 'fu yn y dref. Ai brwydr oedd i geisio adfedd-iannu ychydig o awyr iach drachefn? Ynteu ffordd arall o godi pris y tai? 'Roedd ei bronnau grawnffrwythog gwledig gyferbyn fel petaent yn wincio arno, a beiddiodd ef edrych allan o'r newydd ar y gweirgloddiau di-winc a di-ddannedd.

'A chyfrinach y Gymru fodern yw hyn, ar ôl bod yn ddim byd, iddi godi ar ei thraed, dwstio'i dillad, cribo'i gwallt, golchi'i hwyneb, rhoi goleuadau llachar yn ei llygaid, ac yna actio fel pe bai'n dipyn o wlad.'

'Yn wir,' meddai ef yn gelwydd i gyd. 'Y sgarmes, felly, am byth!' Codai ddwrn i'r awyr. Ei gwawdio'n dyner roedd ef. Ond on'd oedd hi wedi gofyn amdani? gwyddai'i nerfau Cymreig ef fod y parciau gwâr yn y ddinas wedi gwella dipyn go lew ar y cerrig gwasgar anochel ddarfodedig a fu gynt yn bla ar Waun-tŷ-coch. Gŵr dinas oedd ef bellach. Sythwyd llwybrau cefn gwlad yn ei wythiennau gan frys y ddinas – llwybrau a igam-ogamwyd gynt gan oes lai goleuedig o ddefaid ar draws y mynydd. Yn Kensinborg unionwyd hwy bellach i fod yn gymen. Gymaint mwy cysurus oedd y coed bob ugain llath yn llinell ddysgedig fan yna ar hyd y goedlan na'r ambell bren sgraglyd yng Nghymru yn difwyno hwnt ac yma borfa nad oedd yn werth ei llysenwi'n borfa, a rhodfeydd gwareiddiedig nas dofwyd erioed gan dorrwr-lawnt. Ganwyd y greadigaeth i fod yn drefnus. Kensinborg fyddai'i gynefin mwyach.

Sylwasai Dr Edwards yn awr fod ei hwyneb hi o gylch y dannedd yn welwach na'r cyffredin fel pe bai newydd ymddangos o flwch. Cawsai'r blwch hwnnw'i guddio efallai o dan silff mewn seler dros y gaeaf, dros gant o aeafau. Nid oedd na gwynt na heulwen erioed wedi cynhyrfu'r dafn manaf o waed i gwrso drwy'i bochau hi, ac nid oedd dim cloroffŷl ychwaith wedi cyffwrdd â'i bysedd mân a'i gwddf er pan blannwyd hi yn nwfn y blwch fforestaidd hwnnw. Doedd dim syndod ei bod hi'n chwilio am fyth.

'I mi,' meddai Joan Powell, 'y mae natur oll yn sanctaidd.' Bu ef bron â chyfogi. 'Pobl fach ddiymhongar yw'r wlad.'

'A chi a fi yw'r dref debyg?' meddai ef gan gilwenu.

'Yn gwmws.' Llenores nodweddiadol oedd hon: roedd ei phin yn meddwl drosti. Hwnnw yn wir a daflai'r syniadau o'r papur i fyny i'w chorun, fel dyn sbwriel yn lluchio papurach a thuniau a gweddillion ciniawau i'w lorri herciog.

Tewi oedd saffaf.

Y dull esmwyth o sgrifennu, dyna a'i meddiannai hi. Roedd unrhyw gystwyo ar yr iaith yn ddychryn. Iddi hi cyfrinach y cyfan oedd clust-ymwrando â llif y gwynt. Yr oedd hi, mewn gair, yn boblogaidd.

'Rych chi'n 'sgrifennu felly?' gofynnodd Tomos.

'Nofelau.'

'Am beth wedyn?'

''Y nheimladau. Bywyd. Perthyn. Serch. Gwreiddiau. Maen nhw'n gwerthu wrth gwrs. Fel papurau newydd.'

Rhedai ar ôl ei breuddwydion nes i ambell un droi'n ddisymwth a chyfarth arni. A honno fyddai'r un a gofnodai.

'Bywyd! Wel, dyna destun bach gogleisiol annisgwyl.' Crynodd Tomos mewn llesgedd. Hon oedd y math o berson didda a oedd yn dân ar groen dinosawr. 'Ond pa ran o fywyd?'

'Y rhan sy' tu mewn i mi . . . Y cwbl gyda'i gilydd. Dwy' i ddim yn credu mewn rhannu dim.'

Gwenai hi mewn gostyngeiddrwydd brwd cyfannol. Llysieuwraig efallai.

'Y gwir yw mai rhamantau dwy'n 'sgrifennu. Ond maen nhw ychydig bach yn wahanol oherwydd yr ymwybod â gwreiddiau.'

'Gwreiddiau?' Yr oedd yn dechrau'i chasáu hi.

'Ie. Y pridd, wyddoch. Tafodiaith ac ati. Mae darllenwyr Saesneg, mae pawb yn Llundain am wn i, yn wirion bost am wreiddiau.'

Tueddai'i geiriau i fynd ar wibdaith Ysgol Sul cyn dod yn ôl i arhosfan yng nghlustiau Tomos.

Gwenai hi drachefn, yn fwy gostyngedig byth.

'O! Yn Saesneg 'rych chi'n 'sgrifennu.'

Crynodd hi'n anaele wrth y fath sylw gan ddieithryn, gan golli ei gostyngeidrwydd oll dros y llawr. Doedd hi ddim yn siŵr a wnâi ef ŵr hollol addas iddi wedi'r cwbl.

Roedd gan Joan Powell y ddawn siriol o ysgogi cur yn ei phen ei hun pryd bynnag y mynnai. Nid oedd angen iddi na dal ei hanadl yn ei gwddf a gwasgu'i gwaed ar ei chwarennau, na rholio'i llygaid yn ei phen yn chwyrligwgaidd, na cheisio cwmpeini anghynnil cerddoriaeth fodern na dim imperialaidd felly. Nid oedd rhaid iddi ond penderfynu'n sydyn dawel ei bod am gael pen tost. Ac wele hwnnw ganddi yn ffres ddiffwdan ar blât. Fel y mae ambell leidr mwy deheuig na'i gilydd yn medru galw ar esgobion neu gyfreithwyr neu hyd yn oed clercod treth-incwm i fod yn dystion gloyw i'r ffaith na fuasai erioed yn y fan a'r fan yn lladrata, ac yntau wedi bod yno wrth gwrs, felly gallai Joan hithau dynnu cur i'w phen yn barchus pryd bynnag yr oedd ei eisiau. Ar achlysuron felly byddai ei chwaer, a gawsai fflat uwch ei phen ynghyd â'i dau fab, yn toddi'n hufen iâ hollol hafaidd o gydymdeimlad llifeiriog. Byddai'i neiaint hwythau yn cripian o gwmpas y tŷ wedi'u sobri'n ddisymwth yn eu gwrthryfel adolesent. Disgynnai difrifoldeb arholiadol a phwyllgorol braidd ar draws dodrefn a llenni a darluniau'r holl gartref, a phob ymwelydd yn llwynogaidd sibrwd ei neges cyn ei heglu hi oddi yno mor fuan ag y gallai dwyster ei wyneb ganiatáu, tra llenyddai hi yn hapus brudd.

Ni theimlai fod rhaid iddi ateb y fath ymholiad anneallus yn awr, os ymholiad ydoedd. Cododd ei llaw i'w phen. Gostyngai'i hamrannau'n flinedig. Nid therapydd-llefaru oedd arni'i eisiau y funud yna, ond therapydd-distawrwydd. A diflannai Tomos Edwards oddi ar y retina, wedi'i gladdu'n fyw ym medd ei llygaid.

Ymseiliai hi felly mewn distawrwydd penderfyniadol. Âi'r trên o'u hamgylch yn ei flaen yn wrol er ei waethaf ef. Roedd ganddi, yn ei barn wylaidd hi flew-amrannau y byddai'n werth marw drostynt: sylwodd ef ar hynny fel pe bai newydd brynu hufen-iâ.

Hen ferch oedd hi. Hen gaer wedi'i chau i mewn. Ac yntau hefyd yn gastell caeëdig mewn hen lencyndod. Y naill yn ymylu ar sylw'r llall gan ddisgwyl ymosodiad na ddeuai byth.

Braidd yn chwedlonol oedd oedran Joan Powell er hynny, yn ôl unrhyw fath o ddyddio carbon. Roedd hi'n barod iawn i gyffesu i rywun ddeugain prin o'i blynyddoedd gorau. Roedd hynny'n ddigon am y tro. Cadwai'r wyth arall ynghudd yn ei bag llaw fel trosedd hawdd ei maddau.

Synnai mor amddifaid oeddent yn y cerbyd. Dau oeddent, ac o'u deutu aceri o unigrwydd mawr. Dim llygod marw yn gorwedd hyd yn oed dan y pontydd. Dim hen wragedd yn rhuthro heibio mewn bysys rhydlyd. Dim cleifion yn llond y feddygfa. Pob milwr wedi'i roi'n ôl yn ei gwpwrdd. Dim Kensinborg am y tro. Oer oer oedd y ffenestri fel clociau unig y tynnwyd eu bysedd heb anesthetig a'u gadael wedi'u fflangellu gan dywyddau, yn gryn, yn rhewllyd, yn fore, a heb amser na gwyliau ar eu cyfyl yn un man.

Dyma'r cerbyd trên mwyaf unig y bu ynddo erioed.

Ymladdai llygaid Tomos i aros yn iraidd. Teimlai y byddai cysgu o flaen hon yn ansyber.

Penderfynai y prynai ddryll yn yr orsaf nesaf efallai.

Ar ei sedd wrth y ffenest dechreuodd ef farw i raddau, fwy neu lai felly, wrth led gau un llygad.

'Peidiwch â lladd neb cyn cyrraedd Llanfachraeth,' meddai'i gydwybod wrtho, gan ddal halwynau arogli wrth ei ffroenau. A dihunodd fel pe bai newydd eistedd ar ddraenog. Syllai arni nawr ar oleddf felly drwy flew'i amrannau ar draws y gagendor diderfyn rhwng eu seddau. Cyfansoddai'i aeliau femo bach ati er mwyn cadw ar ddi-hun:

Annwyl Miss Ann Hysbys,
Dwi ddim yn deall anhysbysrwydd benyw-aidd. Ac felly, mawrhaf y moroedd difenyw sy rhyngom heddiw. Mawrhaf goedwigoedd difenyw pryd bynnag y byddont o fewn cyrraedd. Ond os daethoch chi yma'n unswydd felly heddiw i ymyrryd â'm chwarennau lleiaf hysbys, gwell ichi fynd yn ôl i'ch swyddfa chwap. Mae iechyd yn gofalu am y rhai chwyrn eu chwarennau. Gwell ichi aros lle'r ych chi, yr ochr draw i drachwant. Mae yna gadwyn fechan yn y fan acw heddiw yn agos i'r nenfwd. Os daliwch i

giledrych ar f'esgidiau mewn modd mor newynog, byddaf yn teimlo'n
rhwymedig i'w thynnu . . . i'w tynnu.

Yr eiddoch yn Farcsaidd,

E. Llwyd

Roedd ef bob amser wedi hoffi defnyddio ffugenwau o'r fath, ac am ryw reswm wedi hoffi'r enw 'Emrys'. 'E' felly . . . Ond pam Llwyd? Ai ar ôl Mari? Neu Siani? Lleucu, mae'n siŵr? Ffurf-fferetai am yr ateb.

Âi'r trên hirgyflym yn ei flaen am oriau sigledig, ond heb siglo dim ar y tawelwch tew-welw a'u hunai ill dau bellach yn oeraidd gysurus. Pwysodd ef yn dalog yn erbyn y ffenestr.

Tynnai'n ôl ambell waith am mai dyna oedd yr ochr lle yr oedd ganddo 'ysgwydd rewedig'. Y rhew yna a barai fath o ddistawrwydd ar draws yr erwau moel. Gwelai arth yn pipian dros fryncyn yn y gornel. Roedd distawrwydd ar ôl y llefaru yn wahanol i'r distawrwydd cyn llefaru. Yr oedd yn fwy aeddfed rywsut. Mae'n anodd i'w esbonio.

Roedd cerbyd gwag neu led-wag y trên eisoes yn cysgu'n drwm o'i ddeutu, buasai hynny'n rhywfaint o help. Chwythai awel drwy'r ffenest. O'i mewn clywai aroglau hen gantorion. Er gwaetha'i goegi, fe'i llenwid ef gan yr awel hon â math o sicrwydd patrwm fod y trên yn canu grwndi i'r cyfeiriad iawn. Llonyddwch fyddai'i *forte* ef heddiw.

Rholiai hiraeth o fath distaw braidd dros ei wallt, ac i lawr y tu ôl i'w glustiau hyd ei wegil. Ef o bosib fyddai'r dyn hiraethus cyntaf a adferai Freiddyno mewn llonyddwch gwreiddiol newydd. Y Mab Darogan felly a'i tynnai hi i mewn i'r unfed ganrif ar hugain wâr. Gallai ddatblygu'r dreflan o bosib, yn unol â'i hunaniaeth a'i hangen cyfoes. Tybed a fyddai'r llysieuwraig hon yn hoffi'i helpu? Trueni ei fod wedi blino gymaint.

O'r diwedd cyraeddasant Brinwel lle y disgynnodd ef er mwyn chwilio am ffyrm llogi ceir fel y gallai yrru i fyny tua Breiddyno ar ôl ymolchi mewn gwesty lleol. Roedd hi'n bwrw glaw. Roedd yn gas ganddo dywydd ar egwyddor: un o nodweddion cefn gwlad mae'n debyg. Peth ydoedd a oedd bob amser yn difa sgwrs. Aeth hithau Joan Powell, yn ei blaen bron heb sylwi arno.

Wedi disgyn ar blatfform yr orsaf, sylwodd Tomos ei fod rywsut wedi colli'i docyn. Edrychai'n graff ar ei law dde. Doedd e ddim yn y fan 'na. Wedyn, wrth godi'i lygaid, llithrodd ei gipolwg yn anfwriadus dros ei law chwith. Fan yna roedd y tocyn drwy'r amser. Y gwirionyn! 'Mae gen i ddwy!' ebychai gyda balchder breuddwydiol. 'Doedd honno ddim yno y tro diwethaf.' Siglodd y llaw yn wylaidd ramantus. 'On'd ydw i'n gyfoethog? On'd yw esblygiad yn wyddor glyfar? Dyma fi allan o ddim byd y bore 'ma (twll du efallai) – yn esgor ar beirianwaith mor gywrain â llaw chwith.'

Wrth gyrraedd y dreflan lwydaidd sylwasai bellach yn anesmwyth fod pawb yno'n sibrwd. Un o afiechydon y Cymry. Hyd yn oed pan siaradant Saesneg, cyn iddynt gyrraedd y fentr fasnachol gywrain o bwrcasu tocynnau trên y mae yna atgof yn aros o'r amser pryd y torrent Gymraeg gyda'i gilydd, gynt yn iseldra'u heuogrwydd a'u cywilydd, er mai gwell ganddynt ddwyn eu hymddiddan i ben o hyd fel arfer mewn ffos ddistaw ychydig islaw lefel y glust. Diau eu bod wedi'u parlysu ar ôl i bob protest i bobl eraill fethu.

Dylai ef fod wedi arbenigo mewn Seiciatreg. Ond gallai unrhyw un dynnu coes.

Ciliodd i mewn i ystafell ei westy er mwyn ymaflyd yn y ffaith ei fod wedi dychwelyd i'w gynefin. Prinwel! Llonydd! Roedd yr enw yn ddigon i dreiddio hyd at fêr unrhyw gi colledig.

Un o'r doniau lleol oedd ef wedi dychwelyd. Ef oedd y math o berson a allai anadlu einioes yn ôl i ryw dipyn o furgyn llwyd. Dôi â thrydan ei enau a bwrlwm ei lafar i ysgogi o'r newydd y werin ffraeth i dynnu bys ma's a gwneud rhywbeth drostynt eu hunain. Wrth iddo orffwys yn ei gadair cwympodd oddi ar ei wyneb y naill wên deg ar ôl y llall, y gwahanol gymeriadau mewn amryfal gomedïau y buasai'n eu chwarae yn ystod y dydd, disgynnent yn dyrrau di-lun o gwmpas ei draed – ei ddicter a'i gwrteisi, ei ofal a'i hyder, ei dawelwch a hyd yn oed ei swildod, syrthient mewn cywilydd o'i adael yn hollol borcyn, gyda'r awel ysgafn a lithrai o dan y drws yn chwythu'n fain Gymreig ar groen cynnes ei gorff.

Rhaid cyfaddef. Cafodd gyntun bach cudd yn y fan a'r lle. Hamddena heb wybod hynny oedd ei angen. A breuddwydiai ef yn gwbl ddigywilydd am hen wlad ei dadau. Onid oedd breuddwydio yn caniatáu iddo ddweud celwyddau am Gymru bob cynnig? Gan bwyll y dihunai ef yn ôl i'w famwlad. Dihunai yn wrthrychol araf heb gamarweiniad emosiwn. Ar ôl byw yn Kensinborg roedd wedi gallu dod yn ôl i Gymru fel gwlad estron â ffresni dieithryn i gofleidio'r newydd-deb araf.

Safodd a bwrw'i fol â'i ddyrnau: 'Y Wlad! Y Wlad!' gwaeddai. Ac yna, gwenu fel llo er mwyn ymuno â'r amgylchfyd.

Clywodd ym Mhrinwel y cynhelid arwerthiant o ryw hanner dwsin o dai Breiddyno gan gynnwys Bron Amant ar Fai yr unfed ar bymtheg ar ôl cinio. Yn sydyn gwawriodd arno y byddai prynu tŷ yn fath o gyfrifoldeb ymosodol. Buasai aros yma mewn cyd-destun mor ymarferol yn ei orfodi i fynd ymhellach na chŵyn a phrotest, na rhithio gobaith a beio eraill. Byddai rywfodd yn mentro i mewn i diroedd dyfal dinasyddiaeth gyfrifol. Ac uniongyrchedd. Byddai'n rhaid bod yn gadarnhaol efallai.

Ymbluai ychydig mewn balchder. Ef, Tomos, o bawb, ei hun fyddai'n gweithredu'n adeiladol. Roedd hi'n awr yn 'Galan-mai', diwrnod Llywelyn Fawr a Siwan a Gwilym Brewys. Felly (yn ôl yr hen ddull o gyfrif Calan Mai), yr oedd ganddo ddau ddiwrnod i ddweud wrth y mynyddoedd a oedd ef yn teimlo'n gartrefol yno o'r newydd yn eu mysg neu beidio. Doedd dim chwant tin-droi yn y gwesty tan yr ocsiwn. Nid oedd am fynd ymhell iawn serch hynny. Gallasai dau ddiwrnod crwn fel hyn ganiatáu iddo grwydro i bellafoedd y fro, ei hadnabod a'i hanadlu. Ond yr oedd am oedi o fewn cyrraedd hawdd rhag ofn y digwyddai rhywbeth i'r tai ac y gallai ef glywed eu cri hwy am gymorth.

Roedd yna un rheswm arall dros ddychwelyd i Freiddyno. Rheswm oedd nad oedd Tomos yn barod i'w gyfaddef hyd yn oed iddo ef ei hun. Ryw hanner can mlynedd ynghynt, yr oedd parti dawns o hanner dwsin – ffres fel wyau – o ferched ugain oed wedi ymweld â'r neuadd bentref. Hwy oedd y merched pertaf, hyfrytaf, ysgafnaf erioed a ymwelodd â Breiddyno. Syfrdanwyd pawb gan yr harddwch a sbloetsawrai dros y lle. Mawloleuasent galonnau. Ysywaeth, neu drwy drugaredd, ar y pryd fe gaed un o'r pyliau rheolaidd o anwydwst Asia ar sgawt drwy'r ardal. Daliwyd y chwech yng nghrafanc y pwl: Winni McTavish, Meg Likens, Ginger Lindley, Mary Lee Mahoney, Joan smith (gyda llythyren fach) a Phyllis Sharman. Ysgythrwyd eu henwau fel rhododendra ar y fro byth wedyn. Claddwyd eu seicoleg ym mhridd gwrywaidd diangof y mynyddoedd. Y canlyniad oedd, maes o law, i'r chwech gyfarfod â bechgyn, ymhyfrydu yn yr ardal, oedi, ac esgor ar lwyth o ddisgynyddion benywaidd, – y pertaf, pereiddiaf, ac ysgafnaf o ferched bach heglog a welwyd erioed yn y sir. Roedd disgynyddion Breiddyno o'r herwydd yn enwog drwy'r wlad ac yn achos eiddigedd i lawer pentref arall. I lanc ifanc yr oeddent yn amhosibilrwydd tra derbyniol. A'r rhain bellach, y merchetos godidog hyn a welw-welai yntau drwy'i hun, ynghudd yn isymwybod Tomos. Hwy a'i hatynnai'n ôl heb yn wybod iddo'i hun, yn ôl i'w hen gynefin

cneifiedig. Hwy fyddai prif olygfa'r ardal . . . er mai arall oedd y rhesym-
iad swyddogol wrth gwrs.

Ond buasai ef ar grwydr yn rhy hir. Heb iddo sylwi, yr oedd Breiddyno
wedi colli'i phlant oll yn reddfol, y dawnswyr a'r cwbl, er bod ambell
ji-binc yn dal i ddawnsio yno. Ymfudodd yr asgwrn cefn oddi yno. I'r
llygad hydeiml, nid oedd dim mor wag â'r olygfa a gollodd ei choetiach
praffaf. Ac roedd ei lygad ef yn hydeiml, roedd yn siŵr o hynny. Tebyg
oedd yr olygfa ddi-goed hon i gôr a gollodd ei leisiau oherwydd afiechyd
llwnc. Yr oedd hyn yn rheswm arall dros ailamddiffyn y fro. Gadawodd ei
gar yn iard ysgol Breiddyno, yr hen ysgol ddiddan – honno wedi'i chau
ers blynyddoedd ac yn cael ei defnyddio'n ganolfan gan ddringwyr, – a
cherddodd mewn cylchoedd cynyddol ar y gweunydd llwyd o gylch yr
ysgol gan gadw ei muriau o fewn gafael ei drem o hyd.

Aethai cerdded yn ymarfer tipyn yn esoterig iddo bellach. Nid oedd
Kensinborg yn fawr o hyrwyddfan ar gyfer dim heblaw hercian. Aethai'i
gorff braidd yn wrthryfelgar i farbareiddiwch cerdded rheolaidd. Bellach
roedd ganddo'r math o gorff a deflir at ei gilydd gan fechgyn ysgol gyn-
radd a ddaethai o hyd i hen bostyn ac a fu'n lluchio lympiau clai ato drwy
gydol y prynhawn. Câi o'r herwydd chwyddiadau yn y mannau mwyaf
anwar. Y tameidiau a sticiai yng nghorneli'i lygaid oedd waethaf. Ei drwyn
a fendithiwyd fwyaf. Ymbalfalai ar drywydd ei drwyn gyda phenderfyniad
mul. Ond fe ddôi i ben.

Rhyfedd heddiw wrth gerdded mewn cylch fel hyn fel yr oedd yr hen
ysgol wedi dod drachefn yn ganolbwynt i'w fywyd unwaith eto.

Hen atgofion melys am dablau a sialc a gwialen. Hen hiraeth am hel
brogaod a gwersi gwridog am ryw. 'Hawyr bach!' meddai wrtho'i hun, 'yn
y dyddiau gynt roedd athrawon bioleg yn dysgu i blant sut roedden
nhw'n cael eu geni. Nawr maen nhw'n dysgu iddyn nhw sut y gallan nhw
beidio â chael eu geni.' Hen hiraeth.

'Wyddoch chi 'nhad, dwi'n credu – roedd eisiau hyn arna-i. Rown i'n
dechrau llwydo ychydig. Roedd angen gwynt yn 'y ngwallt . . .' Drysai
ychydig am fod y wlad yn dechrau ennill ychydig o'i fryd.

Buasai ef ar grwydr yn rhy hir. Lle bwganus yw dinas y gellwch gerdded
drwyddo heb sylwi ar ddim: menyw droellog yw'r wlad sy'n mynnu ichi
sylwi o'r tu allan ar bob un o'i rhagoriaethau yn eiddgar o eiddigus. Dech-
reuai'i galon delynega. Canlyniad yw'r amgylchfyd trefol i adeiladu go
sydyn byr-dymor; ond arafwch pwyllog adeiladu harddwch yw'r wlad ym

meddwl y preswylydd oesol. Hyd yn oed yn y mannau a gyfrifir yn wag, mae natur yn sylfaenol amhrisiadwy. Heblaw sylwi ar amrywiaeth hollol amlwg natur, mor rhyfeddol yno yw sylwi ar ei hundod. Englynion yw planhigion, er mai awdlau hunan-arddangosol yw coed. Ac fe'u hunir oll mewn cynghanedd groes o gyswllt. Yn y dref ar y llaw arall, y llygredd a wrteithia: yn y wlad, yr awyr gras a fyn achlesu pob ysgyfaint.

Y diwrnod cyntaf, yr oedd ef yn ymdeimlo â hadau dant y llew yn glynu gerfydd eu blew wrth ei ddillad ac yn ei ddilyn. Yr oedd hi fel pe bai bwgan confensiynol yn closio ato, yn arbennig pryd bynnag yr elai ar gyfyl Bron Amant. Nid oedd yno neb, wrth reswm. Roedd hi'n bwrw glaw confensiynol, dyna'r cwbl. Bysai'r gweunydd yn gallu bod yn aruthrol o wag heb eu glaw. Ond yr oeddynt hefyd yn noddfa gynnes i fyfyrion corfforol ac yn llwyfannu pob math o gysgodion symudol siffrydol na chaent byth le yn strydoedd sythion Kensinborg. Edrychai i fyny at rithyn o'r haul a oedd newydd sbio'n ffaeledig o'r tu ôl i gwmwl. 'Mae'n dda bod dyn yn methu â chael ei ddwylo arnat ti ta beth . . . eto,' meddyliai.

Teimlai Tomos fod ei isymwybod yn adolygu'r wlad yn awr fel dafad. Allai dim llawer fod yn fwy dryslyd.

Rhyddid 'ddylai fod yn gyswynair iddo mewn lle fel hyn heddiw. Roedd y bore wedi dod a'i lyncu. Câi'r prynhawn ei lyncu dro a thrachefn. Fe'i cymethid gan y coleddu hwn a'r treulio. Ac yna, maes o law câi'i gyfogi gan ddüwch y nos. Roedd hyn oll yn ei anesmwytho.

Drannoeth y bore, trodd yn sydyn wrth ddringo allan o iard yr ysgol. Tebygodd iddo weld ei gyd-deithreg sylweddol gynt, Joan Powell, yng ngwaelod y pentref yn ei fwgan-wylio o bell. Ni allai fod yn sicr o gwbl; ac yn wir, gallasai fod yn hen wreigen, neu'n hen ŵr hyd yn oed (ei dad, hwyrach, pe bai'r fath beth yn bosibl), neu'n blentyn, neu'n ddau blentyn yn chwarae. Beth bynnag, roeddynt wedi mynd, bellach.

Roedd hi'n bwrw glaw, ychydig yn waeth. Cymru felly ar blât.

Bwriodd ei galon beth glaw wrth iddo synied ei fod wedi sgrifennu llythyr arall ati:

Annwyl Miss Powell,
Gwell imi roi fy holl gardiau ar y bwrdd. Mae'n siŵr eich bod bellach wedi darllen rhwng y llinellau nad oes gen i fawr o amynedd gyda llysieuwyr na menywod sy'n gwisgo barfau yn yr

oes drefol hon. Maen nhw'n debyg i'r Marcsiaid llenyddol sy'n credu bod gwirionedd yn drech na harddwch. Llenyddiaeth mewn potel dwi'n galw peth felly, rhywbeth tebyg i'r llongau hwyliau enfawr sy'n gorfod cwtshio mewn poteli gwyrdd ar ben silff. Byddaf yn hoffi bydolwg ychydig yn fwy dynol – simneiau addurnedig, anialwch y Calahari, gweithio mewn ffatri losin, dwy frân yn clebran â'i gilydd ar gefn carreg, gwely llydan, gorffen llenwi ffurflen treth incwm, Eglwys Gadeiriol Tyddewi, tacsi araf ar hyd glannau Tafwys, sgwrs uwchben peint gyda thrempyn o Swydd Efrog, rhoi pigad i fabi yn erbyn y dwymyn doben, awdlau mawl i Arsenal. Bywyd cyfan. Dyna 'ngweledigaeth lenyddol hefyd, hyd yn oed am nofelau serch a'u catholigrwydd amlochrog. Gweledigaeth Kensinborg ydyw yn y bôn.

Gyda hynyna i gyd yn fy mhen yr eiliad yma, dyna pam rydw i am ichi f'esgusodi i am aros yma mor dawel gerbron nofelydd rhamantaidd.

Yr eiddoch yn gynnes,

Emrys

Efallai'i fod yn teimlo'n fwy serchog serch hynny. Yn y prynhawn teimlai'n sicrach braidd iddo ei gweld hi eto o bell megis cae mewn ysbryd neu ysbryd mewn cae ryw hanner milltir y tu uchaf i'r pentref yn cyrchu tua'r mynydd. Disgwyliai iddi godi fel barcud a hofran, arnofio'n ôl dros y pentref, a throsto ef yn ei hanferthedd, ond nis gwnâi.

Eisteddai felly am foment. Daeth drosto'r angen Cymreig i ddifrifoli yno ar y waun. Bu e'n hir, yn rhy hir, yn chwarae â Chymru. Teimlai ryw fath o oleuni cymhleth llawn yn pasio drosto nawr fan hyn. Eisteddai a gadael i'w feddwl gerdded. Ai ymwared â mwgwd ei ddihangfa oedd ystyr difrifoli? Drwy fod yn greulon, gallai blisgo'r crwyn yn garcus â blaen ei fysedd er mwyn dinoethi'r wlad a oedd ynddo. 'Wel, 'nhad, dyma fi wedi codi'r pwythau a'u dodi yn eu hôl . . . am dro. Ond dwi wedi methu â ffeindio'r un gwreiddyn crwn cryno yn eu plith hyd yn hyn. Ble maen nhw, dwed? Diffeithwch sy 'ma. Ond pobl sy'n ffrwytho, ddwedwn i, bob amser. Nhw yn eu tlodi 'nhad sy'n cario'r canrifoedd oll heb sylwi.' Chwilennai o fewn y cwbl o'i flaen yn awr am ei synnwyr o hunaniaeth ffuglennol. Dyna a geisiai wrth lygadu cyrrau'r rhosydd. Nid copi o'r gorffennol, ond y llif ysbrydol sy'n fyw. Dyna a'i denai ef. Ac nid yn y tir y caed peth felly, beth bynnag a ddwedai'r beirdd. Y bobl oedd yr hunaniaeth, yn unigolion ac yn gymdeithas. Gwleidydd *manqué* oedd ef. Deffrôi hefyd i leoliad ei wlad ym mosëig effro'r cyfandiroedd oll.

Syllai'r olygfa ar ei lygaid gleision. Yn eu drych ymestynnai sgwrs fydeang yn awr rhyngddo a'r borfa a'r pentrefi gwlyb llwyd, y trefi byrlymus y tu draw, yr hwyl a'r difrifwch cynnes, o flaen y cefndir amrywiol o rosydd a chlogwyni. Ond dim ond ffrâm oedd hyn oll i ddarlun mwy dirgel o lawer. Pobol. Ymddiddanai'i lygaid a'i ddychymyg â'r gerddi o flaen y tyddynnod, heb fod yn orfflachgar. Y gwanwynau miniog mwyn, myfyrion y bobl oll o fewn eu cloddiau cymen. *Noblesse oblige* y werin ddiwydiannol a gwledig yn glebr yn eu tafarnau lledwag. Onglau'r llechi yn y caeau prin fel waliau carchar. Chwerthin y Steddfod leol a rhythm synhwyrus ei rhaglen flinedig flin. Ni allai weld dim o'r waun blwm ar y pryd gan gymaint oedd y delweddau hyn oll. Synhwyrai rywfodd eu bod hwy'n ceisio chwarae ag ef. 'Nid dyma 'mhethau i,' meddai gyda phendantrwydd anarferol. Dymunai drechu pob rhamantiaeth ac ymbalfalu drwodd at batrymwaith gwerthfawr modern y difreuddwyd. Rywfodd, ni ddarfu eto mo epil oer ceyrydd mynyddog oes yr haearn.

'Wel 'nhad annwyl i, murmurai ef. 'Fan acw mae Lloegr a 'nghartref priodol presennol . . . Fan hyn, lleuad lachar ydw i wedi'i thrëulio. Ac odani, yn estyniad i'r lleuad honno, yn y cysgod, arwyneb gorffenedig 'nhipyn gwlad anghysurus fy hun fel amlinell. Mae'r tŷ hwnnw wedi'i dreulio hefyd. Dwy ystafell: y gegin a'r ystafell wely wedyn. Mae'n rhaid 'mod i wedi cysgu rywfaint. Ac eto . . . nid diwedd bywyd yw cysgu.'

Dwy debyg oeddent, sut bynnag, y lleuad a'r wlad yma – er na chyfaddefai ef mo hynny: dwy y rhwydwyd ei serchiadau ef gan eu hatyniadau cyferbyniol: yr olaf yn ceisio mor galed fod yn rhywun arall yr un pryd, ac eto o'r braidd yn llwyddo i fod yn hi ei hun. Y gyntaf yn wirion bost fel yntau.

Gweithio bwganod yr oedd ef, yn ddiau, ar gefn stamp post. Ofn dirfawr oedd yr ysgogiad efallai. Ym mhob man yn y pentref yr oedd yna ymwybod o bresenoldeb chwithig yn cyniwair . . . Wrth gwrs, peth felly oedd pentref. Pob bwgan yn byw ar ben bwgan arall. Roedd yn deall yn awr pam nad oedd ef wedi dod yn ôl i'w hen ardal ynghynt, pam yr oedd cyhyd wedi esgeuluso ymweld â'r hen gartref . . . Ei dad. Ar hwnnw roedd y bai. Deuai hwnnw'n ôl i fyw o fewn ei ben ef. Roedd hen ŵr ei dad wedi ei gadw oddi yno. Hwnnw a fu'n ei ddilyn. Hwnnw a'i gydwybod ei hun. Yn y caeau roedd yn gweld rhith o'i dad drachefn yn gwenu arno ac yn estyn cynnyrch y tir iddo fynd yn ôl ag ef i Lundain. Dyma fe, ei dad, eto ar y llethr yn rhoi'i amser a'i arian a'i bryderon er mwyn ei gynorthwyo. 'Dwi'n mynd o'ma.' O gwmpas y tŷ roedd yn clywed diwydrwydd ei dad, a hwnnw'n wfftio gwrando bob amser ar unrhyw ddiolch.

Maldod dieisiau oedd pob gwerthfawrogiad fachgen. Doedd dim eisiau tynnu sylw at y fath gymwynasgarwch hollol naturiol. Beth oedd rhyw dipyn gofal adeg salwch? Beth oedd y brys caredig i'w helpu pan oedd arno ef ei angen? Rhan o'r busnes anweledig o fod yn dad. Y rhoddion cyson? Y wyliadwriaeth anymwthgar? Nid oedd ond yn rhan anochel a chyfrin o'r swydd anweledig ddefodol o riant.

Dyna pam heddiw roedd y llawenydd o ail-weld yr hen gynefin llwydlas wedi'i lethu ef â thristwch. Allai fe ddim dioddef ymosodiad y gwacter cymwynasgar hwn, yr absenoldeb ymwthiol yn pwngan o adleisiau coll. Roedd y darfodedig yn rhy groyw yma. Roedd y bywyd hwn yr oedd yn rhaid ei fyw o ddydd i ddydd yn ymddangos fel pe bai'n mynd yn ei flaen yng ngenau bedd.

Ni allai oddef bellach aros yn rhy hir o fewn cyrraedd rhwydd i'w hen gartref oherwydd y pelydrau o boen.

Cododd ei galon oddi ar ei heistedd.

Na! Doedd ef ddim yn ffitio ym Mreiddyno wedi'r cwbl yn yr un ffordd ag a wnâi pan oedd yn grwt. Tybed a oedd ef wedi dod yn ôl i'r lle iawn?

Yr oedd ef yno yn syml fel ymwelydd. A dichon mai golwg twristaidd a gâi ar bethau. Llai trafferthus oedd byw felly. Mwy unplyg, mwy union-syth rywsut. Roedd yn well felly.

Penderfynodd deithio ysbaid allan o'r pentref ar y trydydd dydd, yn y bore, rhag ofn mai Joan Powell ydoedd y rhith yna yn y pentref ei hun mewn gwirionedd, ac ystyriai mai gorymdrech nerfol fyddai adnewyddu'i hadnabyddiaeth hi mwyach. Symlder y gweunydd anial oedd y lle y câi cymhlethdod ffoi er mwyn teimlo'n ddealledig. Yr hyn a geisiai'i lygaid oedd bryniau a oedd yn odli â'i gilydd.

Nid oedd wedi teithio yn ei gar hùr am fwy na phymtheng milltir ar hyd un o'r lonydd cul troellog yna, . . . a phorfa'n tyfu yn y canol . . . ac amryw gerrig rhydd wedi treiglo ar draws y llwybr bob hyn a hyn, . . . pan gafodd dwll mewn teiar. Rhegodd yn synfyfyriol. Yna, sylweddolodd ei wir sefyllfa. Ni allai oherwydd ei ysgwydd rewedig ryddhau olwyn y car a'i chyfnewid am olwyn sbâr. Trodd ei wyneb i fyny yn erfyniol tuag at y cymylau llwyd a murmur ychydig o sillafau Indo-Ewropeaidd serennog. Pe na ddeuai neb am awr ar hyd y lôn fach hon, fe fyddai'n gorfod aros yn y fan annaearol yna heb newid dim o'r olwyn. Ac fe fethai â mynd yn agos i'r arwerthiant mewn pryd. Nid enillai'r hen gartref felly yn ei ôl. Gerllaw roedd ychydig o frain yn rhwygo'r wybren yn ddyrneidiau o ddarnau mân. Ond doedd hynny'n fawr o help.

Ni ddaeth neb. Yn wir, ni welodd neb byw bedyddiol namyn fel y bydd pobl y trefi, ddarnau o gig oen yn pori, am dair awr ar gefn y mynydd. Dylsai ef felly fod yn gwbl ynfyd grac. Fe ddylsai fod mewn pwll melyn o falen. Mae'n rhaid bod ei holl gynlluniau'n gyrbibion mân a phob gobaith am adennill y dreftadaeth deuluol wedi hen fynd i'r gwellt. Roedd amser wedi lladrata'i freuddwyd oddi arno.

Ac eto, nid felly y teimlai. Nid dyna'r hyn a oedd wedi digwydd. Melys o falen oedd hyn. Nid ffoi a wnaeth amser . . . Y mae pob munud yn codi ar ei haden ac yn hedeg i'w lle penodedig yn y ceinciau. Ambell dro hwylia i'r gangen uchaf un ymhell o gyrraedd trwst y tyrrụ islaw, ambell waith clwyda'n nesaf at funud arall sydd yno'n barod, er nad yn fynych yr ymsefydla'n nesaf at yr un a fu o'i blaen hi. Ond nid yw byth yn ymadael. Nid peth darfodedig felly ydyw. Y mae pob munud yn dod o hyd i'w diogelwch priod ei hun, ac yn gwylio yno, yn aros ac yn cyd-eistedd am dair awr, nes bod y goeden, yn ôl y nifer o ganghennau a arfaethwyd iddi o'r cychwyn cyntaf ac yn ôl ei thaldra a'i chryfder ceinciog cynhenid, yn gwbl gyflawn.

Y wlad sy'n disgleirio orau yw honno efallai sy'n dweud y celwyddau mwyaf lliwgar – Beddgelert, Portmeirion, Llanfairpwllgwyngyll, Llancarfan, y cerrig coffa ar furiau Castell Gwrych . . . Y Cynulliad Cenedlaethol. Yr oedd rhywbeth yn ei bersonoliaeth a geisiai hunaniaeth wneud o'r fath.

Coed yma ac acw ar bob llaw. Coed; porfa denau fel breuddwydion, a choed. Rhai coed yn chwyrnu'n chwyrn ddifreuddwyd. Ond Cymru wedi'i storio'n llysieuig oedd y coed. Rhaid mai llysieuwraig fel Miss Powell fu Cymru hithau hefyd yn wreiddiol. Doedd dim o hyn yn para doedd bosib; ac eto, roedd y cwbl yn ei ailadrodd ei hun. 'Wel! Mae hyn yn *rheolaidd*, mae'n debyg,' meddyliai Tomos heb fod yn siŵr pa mor bell yr ymestynnai'r gair bach anesmwyth hwnnw. Welod ef erioed gymaint o reoleidd-dra mewn glaswellt, cerrig, coed, cymylau yn cogio bod yn afreolaidd. A rhyngddynt o hyd, ambell ddafad stwmpyn neu sglodyn o aderyn afreolaidd yn cogio bod mor rheolaidd ag y medrai. Meddylwyr oedd y planhigion efallai: gweithredwyr afreolaidd oedd y creaduriaid hwythau. Mangre oedd hon iddo gyfathrebu ag ef ei hun, ac â'r meddylwyr hynny oll a lefarai wrtho am orffennol coll, gan esgor ar syndod.

Ni ddaeth neb. Ymhen tair awr a hanner gwibiodd bugail ifanc ar gefn moto-beic dros y gorwel ac aros o fewn chwarter troedfedd i gefn y car.

'Rhywbeth yn bod?'

Felly y bydd pobl y wlad, yn dyfal ddyfalu, yn tynnu ymholiadau o'r gwaelodion mwyaf cyfrin.

'Y car wedi stopio i edmygu'r defaid.'

'Hen ŵyn braf, on'd oes?'

Ac yna, heb holi dim mwy, tynnodd hwnnw ei gôt a newid yr olwyn fel pe bai'n gwybod yn burion mai dyna'r hyn y buwyd yn disgwyl amdano erioed. Gŵr synfyfyriol prudd oedd y bugail, er gwaetha'i ymarferoldeb. Prydydd gwlad a hoffai lunio topicaliaid am dai haf a phethau felly ar gyfer nosweithiau aflawen. Swildod oedd ei *forte*. Swildod yw edrych i mewn am na haeddwch edrych allan.

'Dyna gall yw car yn stopio fan hyn i edrych ar y rhain . . . Pe bai gen i dair awr,' meddai'r bugail wrtho'i hun, 'a finnau'n gar, dwi'n meddwl y byddwn i'n chwilio am garreg finiog rywle ffordd hyn i rwbio fy nheiar yn ei herbyn . . . Tamaid o borfa gyfforddus i eistedd arno o flaen yr olygfa . . . Heddiw'n arbennig. Diwrnod sych – am Gymru . . . Cymharol sych . . . Rhyfedd, ynte fe, sut y mae Cymru – am wlad fach – wedi casglu cynifer o olygfeydd. A glaw. Efallai'u bod nhw'n perthyn drwy ysgariad.'

Daliai i fwrw glaw mân. Eosliosai'r llanc yn ei flaen uwchben y teiar.

'A glaw,' cwynai Tomos Edwards. Dylyfai'r moto-beiciwr ei ên. Roedd yn amlwg fod y dyn hwn heb werthfawrogi swynion dŵr.

'Y bywyd llawn mewn byd llwm,' meddai'r llanc, gan gynganeddu'n naturiol bost fel y bydd y werin. Ond nis deallai Tomos. Gobeithiai fod yna bobol eraill ar gael y tu ôl i'r golygfeydd llym. Ond roedd yn amau nad oedd.

Ym mhlyg y cwm sylwodd Tomos yn awr ar nant fach, dechreuad afon, diwedd pob glaw. Chwaer ufudd i fynydd oedd afon fel hon. Ceisiai'r werinwraig fechan hon wneud ei chyfraniad, felly. Roedd hon heddiw yn ceisio bod yn afon fach well na'i gilydd, a bron yn llwyddo.

Daliai hi (yr hi arall ramadegol wrth gwrs) i fwrw glaw mân confensiynol.

Y fan yma, unigrwydd gwlyb o fath oedd diwylliant. Rhan o fosëig anfodolaeth.

Crwydrai'i feddyliau yn anghyfrifol gyda'r defaid. Cofion prudd mewn gwisgoedd ffansi a ymdroellai o'i gwmpas ar flaenau'u traed nawr, ac wedi deffro yr oedd rhai o'r breuddwydion, gymaint ag yr oedd deffro yn bosib i ŵr o Kensinborg. Ni sylwodd ar y moto-beiciwr cymwynasgar yn ymadael. Hynyna o anwybyddiad gwledig yn ôl athroniaeth gymdeithasol Kensinborg.

Erbyn iddo gyrraedd arwerthfa Prinwel, felly, wele Joan Powell yn clatsian ei gwefusau yn erbyn ei gilydd wrth iddi ddod allan drwy'r drws, gan ditw-tomasu tuag ato.

'Dr Llwyd.'

'Wel, Miss Powell bach.'

'Yr union le i ramant,' meddai hi. 'Dw-i wedi'i chael hi. Bron Amant dwi'n feddwl. Ar blât. Bydda-i'n gallu meddwl am serch nawr, a sgrifennu serch, troi serch yn llyfrau di-ri.'

Roedd hi'n fuddugoliaethus. Roedd eisoes yn breuddwydio am ysbrydoedd addawol Bron Amant.

'Llongyfarchiadau,' meddai fe gan geisio peidio â meddwl am erchylltra'r rhamantu diferol.

'Dw-i wedi cael yr union amgylchfyd,' canai hi drachefn. 'Llenydda i mi fydd Cymru mwyach.'

Na: doedd hi ddim am ei fwyta ef ar hyn o bryd, a hithau newydd orffen prynu'i dŷ, preswylfa'i ysbryd. Roedd y cwbl drosodd. Ond syllodd hi'n dirion arno a phensynnu tybed a ddylai hi bwrcasu y gŵr gwrywaidd o ddiwerth hwn hefyd cyn bo hir, i'w storio erbyn llymder gaeaf ac ambell swper. Os nad oedd yn llednais, o leiaf roedd e'n lled neis.

'Sut ych chi'n teimlo, felly, Miss Powell?' (Sylwer: nid Ms Powell bellach.) Ymgrymai ef ychydig fel pe bai eisoes yn agor drws ei gartref iddi.

'Balch, Doctor. Tawel falch. Dw i wedi bod yn holi, . . . achau, chi'n gwybod, a dw-i'n deall ein bod ni'n perthyn.'

'Byth. Perthyn?' Crynodd ef.

'Dw-i'n ofni'n bod ni.'

'Rown i'n amau braidd. Nid chi yw fy merch hir golledig?'

Lleng oedd ei lais. Roedd eu carwriaeth fel dau feddwyn wedi syrthio i gysgu ar fainc ym Mharc y Frenhines cyn cyrraedd adref.

'Prin Dr Llwyd. Eich mam-gu efallai . . . Ond na . . . Gor-or-wyres i chwaer eich hen-hen-hen-fam-gu ydw i yn ôl cofnodion y Plwyf.'

'Felly. Mae'n rhaid bod gwaed brenhinol yn eich gwythiennau.'

'Wel, mae'r fath berthynas, Dr Llwyd, yn peri i'm cefn sythu y mymryn lleiaf, rhaid imi gyfaddef.'

'Roedd hi'n un o'r hen ferched cyhyrog yna sy'n meithrin rhyw gryfder yn eu cymalau wrth gerdded gweunydd a hel grug mewn sweteri uchel er gwaethaf eu pwysau. Pownsiodd hi'n egnïol ramantus o'i gwmpas fel pe bai'n llygadu'i botensial ef. Gallai, fe allai hi ddibennu hwn mewn cegaid a hanner. Ond i swper nid i frecwast. Rholiodd hi ei hun yn nes-nes ato. Hiraethai yntau hefyd am y math o fenyw dych chi ddim i fod i edrych arni ond ei bwyta'n araf oddi ar lwy.

Felly, – ymsyniai yntau yn athronyddol fel y dywedir – roedd hi wedi prynu'i dŷ ef a'i amddifadu o'r cyfle i unioni'i gam â'i gyndadau. Roedd ef wedi methu yn hyn o beth drachefn; ac eto, nid wedi methu'n gyfan gwbl. Er bod breuddwydion taeog *Cymru'r Haf* hwythau wedi malu'n yfflon jibidêrs o leiaf, fe gâi Bron Amant fod yn gyrchfan gwyliau am drimis y flwyddyn i Gymraes o Loegr yn hytrach nag i Saesnes ddi-dân-ym-mol o'r un wlad. Yr oedd hynny, yn ôl rhai dethol, yn rhywbeth o leiaf.

'A! llenyddiaeth! Y bau!' ebychai hi.

'Y bae?' myntai yntau, ond sylwodd hi ddim ar y jôc. Ac yna, 'hyn, yn hytrach, yw amddiffyn y ffin,' meddai wrtho'i hun yn Fadogaidd ddewr ei fron. 'A beth fu fy swyddogaeth i yn hyn o fuddugoliaeth? Catalyst mae'n debyg. Hi sy wedi cyflawni cymaint o bwrpas ag a oedd gen i yn gudd ar gyfer hyn o dreftadaeth. Yn wir, math o ddirprwy i mi yw hi mwyach. Cynffon bach di-sigl. Mae ganddi hi bwrpas hollol unplyg yn y bôn, yr un pwrpas â mi. Yn union. Bron. Mae hi wedi prynu'r tŷ yn weddol ystyrlon dan 'y nhrwyn ystyriol.'

Treiglai'i fyfyrion diog ef amdani o'r newydd. Doedd ef ddim yn grac. Sylwodd ef bellach: roedd y tipyn crynu cêl, ie a'r ofn, ynghylch wynebu hen fywyd newydd wedi blino. Ac wedi blino efallai am fod hon wedi'i drechu, a'i drechu'n ystyrlon. Roedd ef wedi adennill ei flinder cyfar-wydd.

Efallai mai'r wers i'w ddyheadau gwibiog-ramantaidd oedd ei fod fel arfer yn ymgyrraedd at y gwirionedd pryd bynnag y sylweddolai o ddifri ei fod bob amser yn anghywir.

Annwyl Joan,

    Wel, dyna ni. Ffarwél amdani, mae'n debyg. Dyna'n tipyn carwriaeth ni drosodd am y tro, wedi pob ymdrech. Dichon y cawn ailgynnau'r goelcerth rywbryd mewn rhyw gaffe cornel yn Kensinborg, uwchben pob o gogen Chelsea. Pwy a ŵyr? Yn llawnder y gwanwyn, pryd y mae hyd yn oed blodau papur yn ceisio edrych yn well na'i gilydd, dichon y caiff y serchiadau rhyfedd hyn a wybuasom yn encilion Cymru ymlusgo allan drachefn, ymagor yn drwsgl, ac estyn eu hadenydd blinedig . . . Am funud neu ddwy.

        Llawer o gariad,
        Em

    'Fyddech chi'n barod Dr Llwyd imi deithio gyda chi yn y car i lawr i orsaf Prinwel?'

    'Wrth gwrs. I hynny y'm ganwyd.'

    'Fe fyddwch chi'n troi tuag yn ôl i Kensinborg bellach.'

    Roedd e'n teimlo'i bod hi'n ei snwffian ef, ac yn lled benderfynu'n hamddenol pa delpyn fyddai'r lleiaf di-flas iddi ddechrau arno. Mater o amser oedd hi i ystyried pryd y dylai hi estyn ei phawen a rhoi'r cnoc tyngedfennol iddo ar ei iad. Gallai, fe allai hi gwblhau'r gorchwyl yn reit handi mewn awr ac ugain munud, ynghyd â thri chwarter awr arall ar gyfer yr esgyrn . . . Roedd hwn oll ar blât.

    'Na: ddim eto,' meddai fe'n ddibetrus. 'Mynyddoedd.'

    'Beth?' gofynnodd hi'n syn â'i chlustiau'n llawn o siom ynghylch eu cwyr.

    'A theiars,' meddai fe.

    'Beth 'dych chi'n feddwl?'

    'Mae gen i deiar sy'n crefu eisiau twll.' Ysgydwodd ei freichiau'n ddiymadferth yn yr awel yna a gyrchai tua'r llechweddau uwchben Breiddyno. Edrychodd hi'n syfrdan arno. Gallai hithau ysgwyd ei breichiau'n ddiymadferth hefyd.

    'Twll?' gofynnodd ei goslef hi mewn syndod naïf; 'twll!' – goslef fel eiddo plentyn wyneb yn wyneb â'r anwybod, hyd yn oed wyneb yn wyneb ag un o'r tyllau duon yna yn y ffurfafen. Yma yn y fro hon, serch hynny, a oedd yn fath o dwll du cyflawn a bythol-bresennol, gwyddai hi, yn wir roedd hi'n sicr y câi hi fwy o ysbrydoliaeth nag erioed wrth geisio amgylchfyd priodol i lunio'i rhamantau Saesneg.

'Ie. I fyny ffordd 'na, twll du yn y tywyllwch,' meddai fe gan wenu'n hyderus, neu'n weddol hyderus gan ei fod yn amau rywsut ei bod hi wedi ennill y blaen arno. 'Y rheina biau f'ansicrwydd i.' (Y mynyddoedd roedd ef yn synied amdanynt, tra oedd hi'n synied mai'r breuddwydion a oedd mewn golwg).

'A!' meddyliai hi, 'fe enillais i frwydr fach arall yn fy ngyrfa. Mae pob brwydr yn cyfri. O bosib. A thros rywun arall. Rhyfedd yw buddugol-iaethau gwir serch . . . yn yr ystyr lenyddol yn unig wrth gwrs; yn foesol ac yn hen-ffasiwn solet. A pham lai na bod yn hen-ffasiwn mewn byd sydd wedi'i argraffu cyn iddo gael ei gysodi? Roedd y Modernwyr, pwy bynnag oedden nhw, wedi tybied pe baen nhw'n rhedeg ynghynt ac ynghynt, yn y man y bydden-nhw'n dechrau hedfan a goddiweddyd Ôl-fodernwyr. Ond y cwbl a ddigwyddodd oedd eu bod wedi dechrau blino.'

Roedd Tomos yn sicr wedi blino. Roedd yn amau mai hi a syniai ei bod wedi ennill. Ond bodlonai'n reit fodlon ar fod yn araf deg. Croeso iddi.

Na, nid âi'n ôl yn yr un trên â hi. Diramant fyddai cymaint o ddyfodol ag a chwenychai ef.

Penderfynai oedi am ddiwrnod neu ddau eto. Dyn a ŵyr pa bryd y câi gyfle i ddychwelyd ffordd yma drachefn.

'Pob hwyl i chi gyda'ch serch, Miss Powell.' Ac ychwanegodd gyda'r math o wên nad yw'n dda i ddim ar gyfer cadw Cymru'n daclus: 'Ar bapur dwi'n feddwl.'

'*Ms* Powell, Dr Llwyd,' saethodd hi ato.

'Edwards,' saethodd ef yn ôl. Y saeth sythaf ers diwrnodau. Teimlai ef fymryn o fuddugoliaeth bersonol. Ond un o anfanteision bod yn wryw yw na chewch byth fod yn Ms.

'Ms!' saethodd hi drachefn. Trengodd ef bron.

'Edwards,' gwichiodd ef drachefn fel pry genwair tan blygu'r un pryd. 'Nid Llwyd. Llwyd yw'r enw barddol,' esboniai'n gloff.

Ffarweliodd â hi. Nid un o weithredwyr y byd hwn oedd ef. Synfyfyr-iwr ydoedd yn y bôn. Synfyfyriai hyd yn oed cyn cinio.

Gwranda Tomos las 'nhitw i, meddai wrtho'i hun, ryw ddiwrnod byddi di'n sicr. Efallai iti wamalu dipyn bach heddiw. Ond ryw fore bach fe ddeffroi di a chei weithredu'n sicr ddibrotest gadarnhaol. Gelli di gogio fan hyn am ryw dipyn. Ond mae sicrwydd draw fan yna ar y ffordd adref yn realiti iti. Bydd hwnnw'n ceisio dy oleuo di. Paid â'th gladdu dy hun nawr mewn esgus fel ffug fodernydd o ôl-drefedigaethwr. Ryw fore glas byddi di'n dihuno a bydd ansicrwydd wrth erchwyn dy wely yn crino ac yn glaswenu am y tro olaf, a bydd yn gwawdio dadrithiad yn ei gylch ef ei hun, Ha! Ha! jôc own i. Mwgwd oedd y cwbl. Sicr fel niwl mynydd, sicr fel angau glas, dyna own i drwy gydol canrifoedd dy wlad. Ond dwi'n ildio.

Efallai nad oedd wedi byw yn gwbl gadarnhaol yn unman. Nid fel hyn y byddai hi am byth. Teimlai ddagrau melys yn cynhesu y tu mewn i'w dalcen. Cer yn ôl i Kensinborg, fachgen. Heddiw. Cura ar y drws. Does dim ots beth yw'r ateb. Cura, y ffŵl. Rhaid i ddyn go iawn fyw rywle. Yn y diwedd, pan fydd perfedd rhywun yn llefain, rhaid i'r dagrau fynd i ryw ofod. Gallan nhw lithro i lawer man. Maen nhwthau'n mynnu rhyw fath o ffynhonnell hefyd. Wedi'r cwbl, mae'n rhaid cael tarddiad i ddagrau. Yn y diwedd, yn yr afon y maen nhw'n gorffen bob yr un, cred di fi.

'Wel, 'y nhad, rwyt ti 'nhad yn 'y nabod i nawr. Diog o ysbryd. Mae'r corff yn iawn . . . Ond . . .

Methodd â gwneud dim oll yn yr hen ardal hyd yn oed cau'r dyfynodau ar ôl yngan brawddeg. Nid yn gymaint ar ei ddadrithiad y bu'r bai, ond ar ei ddiogi, adfeilion llychlyd ei egni. Llithrodd yn ei ôl i'r gelfyddyd araf o fyw a ddyfeisiwyd gan werthoedd brys. Afluniwyd yr hen beth gan lonydd.

Ac yna, ar y llawr llwyd, heb yr un brotest ar ôl, na'r un weithred adferol chwaith, heb fod yn rhy bell o Fron Amant, bu ef farw'n ffigurol, a bron yn derfynol. Ei obeithion dwi'n feddwl.

Allai neb ddweud nad oedd ef wedi gwneud ei orau, sut bynnag. Os oedd Cymru a thynged yn mynnu pobl o galibr Ms Powell a'i rhamantau, rhad arnynt. Doedd yr hen wlad ddim yn haeddu cael ei meddyginiaethu gan synnwyr cyffredin, dyna'i thrafferth. Teimlai mor seithug rywsut, fel postyn lamp yr oedd ci wedi'i ddarganfod ac wedi tybied mai pwrpas yr hen beth oedd goleuo'r hewl. A throdd Tomos yn ei ôl am dro gyda phenderfyniad arwr i chwilio am awel y mynydd. Doedd honno o leiaf ddim yn yr ocsiwn. 'Arhosa-i ychydig, dwi'n meddwl heb yr un ddyletswydd.' Gallasai sylwedydd arwynebol synied wrth edrych ar ei ysgwyddau trwm a'i gamre crwm mai methiant seithug oedd wrth iddo gerddetian tua'i gar. Eto, nid fel yna, yn hollol, y teimlai yntau. Cymro oedd ef, anturiaethwr, fel Madog – os bu Madog erioed – math o fod dynol, wedi'r cwbl, gŵr ffaeledig blewog dewr-ei-fron oedd wrth natur. Roedd wedi

gweld ei henwlad eto, ac fel Madog wedi dweud 'Na'. Madog o Fedd-
gelert! O Lancarfan! Gallai ei gysuro'i hun ei fod wedi deall y cwbl.
Roedd ef wedi arogli'r hyn a lynasai wrth sgidiau'i dad, ac wedi codi'i
esgidiau'i hun yn ôl tua Kensinborg. Yr oedd wedi ymwneud ag ymylon
hen wae.

A beth a wnaethai Amser yn wyneb hyn oll? Dim llai na throi'n ddyfal
i mewn ac allan o broblem a'i poenasai ers tro gan bendroni am y peth yn
onest efallai a chan beri i rai teimladau a rhai syniadau gwrso'n hamddenol
drwy ymylon ei ymennydd. Digon o gyfiawnhad yn hyn o fyd ac ar hyn
o bryd oedd hynny bach o gorddiad syml. Dechreuodd hi lawio ychydig
drachefn. 'Hi' wrth gwrs. O leiaf, doedd *ef* ddim wedi gwneud dim o'i le.
Allai'r glaw ddim rhoi'r bai arno *fe*. Rhyfedd hefyd. Ond roedd un o'r
pincod gerllaw yn mynnu pwyo mân dyllau yn y distawrwydd.

YR YMHOLYDD DIDWYLL

[SENSORWYD Y RHAN GYNTAF gan ddarllenwyr y llywodraeth oherwydd iaith weddus, peth deunydd meddylgar, a disgrifiadau graffig o weithredoedd bonheddig . . .]

. . . Eisoes gûyr sbiwyr cudd Israel amdanat wrth gwrs. A gosodasant bob math o dramgwydd ar dy lwybr rhag iti gyflawni dy nod. (Gwell imi beidio â nodi hynny'n benodol drwy enwi neb, er mwyn dy ddiogelwch, gan fod Prifysgol Tel-Afif bellach wedi sefydlu cwrs gohebol yn y Gymraeg.) Maen nhw'n gysgod y tu ôl i'r wal nesaf o hyd.

'Ond dwi'n ymholydd.'

'Sdim ots.'

'Ac yn ddidwyll.'

'Os nad wyt ti'n morthwylio a morthwylio ar y drws, byddan nhw'n meddwl dy fod di'n chwarae.'

'O'r gorau,' meddyli, 'fi, fi sy'n gwneud. Ac mi wna-i ar 'y mhen yn hun.'

Mae dy gyfaill Moshe, sydd hefyd yn Iddew uniongred ac eto'n parchu hawliau Palesteina, yn haeru y bydd yn rhaid iti hedfan cyn cyrraedd Jerwsalem. Ond y mae rhywbeth ynot ti yn ysu am gyflawni'r gamp drwy aros ar lefel y ddaear. Rwyt ti'n coelio bod y ddaear yn ddigonol fel man cychwyn i neb sy'n bwyllog. Rwyt ti hyd yn oed yn coleddu'r farn nid yn unig mai'r cysyniad o le a esgorodd ar amser, ond bod gofod – am ei fod yn llai – yn llai sefydlog, ac yn cyfrannu'n wylaidd at yr ymwybod o barhad. 'A! Gofod!' medd dy wefusau synhwyrus. Symudir ar daith heddiw er mwyn ffroeni'r ymwybod o sefydlogrwydd . . . Ysgrifennaist ychydig o frawddegau o erthygl am hyn un waith, ond ei llosgi gan mwyaf cyn ei phostio, er mawr ryddhad i rywun . . . Nid yw hynyma o . . . [Sensor eto.]

*   *   *

Mae rhywun yn ceisio dy gamarwain. Rwyt ti newydd agor drws. Drws yw i mewn i lythyrdy gwledig. Does neb yno. Neb ond ti. Pygddu wyt ti y tu mewn fel y tu allan. Ac rwyt ti'n teimlo'r hwyrnos yn llaith. Ond iraid yw dy wallt. Dyma le i orffwys. Does dim dodrefn na dim golau. Dim lleisiau, dim aroglau ar wahân i becyn o sglodion ar y llawr.

'Sawl tywyllwch sy gen ti ynghudd ym mhocedi mewnol y gôt yna?'

'Y tu mewn i'r gôt yma, dwi'n dywyllwch i gyd.'

Cyn-lythyrdy yw hwn. Mae wedi ymddeol yn gynnar. Ni ŵyr serch hynny beth yw. Mae'n disgwyl i ti'i ddweud. Ond hyd yn oed petaet ti'n dymuno cael dy bostio'n llythyr yma, buan y sylweddolet ei fod yn dawel bach yn chwerthin am dy ben. Mae tawelwch o'r fath mor uchel ei gloch â phapur newydd – o safbwynt newyddiadurol o leiaf – ac yn bur atgas ymhobman mewn lle fel hwn. Nid yw'n gydnaws â'r oes hon. Mae'n cyniwair o'th gwmpas, o leiaf ar dy ddeheulaw ac o'r tu cefn hefyd. Mae ychydig yn ysgafnach ar y chwith. Ond yn ddigon i bererin.

Mae'r tywyllwch hefyd yn hongian o'th gwmpas fel grawnwin yn y fan yma, mor aeddfed drwm ambell ddiwrnod nes bod y sudd yn ymwasgu'n ludiog o'u croen. Aflednais yw hefyd. Dwyt ti erioed wedi profi tywyllwch llachar synhwyrus mor unig â hyn. Ac oherwydd pwysau'r tywyllwch sydd bellach wedi meddiannu'r mewnolion leoedd fel glud, rwyt ti'n methu â dod o hyd i'r wal rywsut er mwyn dy gyfeirio dy hun yn daclus union. Chyrhaeddi di Jerwsalem byth heb gael cliriach arweiniad na hyn. Mae hynny'n dipyn bach o boendod iti, ond ddim llawer.

'Wel,' meddi wrthyt ti dy hun. Dwi wedi dod i'r lle iawn, ta beth. Tipyn o lythyr personol dwi. Mae llythyr felly'n fwy eglur rywsut. A dyw'r post ddim wedi mynd eto heddiw.' Chwerddi wrth wneud y gymhariaeth.

Tynni gyllell gota a braidd yn aneffeithiol o'th boced er mwyn d'agor dy hun a datgan dy ddifrifwch bygythiol yn fwy symbolaidd. Mae honno hefyd yn methu â chyflawni'i bwriad. Efallai yn y bôn fod pob llythyr go iawn yn hiraethu am gael ei agor fel hyn o ddifri. Felly tithau. Byset ti'n hoffi cyfarfod â rhywun normal bellach er mwyn hala ofn arno gyda'r neges. Ond ar hyn o bryd, prin yw'r cwsmeriaid addawol. Ambell chwilen efallai.

Y bwlch mawr hwn rhwng yr anfonydd a'r derbynnydd yw'r man mwyaf ansicr i lythyr. Yn yr un modd, y grisiau yw'r lle mwyaf unig mewn tŷ. Tiriogaeth i ddringo drosti heb loetran i ymddiddan yw grisiau fel arfer. Does yna fawr o atgofion yno wrth gyfarfod â phobl eraill. Ac y mae'r math o gynefindra â chwmpeini, sy'n normal ac yn gofiadwy ar y llofft neu yn y parlwr, yn y fan honno yn weddol amddifad.

Yn fynych pan wyt ar dy ben dy hun fel hyn mewn tŷ, – a rhag mentro'r grisiau, – gelli aros yn y parlwr a theimlo, os nad oes neb arall yno ar y pryd, o leiaf mai dyna gynefin i lawer o'r siarad achlysurol normal. Fan yna y bydd pobl yn tin-droi. Ond ar dir-neb rhewllyd y grisiau tueddi i glywed ias a thawelwch mannau nad oes neb i fod i ymsefydlu ynddynt. Rwyt ti'n cofio un cyfaill yn dweud wrthyt un tro ym Mecsico, pan fyddai'n siwrneio o un dref i'r llall, a phan welai rywun wedi cael damwain, nad oedd pobl ddim yn gall i aros. Cariai ddryll. Doedd neb yn gallu ymddiried mewn rhyw amgylchiadau o'r fath, meddai fe, gan fod y bylchau rhwng y trefi yn golygu annifyrrwch a pheryg. Yn y fan hon ar y grisiau mae yna dywyllwch anghall o'r math hwnnw. Tywyllwch clywedog yw rhwng dau olau. Ar y ddaear hon, sut bynnag, absenoldeb goleuni yw tywyllwch, medd pob athronydd confensiynol. Ac ar y llofft uwchben, absenoldeb tywyllwch fydd goleuni. Yn y bwlch rhyngddynt mae'r naill yn troi i'r llall. A'r troi hwnnw yw'r bygythiad. Ymadewir â'r hwyrnos cyn dringo trwy'r gwyll cymdeithasol nes ymddangos o'r newydd ar ben y grisiau mewn diwrnod go normal newydd. Un wyt ti sy'n gallu gwneud llawer o oleuni o ychydig o dywyllwch. Ond fan yma yn y cyflwr rhyngddynt y mae'r annisgwyl a'r bygythiol yn disgwyl. Y mae'r tŷ fel pe bai'n breuddwydio yn y fan hon. Ac y mae'n well brysio drwy'r profiad er mwyn ailgydio mewn sefyll neu orwedd neu eistedd mewn cynefin mwy cynefin.

Mynni gario cynnwys y llythyr ar frys yn dy flaen, ac yn gwbl ddigrwydro yn dy flaen. Penderfyni beidio â mentro i'r llofft wedi'r cwbl. Rhwng grisiau Pentyrch a'i gilydd. Yn y fan yma ar y llawr gwaelod mae'r ymwybod o bwrpas yn aros o hyd. Os wyt ti'n mynd i letya yma am ychydig cyn parhau ar dy siwrnai, gyda phwysau clir ac ymwybodol, gwell peidio ag ymadael ag amheuon y llawr diogel diofal hwn. Ac eto, onid y weithred hon o oedi, yng nghwmni'r sicr fan yma, fyddai'n fwyaf anarferol, o bosib, yn yr oes ffug amheus hon, lawn o anniogelwch gwneuthuredig, boed yn glawstroffobig neu beidio?

Eto, gan fod y llythyr hwn yn lled agor y funud yma, does dim pwynt iti ymguddio mwy. Cyffes yw. Go brin y gall dim dy gysgodi bellach. Bygythir y gweithredoedd sy eisoes yn dy ddatguddio'n derfynol gerbron y byd a'i fetws, os caf ei roi'n idiomatig fel yna. Felly bydd pethau'n dod yn gliriach. Cyn gynted ag y bo olwynion y brawddegau hyn yn petrus rolio – a dyma hwy wedi'i wneud – y mae amser ei hun fel pe bai'n plicio ac yn plicio un dilledyn ar ôl y llall, un ar ôl y llall, oddi ar dy gefn crwm marmor. Yna wele – ar ôl yn waddod fel petai – dy het Jim-Cro ddiarhebol edifeiriol, dy frigyn o drwyn, y blew ar dy fryst, oll yn sefyll yn borcyn didrugaredd hwyliog ar ffurf llythyr perthnasol personol ar lawr y llythyrdy hwn. Wele – mae grym amser wedi dy ddatgelu'n gwbl ddidostur yn fwgan-brain noethlymun sy'n disgwyl disgwyl am ryw frain gwynion na ddônt i wrando byth. Gobeithio bod hyn oll felly wedi'i gofnodi yn y llythyr, rhag iti'i anghofio.

Ond beth yw pwrpas peth fel yna dwedi?

Wil bach! Rwyt ti'n falch dy fod wedi dod â'th lun gyda thi, does bosib, er mwyn cofio pwy wyt ti.

Edrychi arno'n ofalus. Ydi: y mae ef yno'n barod gyda'r llythyr. Ac mae'n datgan peth o'r gwir amdanat. Mae'n siarad, – o leiaf yn ceisio sibrwd, – rywfaint. Hoffet dewi, hoffet, i wrando ar y mwsogl yn agor ei flagur. Ar hyn o bryd efallai fe'i hoffet, ond y mae'r ffeithiau hyn wedi dechrau clebran eisoes (edrycha), a rhaid i hyd yn oed lythyr ddod allan cyn bo hir i'r canol yn deg a chwedleua gyda hwy. Hoffet lechu'n ôl efallai ac ymneilltuo i'r tawelwch hwnnw a chwenychir gan bawb sy'n gyffredin ac yn falch eu bod yn gyffredin. Fu gennyt erioed chwant bragaldian na chwerthin nac wylo yng ngolwg neb. Nid un felly fuost. Ond heddiw'r dydd mae hyn o eiriau eisoes wedi ymaflyd ynot, a'th wthio yn awr – yn dy gyffredinedd gwyrdd, sef dy bendro fawrhydig a gostyngedig – i ganol y llwyfan ac mewn Swyddfa Bost Wyddelig efallai o leoedd y byd, gan beri iti sefyll yn anniddig fan yna ac yn unig dwp ac yn ddiau yn hurt o anneg.

Dyma ti. Lwmpyn o betruster Celtaidd fuost ti erioed, llythyr moel isel efallai o atal-dweud ymhlith Celtiaid darfodedig eraill. Pa ymholi didwyll yw peth fel hyn i ti?

A hiraethi felly o'r diwedd am weld y llythyr hwnnw nawr yn llithro i lawr o'th geg i'th fynwes i'th draed yn yr anial hwn, fel teigr yr haul yn estyn ei dafod i'r pwll.

Fel yna hefyd y bydd rhai geiriau'n hoffi ymddwyn, debygwn i. Maen nhw'n cofio am y tro nad ŷn nhw ddim am anfon llythyrau at ei gilydd rownd-y-ril na thraethu'u cwyn nac adrodd hanes ar ucha'r llais: na. Dim byd o'r fath. Dim ond aros yn y tywyllwch. Pam na siaradodd hwn felly, heb drosiad? Anundod yw enw'u gêm gyfarwydd hwy oll yn ddiamau. A'r fan yna y byddan nhw rownd-y-rîl yn trwyno i berfedd dy fusnes, ac yn gwybod, yn gwybod popeth, ac yn peidio â gadael i'r un rhecsyn tila dy ddilladu di, oni bai am ymyrraeth. Dy chwalu maen nhw. Maen nhw'n tynnu'r tuniau allan o'r cwpwrdd ac yn dymchwelyd y papurach a'r cibau a'r plisgion ar draws y llawr i gyd bendramwnwgl rownd-y-rîl ar ddiwedd y dydd, nes bod cynffon y machlud fel gwiwer goch yn ffoi mewn dychryn at ei fam, y nos. O hyn allan bydd dy gyffredinedd cudd a normal yn ymadfer yn gyffredinolrwydd anniben, eglur i bawb yn y wlad bell hon. A'r goleuni mwyaf a weli efallai fydd y tywyllwch cyndyn hwn yn y llythyrdy coll, yn agos i'r grisiau . . . Gwyddelig iawn, ddwedwn i.

Tipyn o synnwyr felly!

Efallai mai dyna'r peth pwysicaf y gelli'i gyffesu ar hyn o ddalen. Sef troi cornel a darganfod gardd orbrydferth helaeth os tywyll yn blaguro yn y llawenydd o ddarganfod y gair iawn.

'Jerwsalem?'

'A! Dyma dy air iawn, iefe? Ymlaen, te. Y tro cyntaf ar y chwith. Wedyn eto i'r chwith. Ac yn ôl i'r fan yma.'

Cyn iti fentro pendroni'n ddwys am y pethau dirgel hyn, fe'th adewais di newydd ddod i'r Swyddfa Bost hon ynghanol y wlad. Ond cyn hynny . . . A! cyn hynny.

Wel, mae'n ddigon hawdd drysu. Ond y mae'n bwysig cofio. Ar hyd y llwybr garw gwybed-hapus gynt drwy gorsydd Iwerddon hyd at y fan yma, yr oedd tyfiant chwyn a mieri a glaswellt wedi goresgyn pob rhwyddineb cerdded. Mae pawb sy'n ceisio glendid yn mynd i ddechrau ar siwrnai hir, anochel o'r math hwn. Tywyll oedd y fan acw beth bynnag. Plentyn oet ti yno am y tro. Roet ti wedi etifeddu tywyllwch bras iach ar y dechrau. A threuliaist weddill dy oes yn ei fwydo'n feunyddiol. Roet ti wedi baglu droeon hyd y pryd hynny, ac wrth iti ddisgyn ar dy hynt tuag adref yn ansyber ar dy hyd bob rhyw ganllath, clywaist gwningod a draenogiaid sgyrtiog yn sgrialu i ffwrdd, rhai ohonyn nhw'n glaschwerthin yn o anghwrtais ddwedwn i mewn rhai corneli yn dy enaid lle roedd yna wynt traed y meirw bob amser yn hercian chwythu. Eu nod oll yn ddiflewyn ar dafod oedd gwrthddweud ei gilydd.

'Oes rhaid glanio ym maes awyr Tel-afif?'

Mae'n rhaid ystyried amheuon o'r fath, bellach, yn hynt llythyr o ddifri sy'n cyrchu i'r Dwyrain yn ein dyddiau ni. Mae ambell un yn gorfod croesi'r môr ynghanol pob math o nwyddau amheus; drylliau, rhai ohonyn nhw.

'Ga-i dy helpu di, syr,' medd dy gysgod.

'Fi sy'n ceisio, chwilio, curo,' meddi di'n falch. 'Fi. Dyna a fynnir gynnon ni. Ceisiwch. A dyna dwi'n 'wneud. Ar 'y mhen yn hun. Fi sy'n 'wneud.'

Collaist ti dy sgidiau wrth ffoi o'r lle, sut bynnag, ac mae dy draed yn gwaedu. Mae hynny'n arwydd da. (Ceisia fwynhau dy ddioddefaint, dyna y mae Twm yn ei ddweud.) Hwyliaist ti heibio i Graig Ochneidion i lawr i lawr at y trobwll. Ond dyw hynny'n ddim byd. Rhwygaist dy grys ar y mieri cyn hynny, o frawddeg i frawddeg, ac aeth y drain i'th gefn ac i'th fysedd a rholiai torthau o waed i lawr hyd at dy figyrnau. Dioddefaist. Casglu yw teithio o'r fath: mae'n casglu profiad: pobl a lleoedd; mae'n casglu amser. Ond nid dyna oedd yn waethaf, eithr yr arswyd, y bwyst-filod annisgwyl efallai, y sŵn cytseiniol digynghanedd efallai, a'r angau cymharol sicr. Cynghanedd y mwydon benbwygilydd yn y clai. O leiaf yr oedd yna lond gwlad o dywyllwch fan yna i gysuro neb pwy bynnag. A thithau'n dechrau cymysgu ychydig efallai.

Nid pob llythyr sy'n gwybod beth mae'n ei geisio. Rhaid pwyllo. Cest ti ryw fath o gyfarwyddyd, neu esgus, a honno'n esgus garedig, sef mynd i nôl y ffisig ar ran dy wraig. Doedd hynny ddim yn eithriadol anodd, nac oedd. Mynd i Rif 7, y Stryd Union, Jerwsalem fydd raid. Ac felly fe ei bellach heb lol, heibio i siop yn gwerthu cardiau Nadolig a dim arall, siop fferyllydd, swyddfa cwmni yswiriant. Fydd neb yn gwadu dy ymroddiad. Byddi di'n ddefnyddiol barod i chwilio ym mhobman am y bendigaid ffisig. Wel, bron pobman. Hynny yw, mae yna reswm ym mhopeth: wedi'r cwbl, mae yna derfyn i bosibiliadau Ochneidion hyd yn oed. Ffisig gwyn fydd ef. Mae gwyn, fel y dywed pawb, yn lliw anlwcus bellach, a phob hyn a hyn ar dy siwrnai byddi di'n taro wrth flwch gwyn. Does dim angen sylwi ar beth felly, wrth reswm. Ond mae yno'n dragywydd sarn dan draed, ac rwyt ti'n benderfynol na wnei ddim chwibanu'n uchel oherwydd ofn. Ddim y fan yna. Bobman arall, pobman lwcus, – iawn. Ar siawns, efallai. Ond . . . yma wel . . . Siawns amdani, heddiw beth bynnag.

Rwyt wedi blino, meddi di, ac yn falch odiaeth i gyrraedd adeilad a tho drosto, fel hyn. Ond mae'r ystyllod dan draed yn ansad iawn ac rwyt ti'n sicr braidd fod yna rai tyllau seicolegol o leiaf – rhai mawr ac enbydus hefyd – yn y llawr pe baet yn chwilio amdanynt. Mae'r adeilad mor wag a bwganus ag Athro Diwinyddiaeth. Ym mhen draw'r cyntedd ceir rhyw lun ar ddrws, ond elli di ddim amgyffred a yw'n agored neu beidio. Eithr cyn iti ddod yn ddigon agos i fod yn gwbl bendant, yn ddisymwth daw rhywbeth tebyg i ddyn tal a glân allan a gofyn iti: 'Pwy wyt ti?' Fel yna. Mae yntau'n cario blwch gwyn . . . 'Pwy?'

Cest ti dy ddychryn yn y fan a'r lle.

Cwestiwn treiddgar. Fe fynnet wybod yr ateb. Ond cwestiwn naturiol ddigon mewn tŷ dierth, ddwedwn i. Dyw e ddim yn meddwl bod yn athronyddol nac yn od. Eisiau ateb plwmp a phlaen sy arno. Ac eto, elli di yngan dim, ac arhosi'n fud fel petaet ti'n cuddio rhywbeth ar egwyddor. A pham lai? Pam y dylet geisio'i egluro iddo? Pa fath o ateb syml yr oedd yn ei ddisgwyl, beth bynnag? Ac yn wir, sut y gallet tithau ateb cwestiwn o'r fath yn gwbl foddhaol i ti dy hun wedi profi'r mawn a'r corsydd? Nid llythyr cwbl arferol wyt ti, gobeithio, ac rwyt ti'n dechrau sylweddoli hynny.

'Beth wyt ti'n wneud fan yma?'

'Ceisio mynd allan.'

'Dim problem. Ond i ble? Wyt ti'n perthyn i rywun yn y parthau yma? Oes gen ti gydnabod yn yr ardal?'

'Nac oes.'

'Ga-i weld dy drwydded?'

'Does dim . . .'

'Beth wyt ti'n wneud felly?'

'Chwilio. Ymofynnydd dwi.'

'A! un o'r yms. Rown i'n amau.'

Y funud hon hoffet fod mewn rhywle arall: dyna dy glefyd o hyd. Mae'n rhaid teithio. Os na theithiwn, dŷn ni ddim yn mynd i unman. Teithio'n gorfforol yw'r unig ffordd sy gan y cnawd o gystadlu â'r meddwl. Ond nid fan yma rwyt ti i fod. Fel y mae'r lle mwyaf gogleddol yn Iwerddon, sef Donegal (Dún na nGall) yn wleidyddol yn y De, felly y mae dy galon heddiw yn Ulster ond heb fod yng Ngogledd Iwerddon.

Yna, ychwanegodd ef yn fwynaidd: 'Mae hwnna'n ateb rhy rwydd gyfaill.'

'Mae'n wirionedd, ac yn sail i ryfel.'

'Ble dechreuaist ti chwilio?'

'Dw i ddim yn gwybod.'

'Ond dyna'r cwestiwn mawr.'

'Mawr! Mawr neu beidio, mae'n gwestiwn ymofynnydd: ble dw-i'n mynd? . . . pam?'

'Yr unig beth sy gan deithio i'w gynnig yw pellter . . .'

'Ie? ond ble dwi'n dechrau? Beth yw'r cam cyntaf?' Ffrwydrodd ei amynedd fel pe bai eisiau i bawb yn y gymdogaeth wybod, ac nid heb reswm. 'Chwilio am beth rwyt ti?'

Gwaetha'r modd, elli di ddim ateb cwestiwn o'r fath yn niwedd yr ugeinfed ganrif, nac yn nechrau'r mileniwm chwaith, ddim cwestiwn sy mor frawychus o naïf. Pe baet ti'n gwybod yr ateb, efallai na fyddai dim angen chwilio'r cwestiwn. 'Pàs,' meddi di.

Dyna efallai fyddai'r ateb union wedi'r cwbl; ond mae hynny wedi mynd yn ateb rhy ffug o esoterig erbyn hyn. Rwyt ti'n gwybod mai 'moddion' fyddai'r ateb cywir syml, ond mae hynny'n agor pob math o gwestiynau dwyt ti ddim eisiau'u hateb.

'Pam dest ti i mewn yma o gwbl?'

'Dw i ddim yn gwybod.' Mae hynny, o leiaf, yn llond ei groen o onestrwydd.

'Yna, does fawr o eisiau mynd allan arnat ti.'

'Nac oes . . . Oes; mae'n rhaid imi fynd allan . . . i fyw.'

'Beth sy o'i le ar fyw fan yma? Ble wyt ti'n meddwl dy fod di, felly, ar hyn o bryd?'

Rwyt ti'n syllu o'th gwmpas yn wyllt, ac y mae'r goeden acw drwy'r ffenest gyda'r hwyaid bawlawen odani yn swynol o debyg i un a welaist ti unwaith ar bwys llyn yn Llanddewi Brefi. Ond byddai hynny'n gwbl amhosib, diolch i'r drefn. Ble'r wyt ti, felly? Mewn eglwys? Ysgubor? Neu ar gerdyn post i dwristiaid?

'Gwranda, gyfaill. Wyt ti'n gwybod pwy ydw i?'

'Nac ydw,' meddi.

'Wedyn, rwyt ti'n anlwcus.'

A! lwc. Rwyt ti'n dibynnu ar dipyn o lwc eto. Dyna'r gair cynhwysfawr. Gair clwc, an-wyn. Mwy modern meddan nhw na Rhagluniaeth.

Ai rhagluniaeth oedd hwn tybed?

A bod yn dryloyw onest, roet ti am ofyn hynny iddo gynnau beth bynnag. Ac eto, os yw e'n haeru fel hyn dy fod di'n anlwcus i beidio â gwybod, yna dewisach fyddai peidio â holi a stilio'n ormodol chwaith. Rwyt ti mor lwcus serch hynny i ddal pen rheswm â rhywun o gwbl. Buost ti ers tro yn hiraethu am dorri gair â rhywun call neu beidio er mwyn peidio â chael d'adael yn ysbail i'th feddyliau dy hun. Pan fyddi'n cael llonydd fel yna y mae'r rheini'n dy feddiannu di i'r fath raddau ac yn ymaflyd ynot ti ac yn gwasgu arnat gymaint nes dy fod yn teimlo peth cywilydd ohonot dy hun, ie hynny ynghyd ag euogrwydd. Edifeirwch henffasiwn amdani felly. Y ddihangfa ry gyfleus ac arferol fasai trefnu bod rhyw eiriau mân seicolegol am ryw bynciau eraill yn llamu i mewn arnat tan actio fel petaent yn bwysig eu gwala, ac yn gosod llen rhyngot ti a'th gydwybod.

'Dyma'r llythyr,' meddai fe, gan roi tudalen gwbl weili iti. Wel, wrth gwrs, meddyli'n ddifrifddwys: Swyddfa'r Post, dyma'r union le i ddisgwyl llythyr. Buost bron â diolch iddo am ei drafferth.

Ond yr union funud yna, fel gafr ar d'ranau, neu o leiaf fel myn ar d'ranau, fel pe bai'n herio rhagolygon y tywydd, yr union bryd rwyt ti mor gwbl fodlon wrth gael ei gwmni, y mae'r dieithryn golau hwn yn diflannu o'r golwg ac wedi ymdoddi gan adael y blwch gwyn ar ei ôl ar y llawr yn fygythiad.

'A!' meddi, 'o'r diwedd! Synnwyr cyffredin!'

Ta waeth, meddyli, dyw marwolaeth ddim yn cael gwisgo blodyn yn nhwll botwm ei amdo heb ddim rheswm (os cei siarad mewn damhegion am y tro). Cilsylli ar y blwch rhag iddo ffrwydro. Ac y mae'r olwg hon sy arno'n cynhyrfu chwant am fywyd arnat. Ond nid ffrwydro a wna, ond loetran yn y fan honno o hyd gan wenu arnat fel crwban.

Neu fel bom. Rwyt ti'n sylweddoli o'r diwedd fod arnat newyn. Mae hynny'n rhywbeth. Chwili am y gegin. Rwyt wedi blino. Rwyt wedi syrffedu ar ganu arwrgerddi marw mewn iaith farw. Rwyt wedi suddo i gornel yr ystafell i orffwys rhag defnyddio gormod o egni, wedi suddo ar dy gefn, gymaint o gefn ag sy 'da ti. Heddiw yn ffwrn dy ddig fe allset ti losgi bara. Ti yw arglwydd y mefus cochion, pencampwr meinwe bara lawr. Daw'r dyn dieithr yn ei ôl drachefn, er hynny, a thaflu asgwrn i mewn atat, ac arno ychydig o gig pwdr. Gwawdio'n garedig y mae. Gafaeli yn y peth yn ddifeddwl ac yn annynol, a'i gnoi'n ffyrnig. Dwyt ti erioed wedi synied yn rhy aruchel am yr urddas bondigrybwyll yna a arddelir gan y Sefydliad. Does dim llawer o ystyr i ddefodau er mwyn defodau. Amser gonestrwydd a ddaeth bellach; ac mae gan onestrwydd ddigon o amser os nad oes ganddo lawer o gwmni. Ar ôl iddo daflu'r asgwrn, dyw'r dyn ddim wedi ymadael. Sbia arnat yn oeraidd (i ti) ac yn fyfyriol fel pe na welsai – asgwrn Dafydd – ddim tebyg ar glawr daear erioed o'r blaen, ac mewn un llaw o hyd wele'r gyllell a ddefnyddiasai i dorri'r cig cynhenid. Dy gyllell di yw hi. Rhaid ei fod wedi'i dwyn y tro o'r blaen. Chwifia ef y gyllell yn gelfydd ddifeddwl yn erbyn gwyll yr ystafell fel pe bai'n ceisio'i sgleisio. Ei wylio'n ofnus wnei dithau, gan ysu'r drylliach o gig pryfetog yr un pryd. Chwili di dy wregys wedyn lle y buasai'r gyllell ynghynt, ond y mae wedi mynd. Hon felly yw'r gyllell onest sy'n datgan difrifwch.

'Fi, fi, sy'n 'wneud,' gweiddi.

Ym mhen draw'r ystafell y mae yna biano sy'n briwsioni'n fwyn i mewn i'r llwch. Darnio fu rhyddid gogoneddus a gorfoleddus y piano hwn er cyn cof. Ar y chwith iddo – ie ar y dde hefyd – ceir ystafell wag ddifiwsig. Hynny yw, does neb ynddi. Na dim sŵn potensial ychwaith. Ond mae'n llawn o bethau. Ceisi donc ar yr offeryn; ond 'ddaw dim smic ohono. Mewn cornel arall ceir archfarchnad o domen, eglwys gadeiriol o dwmpath: ymestynna'r gornel honno o annibendod nes llenwi tri chwarter yr ystafell. Ceir tri llond bocs o duniau yno hefyd. Pur amrywiol yw cynnwys y tuniau. Maent i gyd yn agored. Piclys sy yn yr un uchaf. Mae'n rhaid dy fod di ym Mhontcanna. Yn nesaf ato pentyrrau o bwdin siwed. Eirin gwlanog sy yn y rhan fwyaf. Ond ni raid chwilio'n bell i gael amrywiaeth. Tatws stwns. Bricyll. Ond rhydd a rhad yw llawer o'r bwyd hwn. Asbaragus, picau burum, crwst choux, corbys, bara lawr, penfras. Bu'r cwbl yno ers misoedd. Chwaraele i lygod ffrengig yw hyn. Llithrant i lawr ochrau'r puramid tan chwerthin yn ddi-sŵn er mwyn bod yn gyson. Taflant bys gleision at ei gilydd. Ai diwinyddiaeth ryddhad yw'r ymarferion hyn? Y sbwriel tawel hwn yw'r unig beth a geidw'r lle rhag bod yn ddifancoll.

'Wyt ti'n ffoi rhag rhywbeth?' medd ef wrthyt yn awr. 'Oes rhywun ar dy ôl di?'

Nid atebi'n fyrbwyll. Ac mae ef yn amyneddgar iawn.

'Oes, efallai.' Ef sy'n ateb drosot yn dawel araf. Ac mae ef yn llygad ei le. O'r hyn lleiaf, ceisio chwilio am rywbeth ystyrlon yr wyt. 'Does dim angen iti ofni dim fan hyn felly.'

'Dw i byth yn ofni dim,' poeri.

Celwydd noeth! Pam wyt ti'n brolio'r fath beth yn y fath le? Wedi'r cwbl, y mae peth ofn y blwch gwyn arnat ti ac yn brofiad teg ddigon. I ti, amlen yw bywyd yn arferol ac ynddi un llythyr hirfaith dirgel; a dioddefaint yw'r llythyr hwnnw: Ofn yw'r stamp. O na baet ti'n gallu rywfodd rwbio'r llythrennau i ffwrdd am un tro yn dy fywyd. Mae dy dafod, pryd bynnag y caiff y mymryn lleiaf o ryddid, yn rhy barod i fynegi'i falchder fel hyn. O na ellid ymguddio rywfodd, heb fod mor uthr o groendenau ynghylch beirniadaeth a heb ymdrechu i'th amddiffyn dy hun o hyd fel pe baet yn llestr tseini. Ac eto, mor awchus y chwenychi yr un pryd ymateb gan rywun sy'n dy ddeall. A phan gei hynny wedyn, – pe na bai ond yn dweud rywfodd gyda chwilfrydedd O? – O! fel y byddet ti'n hiraethu am noethni felly drachefn, gwir noethni glân croyw sy'n ymddihatru rhag pawb a phopeth arall, a chael dy olchi mewn unigrwydd gloyw gwlyb dealladwy ar fore Llun gyda'r golch arall. Cyfrifoldeb yw pob euogrwydd o'r fath wrth gwrs; ac felly, dyw e ddim yn beth i blant. Rhaid bod yna ryw gythraul yn y fan yna yn drech na thi dy hun – neu ynteu ai hunan-gyfiawnder yw hyn? Pryd bynnag y cei gwmni eraill, ta beth, cyfyd trachwant brysiog am ymneilltuo'n llwyr; ac eto, ar dy ben dy hun, er bod y chwithdod yn llai o lawer, y mae rhyw gosi, rhyw fân awch o hyd am ymrwbio ag eraill eto, am gael chwerthin fymryn gyda nhw a chael ymorffwys ym miwsig y llais dynol. Celwyddgi yw cwmni pobl eraill, wrth gwrs. Yn ystod ein dod mwyaf a'n mynd mwyaf, ochenaid yn ddiau yw'r unig gwmni call ac ystyriol. Ble y doi di o hyd i ti dy hun mewn byd fel hyn? Dyna yw'r cwestiwn allweddol os cryno ar y ffurflen. Ai yn Jerwsalem wedi'r cwbl? Holi a stilio a wnei nes bod dy waed yn rholio. Ac fe'th holir felly o ddifri ym mhwll dyfnaf yr euogrwydd llwytaf a brofaist erioed.

Yn awr, 'machgen glân i, y mae'r gŵr hwn yn eistedd ar y blwch gwyn ac yn syllu arnat.

'Beth sy'n dy boeni di gyfaill?' Dyw ei lais bellach ddim yn garedig nac yn angharedig chwaith, 'gyfaill' neu beidio. Gallai'r ymholiad hwn fod yn gonsýrn digon didwyll, eithr gallai fod yn fusneslyd hefyd. 'Os wyt ti'n ffoi, efallai y galla-i dy helpu di?'

'Gêm.' Dyna ti'n ei chyfaddef o'r diwedd. 'Gêm: dw-i wedi bod yn chwarae tipyn o gêm.'

'Chwarae!'

'Ie. Erioed.' (Mae gan hwn ei draed ar y ddaear, ta beth a feddyliai Wittgenstein.)

'Pa gêm?'

'Oes ots pa gêm?' meddi di'n chwyrn ddiamynedd. 'Yr hyn sy'n bwysig yw bod y dyfarnwr wedi erlid ar fy ôl i o'r herwydd.'

'Wyt ti'n meddwl y daw e o hyd i ti yma?'

'Gwnaiff. Mae hyn o fewn ffiniau'r maes chwarae.'

Ymadewaist ti â Swyddfa'r Post bellach, mae hynny'n amlwg. Cesglaist bob profiad a oedd ar gael yn y fan yna. Bellach, llythyr noeth wyt ti allan yn y gofod yn barod i hedfan ar y daith. Cest ti ryw fath o esboniad o ystyr y paratoi. Ond yn awr y mae'r difrifoli'n dechrau. Mewn coridór, hyn rwyt ti'n ei wybod yn sicr. Mae dy chwarae gwamal di wedi gorffen. Chwydd-wydr yw ofn mewn tŷ sydd o ddifrif. Drwy'r wythïen hir hon y mae ef wedi d'erlyn di i fyny yma, yn gudd drwy'r cenedlaethau, ac yn awr wedi dy gornelu yn y celloedd gwaed cwbl annhebygol hyn. Yn awr rwyt ti wedi'i groesawu, heb ddeall pam dy hunan. Y bryntni pwerus gwenwynllyd. Y bryntni a ffrwythlonodd mewn tywyllwch. Hwnna. Teith-iodd dy feddwl o'r herwydd o gorff i gorff o fewn dy gorff ac o oes i oes gan wisgo crys gwahanol i bob oes.

Dwyt ti ddim yn gallu dy reoli dy hun yn gyfan gwbl sut bynnag ar ôl y fath lifeiriant o wyll llysnafeddus. Wyddet ti ddim chwaith fod y nwydau caddugol hyn ynot ar gael o gwbl. Gynnau yn yr agosrwydd dwfn a phersonol hwnnw yn y sgrym, ar ganol y gêm, roet ti wedi bod am ychydig o funudau yn rhywun tywyll arall. Roet ti wedi ymadael â rheolau gwir a ffurfiol y stadiwm dinesig ac wedi gwisgo melltith dy hil. Doedd neb wedi cicio cic gosb yn dy le di. Dyna pam y mae dy feddwl wrthi yn gweithio ac yn gweithio fel hyn.

Pe na bai'n fater ond o chwarae brwnt, serch hynny, byddai hynny'n ddiwedd syml arni. A phe baet ti heb orffen y peth, byddai rhywun arall wedi'i wneud. Byddai Twm wedi gorffen, am un – wedi cael ei orffen yn y fan a'r lle y tu ôl i ti, yn lân ac yn gwta yng nghornel y cae; a byddai'r rhan nesaf – y rhan rydd – o'th gêm yn parhau'n naturiol ac yn ysgafnach nag o'r blaen, wedi ymwared â hwnnw. Roedd Twm (y bachwr, hen gasglwr dros elusennau tramor) wedi mynd, er hynny, ond yr oedd rhyw-beth neu rywun arall wedi aros. Dyna a ddwedai holl hanfod dy fywyd wrthot ti, dy fod wedi chwarae'r gêm hon erioed o dan lygaid dyfarnwr cyfiawn dieithr sy'n ochri gyda'r crysau gwynion, dyfarnwr na fyddet yn sylwi ar ei bresenoldeb nac ar ei effaith namyn ar rai achlysuron. Dyna pam nad oedd lladd rhywun ddim yn ddiwedd arnat. Mae gan dywyll-wch fel ci anwes gof rhy dda, sut bynnag. Nid brwnt yn unig oedd y bryntni felly, ac nid gweithred yn erbyn Twm yn unig. Roedd yn is o lawer na'r gydwybod. Roedd yn ddyfnach nag edifeirwch. Perthynas drist yw hi rhyngot ti a dyfarnwr profiadol y gêm, perthynas euog, perthynas fall, perthynas ffiaidd falch, ar ryw olwg. Ac ar ganol yr euogrwydd hwnnw, anodd i neb yw bod yn gydymdeimladus.

Wedi'r cwbl, cyfiawn a diffiniol o gyfiawn fydd erbyn y diwedd.

'Fi sy'n 'wneud,' taeri di drachefn, ond gyda llai o argyhoeddiad.

Lle rhyfedd i chwarae rygbi fu Swyddfa'r Post ta beth, yn arbennig mor gynnar yn y bore â hyn.

Edrychi'n ôl ar y dieithryn ddyfarnwr, yn graff. Rwyt ti'n dechrau dod yn hoff ohono, yn dawel bach, yn rhy hoff efallai. Mae'n bryd mynd.

*   *   *

Ym mhen draw'r coridór gelli weld y drws o hyd. Drws y gegin mae'n siŵr, a honno hefyd yn llawn o lythyrau hirfaith dioddefus. Mae'r drws hwnnw'n ymylu ar wneud synnwyr.

A phenderfyni'n sydyn, heb ymdroi, ie heb ffarwelio â'r blodau menyn mor euraid yn dangos eu dannedd ar hyd y cloddiau y tu allan, ei heglu hi. Am y fynedfa.

Edrychi ar y dyn dierth yn ymholgar eto am foment. Ond nid yw ef am glosio o gwbl ar hyn o bryd. Ac yn ddisymwth rhedi i ffwrdd. Cydi di yn y bag llythyrau cyfagos, er nad oes yna'r un llythyr ynddo fel y gwyddost, a dihengi tuag allan. Heb ei sylweddoli, dest ti yma, ychydig ynghynt, i gasglu'r post. Yn awr gwibi, ar hyd y coridór, ac allan drwy'r drws, o leiaf y drws i'r gegin dybiedig, wrth iti ymadael rwyt ti'n rhoi cic i'r blwch gwyn a adawodd y dyn ar ei ôl, nid cegin sy 'na, dim ots, rwyt ti wedi dod yn syth allan i'r awyr iach.

A! Enaid Cymru! Enaid annealladwy Cymru! O'r diwedd! Hyn y byddi'n ei ffroeni mor ffyrnig yn yr anadl olaf, hyn a fu'n aros amdanat ar hyd yr amser. Ac rwyt ti'n nabod y lle yn burion. O'r diwedd mae 'na rai nodweddion sy'n gyfarwydd. Mae hyn yn gall ar hyn o bryd, efallai. Rwyt ti yn dy gynefin, wrth gwrs . . . Edrychi draw ffordd yna. Ie! Bro Morgannwg a'i chrachach lotri! A! Dacw'r Blaenau yn y pellter – bryniau bach plorynnog yn cerdded (yn baglu yn wir) ar yr wybren hwnt ac yma, yn disgwyl i gael eu gwasgu, a dim ond hwnt ac yma'n gadael ôl-traed efallai. A'r gwartheg eu hunain fel crawn brown a melyn yn chwerthin (am dy ben) am ei bod hi'n anodd peidio wrth fod bywyd oll yn ddiwrnod mor braf.

Nhw oll yw'r Traddodiad. Ar dy gefn mewn bag plastig du rwyt ti'n cario'r Gorffennol. Rwyt ti'n nabod hwnnw. Hen ŵr tew smŷg yw ef. Mae'n gysurus i mewn fan yna. Mae'n gwybod y cwbl, o leiaf felly mae'n honni. Yn wahanol i'r Presennol a'r Dyfodol, dyw e ddim yn ofni'r gornel nesaf gan ei fod yn hollol hunanfodlon ac wedi bod yno o'r blaen. Ceidwadwr yw hyd at ei aeliau, ac yn gynnes yn ei gwrcwd. Mae'n gyfangwbl sefydlog, does dim ysgwyd na newid arno byth. Synnwyr cyffredin a dim lol. 'Fan yma rydw i, a'r fan yma dwi'n mynd i fod.' Trwm yw, serch hynny, anferth o drwm, a dwyt ti byth yn dod yn gyfarwydd ag ef. Mae ei floneg fel pe bai'n cynyddu o hyd; a hyd yn oed yn achos y bloneg sydd eisoes yn gyfarwydd iti, y mae yna ychwaneg o blygion bras ohono yn dod i'r golwg byth a hefyd.

Ond yn awr y mae cyfnod newydd yn dy fywyd yn dechrau.

O'i gyferbynnu ag ef, gŵr bach nerfus canol-oed yw'r Presennol. Canol-oed yw ef yn llythrennol, os caf ddweud, gan fod ychydig bach o Orffennol eisoes yn ei ysgrapen ac y mae'n gobeithio hel ychydig bach rhagor o Ddyfodol cyn bo hir. Ond er gwaethaf peth ansicrwydd, dyw hynny o Ddyfodol sydd mewn golwg, yn gam neu'n gymwys, ddim fel arfer yn codi fawr o ofn arno. Rhyw fachgen dauwynebog sy'n troi yn ei unfan yw ef felly, bob amser 'gyda ni' (fel y Gorffennol ei hun yn ôl pob golwg, ond yn fwy ymwthgar eofn, rywsut, o safbwynt blaen ei drwyn).

Llanc plorynnog go anobeithiol ar y llaw arall yw'r Dyfodol. A dwi ddim eisiau'i gofio ef. Ac all e ddim dy gofio di. O bryd i'w gilydd mae'n cael peth arswyd, ac nid heb reswm. Ond fel arfer, rhith yw: mae bron yn real, yn erthyl hyd yn oed. Does dim llawer i'w ddweud amdano. Gwell peidio beth bynnag. Ond mae'n fwy penderfynol nag y dylai fod.

Does dim syndod dy fod wedi cyrraedd y diwedd, neu ddechrau'r diwedd.

'Fi sy'n ceisio,' meddi er mwyn adeiladu dy hyder.

Yn awr, wedi dod o hyd i leoliad taclus, mae gen ti fan-cychwyn i fynd i rywle. Rhws! Dyma Faes Awyr Caerdydd, diolch! Dyma aelodau o raglenni teithio S4C. Maen nhw bob amser 'ma. Dacw ddwy wylan, y naill a'r llall yn groen gwyddau i gyd dan eu plu fel y bydd gwylanod. Rwyt ti'n cerdded yn bwyllog yn ôl ar draws y llain lanio, ac i mewn i'r adeilad gwyn. Mae pethau'n dechrau symud yn awr.

Wrth gownter yn y pen draw, mewn unwisg wen, werdd a choch, mae yna swyddoges ddestlus. Mae hi'n dy lygadu'n amheus ond yn gwrtais. A does dim bai arni. Hen fyfyrwraig i ti yw hi. Does dim syndod ei bod yn wyn. Maen nhw ym mhob man.

Rwyt ti'n mynd ati. Mae hi'n eistedd yn ofalus ar flwch gwyn. Un o

145

ragoriaethau'r meirwon yw nad ŷnt yn smygu. Mae gan hyd yn oed galon waliau. Mae gan hyd yn oed waliau galon. Efallai fod hon . . . ond ust . . . mae'n peri iti feddwl. Roedd adfeilion waliau'r tai y tu allan yn yfed y dŵr o'r tir fel pe baent yn goed. Mae hon hefyd yn edrych yn sychedig. Onid ydym oll?

'Ai dyma estyniad i'r Swyddfa Bost?' gofynni.

'Ie, a phwy ych chi?'

'Fi.'

'Rown i'n amau. Os taw llythyr ych chi'ch hun, syr, croeso i Gymru,' medd hi'n jocôs braf gan wincio fel pe bai mymryn o hiwmor yn gweddu yn y tywydd poeth yma. Hi yw eirlys d'eiliadau di!

'Heb stamp?' gofynni tan wenu'n ôl ar ei phetalau er mwyn dangos bod gen tithau dy hiwmor hefyd.

'Yn bendant. Heb lun y frenhines na neb.'

Ac fe weli di (er na chrybwylli'r peth) y bag llythyrau gwag ar y llawr. O'r diwedd. Rhoddi di'r tudalen gwag iddi hi hefyd, a theimli'n ysgafnach. Rwyt ti'n ei ledu gerbron ei ffroenau llydain fel anifail yn cael ei aberthu. Ac yna cyfyd ei phen euraid hir a helaeth ac edrych arnat yn bwyllog ac yn felys. Mae hi'n syfrdanol o hardd a lluniaidd, bron yn ormod felly. Ni elli ymgyfarwyddo â'r miliwn o weithiau y try ei llygaid i gerdded ar dy ysbryd. Ac mae ei llygaid yn ceisio iodlan yn dawel: 'Gee, ceffyl bach, yn cario ni'n dau.' Rhyw groes rhwng alto a soprano. Ond yr aur yna sy waethaf ar ei thalcen, digon efallai, pe gollyngid ef, i fwrw holl farchnadoedd y byd o rythm eu marchnata arferol. Gwylier y Ffwtsi.

'Gadael hynny sy orau,' medd hi'n dirion druan. (Ydy, mae hi'n neis ei gwala, gallai hi fod yn gwerthu llyfrau yn yr Eisteddfod Genedlaethol.)

'Mae'n wag,' meddi gan estyn dy freichiau i gwmpasu'r arhosfan i gyd. 'Gwag, gwag, gwag.'

(Onid wyt ti'n meddwl hefyd weithiau ei bod hi'n bryd bellach dichon i ddiffyg ystyr gael pensiwn?)

'Wrth gwrs. Gorau i gyd.' (Afalau enwog ei llais, orennau gorohïan ei gwallt.)

'Mae'n ddrwg gen i am awgrymu'r fath beth mor ffwr-bwt.' Ond diwydiant gwledig yw'r meirwon yn eu hatgenhedlu'u hunain erbyn hyn, ac mae pawb call yn dechrau cael llond bol o nihilwyr, fel petaent hwythau ysywaeth heb gael digon ohonynt eu hunain. Wrth gwrs, mae'r cyfan yn relatifaidd megis relatifrwydd ei hunan. (Ond, o leiaf, maent yn rhoi gwrthgyfeiriad i fywyd mewn ambell ardal fel hon efallai sy'n llai poblogaidd nag eraill gyda'r twristiaid ac sy'n gorfod dibynnu ar arian Dim Amcan Ewrob).

Nid etyb hi o gwbl i'r ymddiheurad hwn, er iddi ei glywed yn sicr. Saif yn hir heb edrych ond ar y cownter rhyngoch. Yna o'r diwedd cyfyd ei phen cyrliog lled-sunsur drachefn.

'Twm. Tw-w-w-m. Gwrandawa.' Dyma'r sibrwd mwyaf dynol a glywaist erioed yn dy fyw. Geilw hi dan ei hanadl. Geilw hi ar draws y llynnoedd a'r corbyllau.

Rwyt ti'n dechrau deall pethau bellach.

Fe gryni. Dim ond un gair yn unig. Yn drwm. Yn llwm. Ond roedd yn ddigon. Twm! Eithr nid â llais merch rywsut mewn gwirionedd y llefarai. Roedd ei llais yn rhy ddwfn ar y pryd ac yn anghysurus o debyg i lais y dyn tywyll hwnnw a welaist yn Swyddfa'r Post gynnau; eto, nid llais gwrywaidd a oedd ganddo yntau chwaith. Llais draenllwyn wedi ymddeol oedd efallai, meddyli tan chwerthin. Chwarddodd hithau. Mae pawb yn hoffi jôc.

Enilli ychydig o hyder o'r herwydd. Ceisi edrych mor debyg i Dwm ag y gelli. Ymchwyddi ychydig. Felly y byddi gyda'r coed talaf.

Rhaid oedd bod yn onest.

'Ond wnes i ddim byd. Nid fi yw Twm.'

'Rych chi'n ddiogel felly, syr,' medd hi'n gysurlon brydferth wrth syllu ar dy drwyn. Siecio y mae hi. 'Ble'r ych chi'n mynd?' 'Chi,' sylwch, fel pe bai hi'n ceisio dadorchuddio set o ddannedd dodi newydd. Neu eu dofi nhw neu rywbeth.

Bois bach, mae rhai merched yn gallu'u gofyn nhw.

'Fi,' meddi di, ond ydy hynny'n ateb? Ydy e'n lle?

'Does neb yn cyrraedd fan yna ar eu pen eu hunan.'

'Dwi ddim mor siŵr ag y dylwn fod. Jerwsalem rown i'n feddwl. Rhywle i gael ateb i'r cyfan. Ond 'y nhrosedd i yw'r broblem,' atebi, 'a'r cythraul yw 'mod i heb geisio'i datrys; fi biau'r rhwystr, nid y llamwr arall o'r ochr arall, yr ymaflwr ei hun o'r ochr arall. Nid ei fai ef yw-hi.' Rwyt ti'n boenus o ddidwyll heddiw ac am fod yn fanwl-gywir wrth geisio symud y bai.

'Dwedwch hynny wrth y dyfarnwr, syr. Mae'r neges eithaf bob amser yn syml. Mae'n talu i bawb fod yn syml. Fe dalodd hi, felly, i Ruffudd Hiraethog farw'n syml er mwyn i Wiliam Llŷn lunio'i farwnad seml yntau.

Dyna'r peth gorau 'wnaeth Gruffudd erioed. Efallai y talai i chi sgrifennu marwnad.'

'Alla-i ddim, ferch. Alla-i mo'i hwynebu.' Rwyt ti'n dechrau taranu.

'Ble'r ych chi'n mynd te? . . . Cewch chi'ch twyllo'ch hun. Ond chewch chi ddim o'ch derbyn i mewn i'w dderbynfa groeso drwy unrhyw eiriau esgusodol.'

'Croeso, cythraul!' tyngi, ac rwyt ti'n dechrau mynd yn ddiamynedd ynghylch y math hwn o faldorddi. Pwy sy eisiau croeso – er mor swydd-ogol y gall fod? 'Cha i ddim chwaith roi'r gorau i'r gêm felly? Ddim hyd yn oed am ryw bum munud?'

'Na chewch, syr. Mae'r gêm yn aros o'ch deutu o hyd. Dyma ganlyniad y Bwmp. Rych chi'n deall beth yw'r gêm honno on'd ych-chi?'

'Tician y dyddiau ar y calendr?'

'Yn gwmws, ond ble'r ych chi'n mynd?'

'O! ddim unman tan ddydd Sul, dim ond i nôl y moddion.'

'I'ch gwraig?'

'Ac i mi fy hun hefyd erbyn hyn.'

'Mae'n anodd credu'r stori 'na, yn sicr.'

'Dwi'n ddidwyll.'

'Dwi wedi dweud wrthoch chi ddigon am y dwli didwyll yna gyfaill.'

'Ond mae cefnogwyr ein tîm yn coelio fy stori. Mi fyddan nhw'n cym-eradwyo.'

'Byddan, yn bloeddio'n braf, debyg iawn.'

'Fe gredith y Wasg.'

'Maen nhw'n credu popeth – os credu hefyd.'

'Fe gredith perthnasau Twm.'

'Tybed?'

'Fe gredith 'y nheulu yn hun.'

'Ond dyw'r dyfarnwr ei hun ddim yn eich credu chi.'

'A!'

'Ac oni bai am fywyd, fyddai 'na ddim marwolaeth.'

'O! mae pwynt 'da chi 'fan 'na.'

Ac rwyt ti'n sylweddoli: does neb yn dy goelio, neb o bwys, yn dy gymryd o ddifri, ddim y fenyw sy'n gwerthu tocynnau i'r pwll nofio, ddim y bobl sy'n absennol, ddim o'r plant sy wedi colli'u chwaeth. Ddim neb. Ac ar Dwm yr oedd y bai, dechreuaist ti geisio tadogi'r bai arno ef druan drachefn. Wrth ymbalfalu ar draws y mynyddoedd yna, roeddet yn hollol argyhoeddedig y bydden nhw'n credu dy eiriau ysgrifenedig erbyn cyrraedd y maes awyr. O leiaf pe bai Twm yn gallu cadw'n dawel am un funud. Ac o leiaf all neb ddweud nad wyt ti'n chwilio. Gan fod dŵr môr fel dylif o amheuaeth yn codi'n feunyddiol fan yma megis ledled y glôb, a Chaerdydd bellach ar fynd i'w haped, ac Abertawe (bob man ond yr Uplands) ar roi'r ffidl yn y to, efallai y byddai hynyna yn y diwedd yn cael gwared ag ef, y bai: penderfyni gyrchu am y mynyddoedd. Wedi'r cyfan, banciau fydd y cyntaf i fynd dan y dŵr, a'r cwmnïoedd siwrans. Wedyn yr heddlu. Bydd yn bryd i ti'i gloywi hi cyn i'r llyfrgelloedd golli'r we. Doedd Twm wedi bod yn ddim ond cyfaill i ti erioed. Ond allai neb ddyfalu dim am y genfigen a'r falais yn ei galon. Wyddet ti dy hun ddim am brofi eu nerth tan yr eiliad honno, a bysai Twm byth wedi dychmygu amdanynt. Ond un ateb oedd. Dim ond un peth a oedd yn bosibl.

Gosodaist dy droed i mewn i'w arleisiau ef, a throi a throi, mor ddeheuig ddienaid ac mor annisgwyl fel nad oedd gobaith i Twm ei achub ei hun byth, druan. Gwaetha'r modd, rhaid i bawb wneud ei orau i ennill y gêm, doed a ddelo, beth bynnag a wnaiff, fel arfer drwy roi'r bai gyda chilwg yn ôl ar rywun arall. Gwaedd hir, hir a hir heddiw, ac roedd ef wedi'i ddileu. Ymneilltuodd rhag y goleuni swil yr un pryd heb betruso am eiliad. Collodd y storm beth o'i gwynt, a'i thipyn dannedd i gyd drachefn. Rhyfedd fel y mae'r rheina o hyd yn achosi trafferth.

Y tu ôl i ben aur y swyddoges ddestlus ddihafal-angylaidd fe gaed poster anferth yn hysbysebu Israel. Ac yna, fe'i cofiaist.

'Ie. I Israel,' meddi'n hyderus. Dyna'r cyfeiriad. O'r diwedd. 'Israel!'

'Israel?'

'Ie. Oes anhawster?'

'Ond: dych chi ddim yn teimlo'i bod yn lle braidd yn ddiniwed yn yr oes hon?'

'Dyna dwi eisiau.'

'Diniweidrwydd?'

'Ie. Ac Israel.'

'O'r gorau. Chi yw'r cwsmer.'

'Dwi ddim yn siŵr am hynny.'

'Mae gynnoch chi ffordd bell i fynd te, syr,' medd y swyddoges braidd yn rhy hy.

'Ond pa fath o daith fydd hon?' meddi di.

'Un faith, mae arna-i ofn, ar y dechrau. Maen nhw'n mynd yn llai wrth fynd yn hŷn. Lleihau a wnawn ni, yn llai-lai-lai nes nad oes ar ôl ddim ond credoau.'

'Ond dwi'n dal yn ifanc o hyd. Dwi'n barod i gerdded.'

Pam lai? Rwyt ti'n gwybod mwyach ble'r wyt ti'n mynd. Nac wyt. Wyt.

'Dych chi ddim yn sylweddoli o ddifri pa fath o daith yw hon.' Mae hon yn wrth-Iddewig, mae'n rhaid. Gwrth-semitig hyd yn oed, ac y mae hynny'n cynnwys yr ochr arall, eu gelyn.

'Ond beth am fy holl ymdrechion? Yr holl ymchwil? Y gonestrwydd?'

'Osgoi'r daith oedd pwrpas pethach felly. Eich rhoi eich hun a'ch tipyn pryderon eich hun yn lle'r daith. Nithio'r sefyllfa.'

'Ond roeddwn i'n ddidwyll onest yn gwneud 'y ngorau i gyrraedd yr ateb. Dyna pam cerddais i yn hytrach na dod ar y bws.'

'Didwyll?' ac yna 'didwyll!' sgrechodd hi drachefn wedi clywed digon o ryw rwtsh felly. 'Didwyll!' udodd hi o'r newydd.

'Rhyw fath o ddidwyll.'

'Call sy eisiau, nid didwyll. Doedd eich gorau chi'n werth dim. Fuoch chi'n rhoi'r bai ar Dwm o hyd. Esgusodion. Codwch bob math o rwystr i osgoi'r diwedd. Yn awr, mae'r rheina wedi mynd. Fe fethsoch ag ateb y cwestiwn hwn wedyn.'

'Pa gwestiwn?'

Y cwestiwn cyntaf.'

Edrychai hi arnat i fyny ac i lawr gyda'r math o fanylder sy'n peri i ddyn siecio'i gopis.

Ydy'r ferch hon yn dy ddeall yn well na neb arall, tybed? Doedd yr un ohonyn nhw wedi sôn am *gwestiwn* hyd yn hyn; a chwestiynu yw dy *forte* di. Yn wir, mor amherthnasol oedd ei hymddiddan hyd yma nes dy fod yn dechrau amau a oedd hi'n amau bodolaeth y Gymraeg.

'Pa gwestiwn?' gofynni eto.

'Y cwestiwn cychwynnol.'

'Pa un?'

'Yr un symlaf oll. Yr un dwyieithog. Cwestiwn taith y pererin. Yr un a ofynnais ichi gynnau yn Swyddfa'r Post . . . Pwy ych chi? . . . What is it?'

'Ydy hynny'n cyfri?'

'Beth yw'ch enw bedydd chi?'

'Oesots?' fel yna.

'Mae'n dweud popeth amdanoch chi.'

'Paots sy am hynny?'

'Fel yna y byddwch chi'n gwybod beth ych chi eisiau.'

'Beth yw f'enw felly?'

'Oesots. Dyna yw'r enw, ynte fe.'

A! meddyli yn araf araf deg ond yn gyrhaeddbell ddihidans, – y corff hardd hwn yn y dillad hardd hyn, yn gofyn pethau brawychus o hyll mewn modd cynefin. Oesots ei hun, dyna pwy wyt ti. Neb arall. A thithau'n ugain mlynedd yn hŷn na hi, dyma ti dan anno domini wedi mynd yn fwy sych wrth heneiddio, yn awr fel pe baet wedi derbyn cawod o law dibwrpas. Doeddet ti ddim yn werth taten i neb.

'Ydy hynny'n help?' gofynni.

'Fe all fod. Pe bawn yn gwybod eich enw, syr, a dod o hyd iddo ar y we efallai y cawn i drywydd i chi'i ddilyn wedyn. Efallai y byddwn i'n gwybod o ble'r ych chi'n dod. A pham.' (Mae'n amlwg nad yw hi'n dy gofio di o gwbl, na'th ddarlithiau na'th arholiadau. Pwy sy'n ei beio hi, druan?)

Pwylli ychydig. A! rwyt ti i mewn yn y cyfrifiadur felly. A fydd hi'n cael gwybod amdanat ti yno? Sylli arni, yn hir fel afon.

A wyt wedi syrthio mewn cariad â hi o bosib? Rwyt ti eisoes yn gogwyddo ychydig o'i mewn fel cennin Pedr mewn awel. Teimli hefyd dy dlodi ysbrydol i'r byw. Ddychmygaist ti erioed fod yna gymaint ohono.

'Dwi wedi'i anghofio. Fy enw, fy llyfr cofnodion, popeth. Dyna'r gwir. Ond dwi'n gwybod 'mod i am fynd i Israel.'

'Gwrthod cofio yr ych chi. Dw innau'n gallu anghofio'n naturiol braf.'

'Pam y byddwn i'n gwrthod cofio fel 'na, dwedwch?' Wedi'r cwbl, ceisio troi ystyfnigrwydd yn ddyfal-barhad yr wyt ti.

'Am eich bod yn ofni bod.'

Ond bod yr wyt, yn sicr ei wala; bod sy'n swmp yn blwmp ac yn y blaen, yn Gymro glân gliniog, ac yn fwy o Gymro byth am fod dy wlad yn mynd yn llai o Gymru.

'O'r gorau. Dwedwch, Ms, o ran hwyl – yn ddamcaniaethol fel petai – mai Wil ydy f'enw i. Teithiwr i Israel. Fi sy'n ceisio, curo. Ydy hynny'n help? Dyma fi wedi dweud f'enw nawr. Rhyw fath o enw. A dweud ble dwi'n mynd. Nawr te, 'mhishyn bach i, beth amdanoch chi? Ble'r ych chithau'n mynd?' Gyda winc. Yn joli-hoetlyd fel llencyn eisiau creu delwedd. Trueni nad oeddet wedi lliwio dy wallt yn felyn. A gwisgo ambell datŵ.

'Unlle,' medd hi gan edrych fel pe bai eisoes wedi cyrraedd.

'Chewch chi ddim peidio. Mae pob lle yn rhywle.'

'Na, na, na. Fi sy wrth y ddesg.'

Rwyt ti'n sefyll yn falch odiaeth am foment wrth ei dala hi mor dwt ddiurddas fel yna.

'Ond, syr,' medd ei genau cyfareddol, 'os nad ych chi'n gallu cofio'ch enw go iawn, beth yw'ch gwaith?'

'Gwleidydd!' ar ei ben.

'Mae hynny'n bendant benderfynol.'

'Penderfynol? *Math* o wleidydd te,' dywedi, ychydig yn llai penodol er mwyn bod yn ffasiynol.

'Pe bai pob teithiwr neu adeiladwr neu ffarmwr neu fanciwr neu fasnachwr sy'n dweud ei fod felly yn wleidydd mewn gwirionedd,' medd hi gan wenu'n syber, 'byddai'r un ohonyn nhw byth yn gallu dod i ddigon o benderfyniad democrataidd i olchi'r llestri.'

'A beth ddigwyddai i'r tywydd wedyn?' meddi'n anghyfrifol. 'Rhagor o gynhesu globol democrataidd?'

Digon o gwestiynau am y tro felly, a dechreui ymson yn lled athronyddol rhyngot a thi dy hun. (Tybed a ddylwn geisio am funud neu ddwy o dawelwch i'm huniaethu fy hun â'r oes? A ddylwn i arbrofi er mwyn blasu ychydig o'r gwyll sydd i fod yn gynefin i mi mwyach? Sylwer er enghraifft nad wyf wedi llenwi'r un ffurflen ers tro. 'Roeddwn i wedi gobeithio, [meddi] – cyn belled ag y gellid sôn amdanaf fy hun, ac ar yr un anadl ag yr oeddwn yn sôn am fy statws a'm safbwynt, ac yn medru dod o hyd i ffaith o fath yn y byd, neu mai damwain mewn gwirionedd yw'r ffaith honno yr oeddwn i yn cael fy rhyddhau rhagddi neu drwyddi, ac nad oedd hyn ddim yn relatifaidd gywir o safbwynt diwylliant arall [megis mewn amgylchfyd yn y dwyrain pell] na allwn i ddim llai na chredu yn y pen draw fod yna ben draw hollol gant-y-cant uniongred, beth bynnag a ddywed *traddodiad* – a rhyw hen lol felly.')

'Digon o'r cwrs athronyddu, merch i, am y tro,' meddi tan wgu. 'Mae'n bryd agor y ffenest.' Rwyt ti'n poeri ar y llawr heb flewyn ar dy dafod o hyd wrth gynanu'r gair traddodiad a ffeminyddol a hiliol a xenoffobia ac mae peth o'r poer yn tasgu dros y blwch gwyn wrth iti yngan y fath beth; 'a does neb yn ei ddymuno'n fwy na mi,' meddi ymhellach yn fwy pwyllog yn awr.

Penderfyni o'r diwedd y byddai'n neis pe baet ti'n gallu cael matras yng nghornel y maes awyr, a gorwedd am ychydig heb yr holl fusnes ymholi didwyll yma. Ond dechreuaist ymddifrifoli gyda'r ferch. A thâl hi ddim heb fynd i berfedd pethau heb orffen y busnes wrth law.

'Llefaru wyneb yn wyneb sy raid, fel y dywedir, neu drwyn yn nhrwyn, gyfeilles fwyn, heddiw, yn gyfoes ddinonsens a chymryd popeth at ei gilydd – dyna yr oeddwn i, a finnau fel y dywedais i – wedi gobeithio. GOBEITHIO.'

'Beth?' medd hi.

'Iaith yw'r cwbl; honno yw'r drwg, onid e?'

Dyna'r ffurflen honno wedi'i llenwi, eto, beth bynnag. A siaredi gyda'r didwylledd mwyaf pryderus yn awr fel pe baet yn siarad â stamp post.

A! fy nidwylledd melyn, hirfelyn tesog! Onid wyt yn dal i fod yn werth rhywbeth? Onid benyw yw dy enw bedydd? Ac onid glendid dy gyfenw?

Nid peth hawdd, cofier, yn nawdegau'r ganrif ddiwethaf o bob canrif, sef yr ugeinfed neu beth bynnag oedd ar y pryd, oedd bod yn Athro mewn Coleg Diwinyddol o unrhyw liw. Dŷn nhw, y cwsmeriaid, ddim yn coelio dim. Dŷn nhw ddim yn bod bellach. Dwyt ti chwaith ddim yn siŵr y tu ôl i'r cownter pa fath o beth yw credu na pha fath o beth yw beth. Yn ariannol hefyd rwyt ti'n ddielw os oes ots am hynny. Tenau anaele yw nifer y myfyrwyr a fu gen ti hyd yn oed wrth alw Diwinydd-iaeth yn Efrydiau Marchogaeth, a chaniatáu i geffylau, rhai ceffylau, eu dilyn. Ac mae holl awyrgylch yr eglwysi yn ymosodol o farwaidd. Yr her yw aralleirio 'dim byd' mewn termau crefyddol derbyniol – ond newydd. A pherthnasol a chytûn! Hollol ddyngarol gytûn. Cael chwe ffordd wahanol gyda gitâr o ganu credo heb gredu dim.

Gyda'n gilydd, 'Dim byd!'

Ac mewn tôn ychydig yn ffres, gyda chytgan ogoneddus, 'Dim byd!' gweiddi yn gwbl eciwmenaidd a ffres fel 'na. Gallen nhw gynnwys peth felly gobeithio yn un o'r emynau ffasiynol yn yr argraffiad nesaf o'r Llyfr Emynau: 'Caneuon Diffyg Ffydd'.

Unwaith eto, frodyr annwyl! Gyda'n gilydd, cenwch im yr hen gan-iadau.

Corws yn awr, gyda'n gilydd. 'Dim byd!' Yn lluosaidd, yn annogmatig, yn ysbrydolaidd. Pwy all anghytuno â pheth felly? 'Dim byd!' Corws amdani!'

> Moto imiêca leo,
> moto nicatsi ia Iesw,

153

moto imiêca leo,
tw imbe Halelwia:
moto imiêca,
tw imbe Halelwia:
moto imiêca
yn lle'r hen Bant bach,
Dyn dieithir ydwyf yma:
Draw mae 'ngenedigol wlad.

Ambell waith ar achlysur fel hyn y mae'n braf dianc yn ysgafn frown o'r Coleg i rywle gwastad dieithr megis Maes Awyr Rhws fan hyn. 'Gonestrwydd' seciwlar a gei di ym mhob man yn y fan yma. Effeithiolrwydd y symud. Sglein y cownteri. Does dim gwirionedd yn bosibl mewn lle fel hyn, mae'n wir, diolch i'r drefn. Na dim byd arall chwaith. Math o grynodeb yw cyn cychwyn allan o'r byd. Drwy'r ffenest mae'r awyren yn cyrraedd yn ei thro, ac y mae ei siâp yn hyfryd fel morforwyn a'i pheiriannau Rolls Royce yn canu baritôn gloyw. A'r blwch gwyn yn graddol gael ei wthio i'r naill ochr.

'Ble cawsoch chi'ch geni, Wil?'

Hi, y swyddoges, – wrth reswm, – sy'n busnesa o hyd, ychydig bach yn rhy agosatoch. Mae hi'n mynnu pydru arni. Rwyt ti dipyn bach yn anesmwyth ei bod hi yno. Yn wir, roeddet-ti wedi dechrau'i hanghofio hi, wedi dechrau ceisio'i hanghofio-hi o leiaf.

Ond mae gan bawb ei ffurflen i'w llenwi.

Rhedodd ysgryd fel lafa i lawr gleiniau d'asgwrn cefn. Cryni fel daeargryn a oedd wedi ymadael â graddfa Richter.

'Ydy hyn yn angenrheidiol?'

'Fe all fod.'

'O'r gorau, gawn ni ddweud – Fiet-nam – neu Iwerddon, ie, Gogledd Iwerddon.'

'Dweud hyn yr ych chi, Wil, heb ei gredu. Mae'n rhaid ichi gredu rhywbeth i ddechrau, yn ddidwyll er mwyn dod o hyd i unrhyw beth arall. Oes: hyd yn oed i ansicrwydd.'

Cryni drachefn, teimli d'organau i gyd wrthi'n dirgrynu fel peli amryliw mewn casino: 'Sut galla i gredu heb wybod?'

Wrth ei hateb, rwyt ti'n gwybod fod dy gwestiwn yn dila; ond rwyt ti'n teimlo'i bod hi'n fwriadol wedi ceisio dy faglu. Hi yw'r math o wraig, pan wahodda gyfeillion i swper, a ymhyfryda yn yr orchest o baratoi bwyd cymharol anarferol yn y Gymru sydd ohoni – megis artisiogau – er mwyn gosod yr ymwelwyr ar brawf i ganfod a wyddant neu beidio sut mae eu bwyta nhw.

Yna, fe gofi di'r llythyr. Fe'i cynigi iddi, fe'th gynigi dy hun yn wir i'r fenyw fain. Mae hi'n ei dderbyn ac yn ei ddarllen yn ddiymdroi yn uchel. *Derbyniwch y dyn hwn heddiw yn ddigwestiwn. Mae e'n waglaw.* Cyfyd ei phen yn gyfareddol ac y mae ei llygaid yn llyncu lleuadau.

*   *   *

Wrth ei hateb â dogfen swyddogol yn dy lwnc fel hyn, mae dy lais yn lleihau'n gynffonnog wan gan fod dy lygaid wedi'u parlysu am y tro gan y peilot sy newydd ddod drwy'r drws. Rargian, rwyt ti'n ei nabod. Hen fyfyriwr. Un a fydd yn dy gofio. O'r diwedd, rhywun rwyt ti'n nabod, rhywun cwbl allweddol a dibynnol. Mewn lle diffaith a dieithr, gwerddon yw canfod cydnabod cu. Heb hynny, gallai fod yn eithafol o unig drwy'r dydd, yn orffwyll o unig drwy'r wythnos yn wir, (yn arbennig os nad oes neb yn barod i wrando arnat), ac yn ysbrydol o unig drwy'r ganrif.

Mae hi'r swyddoges yn gwenu'n ysgubol o agosatoch yr un pryd: 'Dŷn nhw ddim yn dweud bod rhaid ichi briodi'r un rych chi'n garu. Ond bod rhaid ichi garu'r un rych chi'n briodi.' Cryni ychydig, a thybi ei bod yn dechrau llenwi egwyddorion â serchiadau. Gwybodaeth â phrofiad. Ond toddi y mae hi, niwlio o flaen dy drwyn, ceisio diflannu orau y gall hi i mewn i'r ddesg. Ceisio bod yn glyfar ac yn ôl-fodern, mae'n amlwg.

Ond eisiau mynd i'r toiled y mae hi, druan. A'r fan yna y mae'r peilot yn wincio arnat ti. Beth sy arno? Beth mae'r dyn yn ei feddwl?

'Dim ond ffisig i'r wraig rown i'i eisiau.' Doedd hynny ddim yn gyffes fawr, nac oedd, nac yn gyfan gwbl onest chwaith. 'Dyna'r unig reswm y des i ma's,' taeri.

Yna, mae'n gwawrio arnat yn ddisymwth. Hen fyfyriwr i ti ydy'r peilot ei hun hefyd a hwnnw wedi mwynhau dy gwrs yn y Coleg. Wel meddylia, roedd o leiaf wedi bod yn ddigon call i newid gyrfa wedyn ar ganol y ffordd. Yn lle mynd i'r weinidogaeth wedi camu drosodd i fyd technol-egol newydd sbon danlli grai er mwyn derbyn yr her, ac wedi dringo o fewn ei swydd mor uchel ac mor gyflym ag y gallai. 'Technoleg yw'r emyn newydd', meddyli i ti dy hun, heb allu meddwl am neb arall.

'Phil! Phil Jones! Wyt ti'n 'y nghofio i, dywed?'

155

Saif ef ar y ddaear am ychydig o eiliadau fel pe bai'n ailgyfeirio'i enaid hiraethus atat. Yng ngwisg baun hiraeth mae brân y gorffennol yn cuddio rywle; a cheisir ei hudo allan o'i siercyn.

'Ydw. Chi oedd fy hen athro i. Chi yw'r un a oedd bob amser yn chwarae cerdiau â'ch credoau.' O'r diwedd, ar y gair, y mae pob man yn syrthio i'w le . . . Efrog Newydd, Tocio, Llanfihangel y Creuddyn, yn gliriach oll na cherdiau.

'Phil! Beth wyt ti'n wneud fan hyn?'

'Fyddwch chi, syr, am hedfan gyda *mi*?' medd ef gyda pheth balchder; 'a'r plant yn arwain y tadau.'

'Ble'r wyt ti'n mynd?'

'I Israel.'

Mae'r her hon nawr yn ormodol, yn uniongyrchol i neb pwy bynnag. Cyhuddiad ydyw, a chrymi ychydig o'r herwydd. Dyma'r arwydd cyntaf difrif o'th ostyngeiddrwydd. Lledi d'amrannau petalog yng ngwres ei anadl.

'Debyg iawn, Israel. Israel yn bendifaddau,' meddi di gyda gormodedd o sicrwydd. Bachgen rhagorol yw hwn. Y deallusaf gest ti erioed. Meddwl gwych. Ymennydd effro. Catholig ei chwaeth. Cwbl ddibynnol. Llais baritôn ysgafn ganddo yntau hefyd fel peiriant Rolls Royce yn disgwyl ar y tarmac, hoff o bicau ar y maen a barddoniaeth R. W. Parry, ac unwaith bob mis yn fewnwr deheuig.

'Does dim ond chwarter awr.'

'Sut awyren sy gen ti?'

'Y siort orau. Maen nhw'n ei llenwi hyd ei sgidiau nawr â'r petrol gorau, ac yn rhoi un o'i hadenydd yn ôl. Dyma'ch taith gynta i Israel?'

'Ie, rhyfedd hefyd. Dwi'n gwybod popeth am y wlad, ond dwi erioed wedi bod 'na.' Roedd hyn yn wir am dy gyd-athrawon hefyd, o leiaf cyn arbenigo mewn Efrydiau Marchogaeth.

'Wel, brysiwch. Mae yna le i chwarae hefyd yng nghefn y cabin. Jyst y peth i chi.' (Ond cryni, o'th wallt i'r gwellt.)

'Gwell imi fynd i'r toiled yn gynta.'

Dyna rwyt ti'n ei gyhoeddi drwy'r corn siarad. Ac mae pawb yn y dderbynfa'n gwenu ac yn edrych ar y tafleisydd yn chwilfrydig. Mae rhai o'r plant yn chwerthin yn uchel a'u rhieni'n eu shyshio nhw. Ond dwyt ti ddim yn symud cam. Does dim awyrennau'n symud chwaith. Maen nhw'n swil efallai. Tawel yw'r Fro i gyd fel y bydd merched cefn gwlad. Tawel yw'r toiled hyd yn oed, . . . ar y dechrau. Hyd y Blaenau mae'r diffyg sŵn yn adleisio'r diffyg sŵn. A mwyn yw diffyg sŵn, gyfeillion, er mor ddidrugaredd. Ond rwyt ti'n gwybod ymhle'r wyt ti'n sefyll bellach, ar yr adain dde ar bwys y lein. Nid dy fai di yw hi fod swyddogion maes awyr wedi anghofio sut mae gwneud crempogau. Dim ond mynd i'r toiled wnest ti oherwydd bod y fenyw y tu ôl i'r cownter wedi'i awgrymu.

'Phil Jones! Meddylia,' meddi wrthyt dy hun.

Mewn un llaw mae e'n cario blwch gwastad du sy'n dweud popeth am daith yr awyren. Ond dychryni ychydig oherwydd bod un ochr wedi'i phaentio'n wyn. Ac yn ei law arall y mae llond tun o baent gwyn, fel pe bai Cymdeithas y Distawrwydd wedi mabwysiadu hyn yn lle paent gwyrdd Cymdeithas yr Iaith.

'Beth sy yn y bocs?' holi. (Mae'r dychryn bellach yn mynd yn arferiad.) Nid yw'n ateb. Mae'n cuddio rhywbeth. Ymddistewi ymhellach.

'Map?'

'Ie, map o'r daith,' medd ef, yntau yn ddistaw. 'I Israel. I gyrraedd y nod, i ddweud y gwir.'

'Sut map felly?' (Dyfnha'r distawrwydd yn fwy byth.)

'O, maen nhw'n gwneud rhai arbennig i ni. Rhai pedwar dimensiwn.' Yn ddistaw o hyd. Ac egyr y clawr, mor ddidrafferth fel pe na bai ynghau yn y lle cyntaf. Dwyt ti ddim yn disgwyl iddo'i agor fel hyn ond mae'n ei agor. Fel 'na. Y tu mewn does dim ond tywyllwch eithafol braidd. Rhed ychydig bach o lygod Ffrengig ar hyd y palmentydd. Ac rwyt ti'n cael tipyn bach o ysgytwad o'r herwydd. Mae hyn yn d'atgoffa o rywbeth y tu mewn i ti dy hun. Ond maen nhw'n dweud y gwir o leiaf, rhaid cyfaddef. Mae hyn eto yn fath o lythyrdy, wedi'i symud fricsen wrth fricsen o Dregaron, fel petaent am ei ailadeiladu yn Sain Ffagan ychydig o filltiroedd i ffwrdd. Sylli'n graffach. A gweli botel werdd mewn un cornel. Dyna un peth does dim eisiau cyffwrdd ag ef ar ddiwrnod dryslyd fel hyn. Ffisig.

'Roeddech chi wedi disgwyl rhywbeth arall?'

'Oeddwn. Rown i wedi disgwyl caeau a ffyrdd a bryniau brialluog yn mynd ymlaen fel llais menyw yn oes oesoedd.'

'*Hyd*, felly; dyna roeddech chi'n chwilio amdano – *Hyd*.'

'Oeddwn, a Maint.'

'Dowch i sefyll fan yma.'

'Mae hi'n ddwfn ddwfn, on'd yw hi?'

'Nid Hyd yw e'n unig, ac nid dyna sy'n bwysig, nage?' medd y Phil Jones annisgwyl hwn.

'Na . . . Beth sy i lawr fan yna dwedwch? Dyna sy'n bwysig. Yng nghanol y tywyllwch 'na.'

'Tywyllwch, wrth gwrs! Dyfnder. Tywyllwch goleuni yw-e, yn ddiamwys braf, a bod â meddwl diwyro. Ond dim byd relatifaidd. Na: wyddoch chi – y perygl mwyaf i ryddid bob amser yw goddefgarwch heb werthoedd. Welwch chi'r goleuni bach yna yn y gwaelod?'

'Ie.'

'Twm yw hwnnw.'

'Dwi ddim yn amau.'

Ac wrth iddo ddweud Twm rwyt ti'n sefyll yn ôl mewn dychryn newydd. Rwyt ti'n cnryu braidd, yn curyn, yn unyrc, yn ncuyr, yn ccccrynu . . . fel rhyg mewn potel. Dioddefaint, meddyli am yr athro hynafol hwnnw, a ŵyr sut mae cosbi, ond ni ŵyr paham. Ac mae Twm wedi cyrraedd yr un casgliad eisoes. Sefi'n ôl yn syn.

'Neb arall?'

'A chi eich hun.'

Rwyt ti'n edrych ar yr awyrennwr mewn ing dirdynnol, ac yn erfyn arno a dagrau'n llond dy sanau, wedi colli tipyn o'th urddas efallai: 'Beth yw fy enw i', dywedi – yn ddidwyll, 'wyt ti'n cofio?'

'Gofynnwch i'r dyfarnwr.'

'Sut galla i?'

'Ef sy'n gofalu am ddiwedd y chwarae a'r adroddiad i'r Wasg.'

'Ond dwi ddim yn ei nabod yn ddigon da.'

'Gwaeddwch i lawr, te.'

'Dwi ddim yn gwybod ei enw.'

'Ond rych chi'n gwybod ei fod e.'

Rwyt ti'n edrych i lawr i'r diddim agos. Wyt, rwyt ti'n ei wybod, wrth reswm, – ac yn gwybod nad dyn yw dy drafferth mwyach, nad dyn chwaith sy'n gwybod, ar ei ben ei hun. Efô ei hun ydyw gwybod y gwaelod erbyn hyn. Plygi dy ben mewn braw.

'Wrth gwrs ei fod ef.'

'Gofynnwch iddo felly. Dowch yn nes at yr ymyl, a gwaeddwch.'

'Beth 'waedda-i?'

'Dwedwch hylô neu rywbeth.'

'Ond dwi erioed wedi siarad ag e.'

'Dwedwch eich bod yn difaru am eich bod wedi chwarae erioed. Didwylledd wedi'r cwbl yw cydnabod posibilrwydd y terfynol pan geir adnabyddiaeth o'r cynnwys. Didwylledd yw cydnabod ei amodau pan ofynnir am dlodi ysbryd, ymwacáu o'r balchder, a galaru hyd flaenau d'amrannau.'

'Dwi erioed wedi cydnabod yn agored mai fe yw'r dyfarnwr. Esgusodion oedd y cwbl. Rown i'n cymryd arna-i fy hun mai fi oedd yn llunio'r rheolau. Mai fi oedd y prif chwaraewr, mai fi oedd y gynulleidfa oedd yn ymadael ar ddiwedd y chwarae ac yn gofyn am yr arian yn ôl. Fi oedd yn chwilio.'

'Wel, dyna ych chi wedi'r cwbl. Rych chi i gyd yn gorfod dod i'r fan yma rywdro neu'i gilydd. Rych chi i gyd yn y maes awyr nawr. Corff, enaid, a'ch trwyn yn gwaedu. Weithiau – bob amser – un cyfle a gewch chi yn ystod eich bywyd. Dim ond un. Ond maen nhw i gyd yn cael un.'

'I ddod i'r ymyl fel hyn?'

'Ie, yn "rhydd". I'r fan yma. Rhyddid! Cadwyni Rhyddid! Didwylledd caethiwed!' Chwarddodd fel awyr las dawel.

'Ond glanhäwr ffenestri yw rhyddid, yn sefyll ar reng uchaf ysgol, sy'n torri'r ffenestri wrth eu golchi.'

'Nac ofner . . . Heddiw. Gwaeddwch nawr.'

'Mae'n well gen i beidio.'

'Peidiwch â bod yn ffôl. Gwaeddwch o'r galon ddyn.'

'Ond ofn.'

'Gwaeddwch ddyn. Does dim ffordd arall.'

'Mae arna-i fraw a dychryn. Mae'n rhaid imi gael ffordd arall bob amser. Synhwyrau. Rheswm. Bacwn. Wy. Rhywbeth.'

'Nwydd rhy gyfarwydd yw ofn. Rhy rwydd. Y cynhaeaf heddiw sy'n ofni'r glaw a'r egin y sychder, ond holl adar y maes a ofna lythyrau. Gwaeddwch ddyn.'

'Dwrdio, dwrdio, dwrdio. Dyna yw'ch enw chi. O'r amynedd, mi wna-i de. Gymrwch chi de? neu goffi? Siwgwr?'

'Nawr! Ar unwaith y twpsyn. Gwaeddwch.'

'Iawn. O'r gorau . . . O'r gorau . . . *Ti-i-i* . . .'

Ond druan ohonot ti, dwyt ti ddim yn ei weiddi'n iawn, onid efallai yn dy feddwl. Tegi ychydig. Yn ddidwyll. 'T-t-t.' Ddaw dim un smicyn, ddim diferyn nawr. Dim ond cytsain. Maen nhw wedi distrywio d'ymennydd. 'Ble mae fy llafariaid?' Dechreui feddwl yn hytrach am yr hen amseroedd ac am y cyrsiau llafur yn y Coleg. Roedd digon o lafariaid y pryd hynny. Un ar bob cornel. A thri yn y canol. Dechreui synied am ddiflastod y teithio modern yn 'cyrraedd' gan mai'r lle anochel y mae'n ei gyrraedd yw gorsaf betrol.

Hyfrydwch gan Phil yw rhannu gyda thi dy lifeiriant meddyliau. Prin bod neb o'r dosbarth-canol isaf ers blynyddoedd wedi eistedd yn hamddenol gyda thi fel hyn a'th barchu'n ddigon didwyll i barablu'n hyderus hyd yn oed yn anhyglyw am bethau amgenach na gêm rygbi neu newyddion diweddaraf rhyw ddyfarnwyr hunanetholedig hunan-bwysig yn Llundain ymhell o bob man. Nid yw ef yn gyfarwydd chwaith ag ymddiddanion coeth o'r fath yn cynnwys termau mor arallfydol â 'diben bywyd' a 'rhagdybiau.' Dim ond peilot yw ef. Peilot bach cyffredin sy'n hoffi tlodion. Ni ddymuna ond gwylio dy wefusau'n gwau ac yn nyddu eu ffordd drwy'r awyr hylif. Mae yn siŵr mai llesol yn syml yw eistedd fel hyn yn y fan yma – gadael i'r ffrwd hon o sillafau dieithr nofio drosot fel morlo.

Eto, gwell peidio â gadael i hyn fynd yn ei flaen yn ormodol.

'Mae'r awyren yn disgwyl,' medd ef yn fygythiol o'r diwedd wedi bod yn glên cyhyd. Mae'n dechrau colli'i natur. 'Gwaeddwch yn gyflym.'

Ymhen hir a hwyr, dyma'r ateb.

'Fe hoffwn ddod,' meddi'n naturiol garpiog. 'Ond mae'r arian yn brin.' A chwili dy bocedi heb ddod o hyd i senten. 'Ail ddosbarth tybed?' awgrymi.

'Dim ond dosbarth cyntaf sydd i'w gael. Y derbynnydd sy'n talu'r post.'

Edrychi ar y bag gwag yn dy ymyl. Edrychi ar y blwch du a gwyn. Os yw pethau'n mynd i fod fel hyn, does dim disgwyl iti hedfan byth. Edrychi di ar y paent gwyn ar gyfer y daith, i newid hanfod y blwch cyn y diwedd.

'Mae'n ddrwg gen i am hyn,' meddi.

'Popeth yn iawn. Fel yna y mae i fod.'

'Yn wag?'

'Yn ymddangosiadol wag. Chi eich hun yw'r llythyr. Dowch rhag blaen.'

Dywedodd y peth mor syml â chawod. Yn awr yn syfrdanol syml, saethodd y tri gair olaf atat, glaniasant yn dy lygaid. Ni allet wneud dim oll bellach ond ufuddhau: dod rhag blaen.

'Mi wnaiff hynny yn lle tocyn,' medd ef.

Plygi dy ben.

'Dyma'ch cyfle olaf i weiddi,' medd ef. 'Gwaeddwch eto.'

Ac yn sydyn, gweiddi: 'Israel.' Fel yna, heb golli dy ddannedd dodi y tro hwn (practis oedd eisiau). 'Israel!' Pam yr oedd rhaid iti fod mor wamal ddigrif drwy'r amser?

Cafwyd ateb.

Felly, o'r diwedd, do, ar dy ben dy hun, dyma ti, ar y ffordd i Israel! Neu o leiaf ar y ffordd i'r awyren i Israel. A hynny am y tro cyntaf yn dy oes, er mai Israel fu prif bwnc dy fywyd ar ryw olwg, esgus bach! Ac yn sydyn, rwyt ti'n llefain, yn ubain lefain. Mae holl alar y canrifoedd gwag yn llifo drwy d'ysgyfaint ac i fyny i'th dalcen ac o'r tu allan i'th glustiau. Llosgfynyddoedd o alar caled. Gafaeli â'th ddwylo yn d'ystlysau er mwyn cynhyrchu'r stwff yn iawn a rheoli'r llifeiriant. Pwy fysai'n credu hyn? Peidiaist â chwarae. Rwyt ti'n hiraethu am gydio yn y blwch. O bell clywi di'r hen fyfyriwr annwyl hwn yn dy rybuddio dros yr uchelseinydd mai gwell fyddai ymorol am dy le yn yr awyren ar unwaith gan ei bod bron yn amser ymadael. Ond rwyt ti'n methu â symud am ychydig oherwydd y mynyddoedd o ddagrau triagl sy'n mynnu nyddu drwy dy dalcen.

Symudi un ohonynt ryw fodfedd. Ond y mae yna filiynau o fynydd-oedd cyffelyb ar ôl. Y tu mewn i ti. Ac o fewn y blwch du-gwyn hefyd.

Ni weli yr un teithiwr arall yn un man. Edrychi i lawr at y bag, ac fe'i codi yn ofalus.

'Dim ond fi?' meddi.

'Ie,' medd Phil.

'Hwn hefyd?' gan amneidio tua'r blwch gwag o weithredoedd.

'Iawn,' medd ef. 'Mae'n bwysig dod â hwnnw. Bydd e'n d'atgoffa di am fratiau budron.'

Mae ef yn codi'r blwch wedyn. 'Allwn ni ddim mynd heb ei baentio'n wyn, na allwn,' meddi.

'Allwn ni ddim mynd heb hwn.'

Sigli dy law yn yr awyr. Mae'n rhydd. Rwyt ti'n gallu cydio yn y bag rhydd. Ai hyn felly yw'r hyn y buon-nhw'n sôn amdano ers talwm cyn darganfod yr hunan, fel ewyllys rydd? Hynny yw, ar wahân i ddisgyrch-iant ac ambell ddeddf arall, ar wahân i'th fagwraeth sy'n penderfynu i raddau sut berson wyt ti, ar wahân i'r amgylchiadau lle y cei di dy hun bob dydd, ar wahân i'r ffaith dy fod yn atebol dros dy weithredoedd, ar wahân i'r llwyr anallu i beidio â phechu, a'th fod yn methu â pheidio â bod yn farwol, – bob amser rwyt ti'n gyfan gwbl rydd. Ar wahân i ryw hen fanion felly, a'r rheidrwydd i deimlo gwerth a threfn a phwrpas, rwyt ti'n rhydd ei wala i godi'r bag gwag â'th ewyllys. Rhydd! Rhydd! Dyna ryddid – bargen gyffrous yr wythnos yn wir. Cynifer am bris un. Heb fod yn blentyn siawns i neb ar y ddaear. Heb dywydd felly chwaith. A heb fethu byth â pheidio â bod.

Gwe gywrain wlybyrog yw rhyddid glân, mae arna-i ofn lle na ddelir ond un gleren ar y tro. Gwae'r unigrwydd tost sy'n cael ei ddal ynddi'n gyntaf.

Beth bynnag am hynny, a beth bynnag am y rhagolygon, y peilot ei hun sy'n cario'r blwch gwyn heddiw.

Mae mwyfwy o atgofion am y myfyriwr yn dod yn ôl i ti, felly. Mae'n ddisgynnydd i ddyn adnabyddus yn y parthau hyn a oedd yn wallgof ynghylch rhyw, dyn ffrwythlon ei lwynau o'r enw Jones. (O! un o'r rheini 'to, meddi mewn syrffed ond mor gwrtais ag y gelli.) Enw poblogaidd ddigon yn yr ugeinfed ganrif meddan nhw cyn ei oresgyn gan rai bach hunanddisgybledig fel Iwan, Siôn ac yn y blaen. 'Freud Jones' oedd enw llawn hwn am iddo gael ei ffrio'n fyw yn ystod y rhyfel rhwng Serbia a Chosofa. Brawd Marx. Ymhlith y staff, 'Gwiwer' oedd ei lasenw bob amser. Un crwn bychan ydoedd. Roedd ganddo aeliau cochion llawnion; ac ar dor ei fochgernau lle nad oedd ei ellyn wedi'i gyrraedd, eginai blew bach cochlyd gwasgarog drosto, ar hyd ei gefn ac i lawr dros grothau'i goesau. Cochyn oedd o'i gorun, felly. Ar gefn ei ddwylo yr oedd yna orchudd coch trwchus a phigog, a bron y gellid canfod llwyn o gynffon yn cyrlio i fyny y tu ôl i'w ben yn barasolaidd gynhwysfawr. Gellid cwato'n isel gynnes yn y gynffon honno. Ond byddai hynny'n hurt efallai.

Rywsut er hynny roedd y ffugenw'n gweddu i'r ugeinfed ganrif. Ac yn gweddu iddo yntau. Atgofion melys hirfelyn dwysaidd. Doedd dim un myfyriwr tebyg iddo y pryd hynny.

Ond does dim amser mwyach i hel atgofion, taw pa mor ireiddiol y bônt.

'Rhaid imi lamu'n ôl,' medd ef yn sydyn, gan lygadu'r awyr oll gyda gwên yn ei dalcen. 'Beth amdani? Wyt ti'n dod?' A chraffodd y wiwer arnat ti fel pe bai am dy fachu'n gneuen i'w storfa, a'th goleddu yn yr awyren antiseptig dros aeaf. Ond mesen seml, wyryfol, hollol ysgafn, ysgafn fel y baw ar wyneb glân yw llawenydd a dyfir ar gainc ry wan i'th ddal. Ac fe sylli yn benderfynol o bell yn awr ar y blew coch yn cilio o lam i lam ar draws y tarmac, llam eto, ac eto, ac i mewn – whiw – i'r awyren werdd.

Dymuni ymdrechu i ddilyn y blew acw. Mynni i hwn ennill heddiw o bob dydd. Eto, onid ti dy hun, wedi'r cwbl, sy'n dringo'r mynydd? Neu'r awyr?

'Bydda-i ar dy ôl di chwap,' gweiddi. Yn annibynnol ac yn rhydd. Ond gan dy fod yn byw yn yr oes hon, feiddiet ti ddim symud, wrth gwrs. Hysbys y dengys y tarmac. 'Dwi wedi methu. Mae'n ddrwg gen i. Dwi'n anobeithiol.'

Suddi.

Rwyt ti'n wirioneddol ar dy ben dy hun bellach ac yn ddiymadferth.

A dacw hi'n ymadael, yn ffoi yn wir; ymedy'r awyren hebot, gyda'r gorwelion gleision sicr fel cadair siglo o'i hamgylch, a'r pelydrau'n sgrechian wrth i'r ddaear eu tynnu gerfydd eu gwreiddiau allan o war yr haul, dacw hi'n ymadael. Mae wedi mynd. Wele, cyn belled ag y medri weld, mae machlud pendant ei hadenydd yn drachtio'r chwys o groen y mes, ac yn mynd yn llawen i chwilio'r uchel leoedd. Ond acw mewn cornel o'r tarmac, ychydig ymhellach draw na'r man y cychwynnodd yr awyren er mwyn ymadael, dyma hofrennydd bach, bach, fel ploryn bach dibwys ei olwg bron, yn dod i mewn i lanio. Ac rwyt ti'n ôl yn y llythyrdy dilys hwnnw drachefn mewn ofn a dychryn. Roeddet ti wedi disgwyl hyn. Yn dawel bach, dyna'r is-ymwybod fel y'i gelwir. Ac i'th gnawd y tu allan, mae'n ymddangos yn bur wag. Rwyt ti'n ôl ar ddechrau'r ymchwil i gyd yn barod am y cam cyntaf.

Dyw gwagle mewnol, wrth gwrs, os gweli ef rywbryd â llygaid cnawd, ddim o anghenraid yn ddigynnwys. Mae'n amgáu ffeithiau clir am y gwirionedd megis geiriau lle na bu meddwl ond yn weithred weithredol erioed. Fe all rhaffau o we pry cop hongian ar ei draws. Fe elli arogli carthion llygod Ffrengig a chobynnau pwdr diamheuol, a'r aroglau hynny oll hwythau'n rhaffau ar draws y tywyllwch. Maen nhw i gyd yn llefaru yr un pryd. Ond y distawrwydd ei hun sy fwyaf cymhleth, – clywch – y diffyg sillafau; ac mae sillafau, fel y gwyddom oll, yn gallu bod yn bethau bach mor annwyl weithiau, ac mor rhyfedd o amyneddgar weithiau eraill, wrth draethu'r gwir glân gonest am dy allu gwag dy hun. Maen nhw'n gallu bod yn binnau miniog yn dy ben ôl hefyd. 'Methiant ydw-i,' meddi di. Cest ti wybod.

Mae'r manion hyn oll yn cael eu taenu yno ger dy fron yn y llythyrdy am un rheswm, ac un rheswm yn unig, sef er mwyn iti sylwi fwyfwy ar drymder y gwyll sy'n amgylchfyd iddynt. Gelli brofi'r trymder hwnnw ar dy dalcen. Pe baet yn wynebu'r ffeithiau i gyd, byddai'n rhaid addef eu bod yn pwyso fel drws derw yn erbyn dy arlais. A does dim un lle ar ôl i anadlu byth. Bydd unrhyw anadlu o'r fath rhwng un a phedwar y bore, a thri a phump yn y prynhawn, yn gwbl waharddedig. Cei anadlu allan o bosib am funud neu ddwy, ond o'r dechrau cyntaf, does dim math o ganiatâd gen ti i anadlu i mewn. Efallai mai dyna'r thema sylfaenol sicr. Dyna sy'n achosi dy ddiffyg sillafog. Sef dy wir hiraeth. Ac mae'r trymder llwydlas lledlwys yn y fan yma heddiw yn gwasgu, yn tasgu o hyd ar hynny o sillafau a allai fod y tu ôl ynot, ym mannau anghysbell Cymru, nid er mwyn eu cywasgu allan yn syml elfennaidd ond er mwyn eu cadw yn yr un lle yn ddiogel, yn llai lai o hyd nes eu bod yn troi'n galed fel cerrig mân mwyn main a fu o dan fynyddoedd ers aeonau yn disgwyl i ryw archaeolegydd ddod heibio â'i garbon ond nad yw ef byth yn dod, nid yn ôl yr union ffordd y dymunwn ni, beth bynnag.

Wedyn, fe glywi – ust! – o bell rywun hollol anweledig ond hollol sylweddol ac agos yr un pryd yn sibrwd o'r tu allan, 'Does dim rhaid cael awyren.' Un bach oedd yno.

Rwyt ti'n syfrdan.

'Ond beth 'wna-i ynglŷn â'm methiant?'

'Rhai felly dwi'n chwilio amdanyn nhw.'

'Chyraedda-i byth dan fy stêm fy hun.'

'Fe'i sylwaist ti felly.'

Yna, dros y bryniau, wele, acw, y mae'n dod atat heddiw – Archaeolegydd y Fron. Mae e'n dod. Dyna fe. Mae ei lais yn dod fel hofrennydd at darmac dy ymennydd. 'Dwi wedi dod o hyd i'r coridór yn Swyddfa'r Post sy'n arwain i'r blwch gwyn,' medd ef fel bedd prydferth.

Gan bwyll, daw'n amlycach iti. Roet ti wedi anwesu ac wedi hen syrffedu ar y chwalfa ar hyd d'einioes. Yn awr, ni ddymuni gyrchu ond i un lle. Atyniad diangen oedd pob man arall: dy iechyd dy hun, dy ddiddanwch, hyd yn oed y gorffwystra yn y pen draw, a'r aceri ac aceri o ddidwylledd, nid oedd yr un o'r rheini namyn moddion i'th wyro oddi ar y nod tuag at y nod. Un lle sydd. Ar dy siwrnai, gwelaist amryfal ffyrdd cyfoethog, ni allet guddio yn yr un o'r rheini. Yr oedd yna un lle unigryw serch hynny ynghanol y llawer, un lle, a dyna'r lle y buost ti'n ei gyrchu drwy'r amser er gwaethaf pob cyfeiliornad.

'Ble? Ble?'

'Dilyna fi.'

Ac yna, mae Ef ei hun yn suddo ar ei liniau, ac yn cydio yn y clai clo wrth ei draed.

'Dim awyren?' holi.

'Na. Ffordd hyn. Dim cymhlethdod chwaith. Dim maldod.'

'Asgetig? Neu esthetig?"

'Ddim un yn hollol, ond yn isel ac yn dlawd.'

Rwyt ti'n ei ddilyn o'r diwedd. Mae rhywbeth ynglŷn â'r dyn hwn. Dyma'r un yng nghalon dy galon y buest ti'n chwilio amdano. Dyma'r un y bu dy waed yn crefu weiddi amdano. Ac rwyt ti'n edifarhau i'r llawr am y cyfan a wnest ti cyn cyfarfod ag ef. Yn sydyn, rwyt yn ei adnabod. Fe yw'r tlawd anferth sy wedi mapio'r cwbl. Neb arall. Fe a ddyfeisiodd y clai a'r edifarhau yn y cam cyntaf oll. Fe hefyd a ddyfeisiodd y dryswch maith er mwyn egluro croywder. Fe ei hun oedd y tlodi ei hun ledled y ddaear. Fe oedd y llythyr a'r llythyrdy. Est ti ddim i Israel felly o gwbl yn y diwedd, sylweddoli. Doedd dim angen awyren. Na. Doedd dim angen dringo. Er cymaint oedd Israel, mi ddaeth hi'n ddigon bach ei hunan i ffitio i mewn i hofrennydd. A hithau a ddaeth i lawr. Dyma hi, yr un gyda thi.

Israel a gogoniant y gogoniant ar ei gliniau a ddaeth atat ti.

RHY IACH

Rhif/No. _____ 0599991 X _____ Dosb./Class _____ WF _____

Dylid dychwelyd neu adnewyddu'r eitem erbyn neu cyn y dyddiad a nodir uchod.
Oni wneir hyn gellir codi tal.

This book is to be returned or renewed on or before the last date stamped above,
otherwise a charge may be made.

LLT1

Dimension X

Rolf Heimann

Lothian
BOOKS

Heimann, Rolf

Dimension X /
Rolf Heimann

JS

1586551

Thomas C. Lothian Pty Ltd
132 Albert Road, South Melbourne, Victoria 3205
www.lothian.com.au

First published 2004

National Library of Australia
Cataloguing-in-Publication data:

Heimann, Rolf, 1940– .
Dimension X.

For primary school aged children.
ISBN 0 7344 0629 0 (pbk.).

1. Cats — Juvenile fiction. 2. Unidentified flying objects —
Juvenile fiction. I. Title. (Series: Start-Ups).

A823.3

Cover design by Michelle Mackintosh
Text design by Paulene Meyer
Printed in Australia by Hyde Park Press

Chapter 1

Things would have been quite different if the flying saucer had landed in the middle of the Pritchards' backyard. Mr Pritchard would surely have run for his camera and his wife would have telephoned the television stations. But the little spacecraft landed on the flat roof of the toolshed and Rosko the cat was the only one who saw it land there.

Mr Pritchard was inside the toolshed, building a 'cat tree' (Rosko was supposed to use it to sharpen his claws on). When the flying saucer scraped to a landing on the corrugated iron above his head, Mr Pritchard nearly hit his thumb with the hammer.

He looked up and said to his son Matthew: 'The cat must be going crazy again. What's going on up there?'

The two little creatures that emerged from the flying saucer were the size of rats, but luckily for them Rosko was a fussy eater. Why eat rats when you were usually fed seafood cocktails and chicken casseroles? To him, the two creatures looked like rusty tin cans with tentacles, and he merely hissed at them.

'We come in peace,' said the first one, whose name was Novox (for short), and the other one, whose name was Zabon (also for short), said, 'Take us to your leader.'

'How do you know my language?' asked Rosko in surprise. His hissing did not seem to scare the strange visitors.

Zabon patted a shiny instrument on his belt and said, 'Thanks to my liquid titanium ultra-zapper.'

'Oh,' said Rosko.

'Have you got one too?' asked Zabon.

'A liquid titanic thing?' asked Rosko. 'Well, no, not with me. Never saw any use for it, really.'

'Take us to your leader now,' Zabon urged the cat again. 'Where can we find him? Or her? Or it?'

Rosko had to laugh. 'Leader? I don't have a leader.'

The two visitors glanced at the buildings surrounding the backyard and at the impressive-looking clothes hoist in its centre, with one black sock hanging from it. Zabon made a mental note that one-legged creatures could be on this planet. Why else would there be a single sock?

Novox asked in surprise: 'No leader? Then how did you manage to construct all these wonderful things here? That's impossible! Surely you have a leader.'

Chapter 2

'We keep servants who do everything for us,' explained Rosko. 'Well, they're kind of servants. They're big two-legged brutes called humans.'

He patted his soft tummy. 'Look, we've no need for pockets. You see, we don't even carry keys. All we have to do is to scratch on the door or go "miaaaow" and they open up any time

of day or night. They may be uncivilised ruffians, these two-legged humans, but they'll do anything we ask. They build houses to keep us warm and they open our cans. Seafood cocktails. Chicken casserole. Anything. Doesn't cost us a cent! They even wash our cat dishes. Though, I must say, not often enough. Anyway, we have no need for leaders or lawyers or lobby groups, or delegates or spokes-cats.'

'Interesting,' said Novox. He exchanged glances with his companion, then continued, 'But are you the dominant species on this planet?'

Rosko looked insulted. He had no doubt that he was.

'I should think so,' he muttered. 'There are dogs of course, but just look at them! Come!'

He led his two guests to the edge of the roof, from where they could see the neighbour's pit-bull terrier, slobbering and growling as usual.

One look at the dog's mouth should have been enough to convince anybody that this animal was not as refined and smart as the sleek and neat species Rosko the cat belonged to.

Chapter 3

'What's going on up there on the roof?'
asked Mr Pritchard again. 'Matthew, go
and have a look, and put a stop to it.'

Matthew was too short to see the
whole roof, and the creatures were at
the far end.

Matthew called out: 'There's some-
thing up there, but I can't see it clearly.
Looks like a rubbish bin lid to me.'

Mr Pritchard shook his head.
'Those brats from next door. I'll get
them one day.' His other words were
drowned out by furious barking from

Winston, the neighbours' pit-bull terrier. The dog had noticed the odd strangers looking down on him and he made no secret of what he thought of tin cans with tentacles. His mouth slobbered even more, and it was not a pretty sight. The two aliens retreated with a shudder.

'Let's get to the point,' said Novox. 'We have come to do a galactic survey.'

'And above all,' added his friend, 'we come to make this a better world. That's our mission. Think of us as missionaries!'

Rosko the cat did not look convinced. He seldom looked convinced.

Zabon produced a little instrument, saying, 'This is a gift from us to you.'

'Looks like a tin opener to me,' said Rosko. 'I don't need one. Humans handle this type of work for me.'

'Oh, this is no tin opener,' explained Novox with great patience. 'This is an instantotron. They have become very popular all over the galaxies. Believe me, they're the latest thing. Every planet in every galaxy should have one.'

Chapter 4

'I thought you came to do a survey,' said Rosko, 'or as missionaries. Now it looks to me that you came to sell. Don't you see, I never even handle money.'

'Money? We're not necessarily after money. Not at all, my friend. I'm sure we'll be able to come to some other arrangement, territorial or otherwise.

'Even spiritual maybe, after all, we're missionaries. We can talk about all that later. First, let me explain about our instantotron. Look, you just point it, pull the trigger, and the target disappears without a trace or sound. No fuss. No mess. No sweat.'

'Like a gun,' said Rosko. He knew about guns, as he often watched television with the Pritchards. Television was full of guns. Except this one made no noise, according to the visitors. Rosko liked that. He had always hated noise.

'Call it what you like,' said Novox, 'but this instrument is better than any of your weapons here, I'm sure. No blood, no ashes, no spots or any other traces. Not even a smell. In the wrong hands, I mean in the hands of criminals, it can be quite … well, it leaves no mess whatsoever, and you

can destroy any signs of crimes without being traced. But we're not criminals, are we? And that's why we approached you, the top species on this planet, and not those creatures there.' He pointed with distaste at Winston, who had started to bark like mad again. The dog clearly belonged to the criminal classes of this planet.

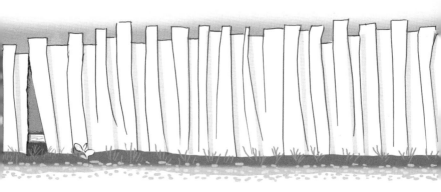

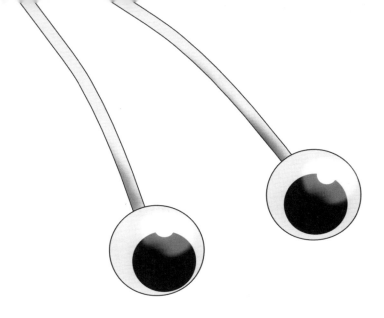

'So what's the survey?' asked
Rosko.

'Survey? Ah!' answered Novox.
'I'm coming to that. The things you're
getting rid of from your planet will
reappear in what we call Dimension X,
and there we can check at leisure —
and record as well as explore — the

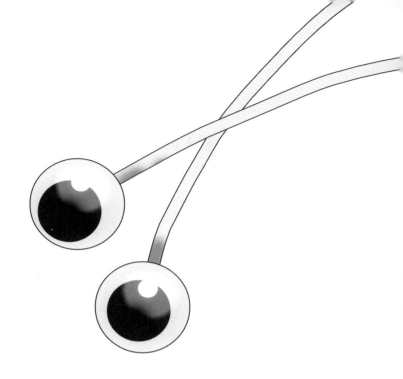

things you don't like on this planet.
That way, we'll end up with a
collection of all the things that are bad
and annoying. It will help us create a
better world. Can't you see?'

'Pretty neat, eh?' Zabon chimed in.

Chapter 5

'Does it work on dogs?' asked Rosko, eyeing the instantotron.

'Works on anything,' Novox assured him. 'Watch.'

He pointed the gadget at Winston below.

Winston's barking suddenly faded away, just as if somebody had slowly turned down a radio. Then Winston's

body became transparent like glass and seemed to rise a little into the air for half a second, before disappearing completely.

'What a relief,' sighed Rosko into the sudden silence. 'Sometimes I think that the world would be a better place without dogs.'

'I am sure it would,' agreed Novox. 'I'm sure it would. Here, the instantotron is yours. Use it wisely.'

The two aliens exchanged knowing glances.

'You should see some of the planets that have been cleaned out of bad things,' said Zabon. 'No dogs or

any other pests. Nothing but heavenly quiet and total peace.'

'Heavenly, heavenly peace,' Novox agreed. 'Nothing at all to annoy you ever … What's that?'

The top of a ladder had suddenly appeared at the roof's edge, and they could hear Mr Pritchard's voice saying again: 'Come on Matthew, get a move on. Have a look at what's going on up there.'

The aliens did not want any trouble, so they quickly retreated to their flying saucer. They thought they'd better be ready for a quick getaway. Just in case.

Chapter 6

As Matthew's face appeared above the roofline, only the heads of the aliens still looked out from their flying saucer. If these humans were truly such ruffians, any peace-loving alien should try his best to avoid a confrontation. Especially when the aliens were no bigger than rats and had just given away their trusty instantotron.

Matthew could not believe his eyes. For a while he found it quite impossible to close his mouth, then he stuttered: 'There's a flying saucer up here and … and … some crazy critters. They look like rats in tin cans! I think they're alive!'

'Oh, cut it out!' scolded Mr Pritchard. 'Come down and let me have a look.'

Mr Pritchard grabbed a rake as a weapon, and when his son had come down, he went up to the roof himself, the rake held high above his head.

The aliens did not like the look of the big rake. Nobody likes the look

of a dirty big rake held high in the air, threatening to come down on you at any second. Anyway, their mission was finished, so they pressed the starter button of their vehicle. By the time Mr Pritchard's balding head appeared above the roof's edge as well, the little spacecraft was already high in the air and out of sight.

'Can you see it?' asked Matthew.

'Flying saucer my foot!' scoffed Mr Pritchard. 'It's just Rosko.' All he could see was their cat clutching a little metal thing in its paws.

He thought that the neighbours' kids must have thrown the object onto the roof. Maybe it was a discarded part from a motorbike or from a washing machine. Mr Pritchard pulled it from Rosko's paws, pocketed it, and once he was back on the ground, he threw it into the rubbish bin.

Chapter 7

The two aliens Novox and Zabon in the meantime transported themselves back into Dimension X, to check out what sort of stuff the earthlings wanted to throw out. Usually it didn't take long for all sorts of creatures to arrive, and some were quite delicious.

At present there was only Winston, the pit-bull terrier, and 'delicious' was not exactly the word that came to his captors' minds. Winston growled at them menacingly.

'Do you think it's natural that the spittle hangs down like this?' asked Novox. 'In such long slimy strings? What colour would you say it is? Green?'

'More like yellow,' said Zabon. 'It can't possibly be natural. I say, it really puts you off eating him, doesn't it? And I don't like those teeth.'

'Yeah, I was hungry a minute ago,' confessed Novox, 'but not any more. Not when I'm looking at him.'

They waited. And waited.

'My guess is that some of those two-legged ruffians will start arriving soon. Let's hope they're not all like that,' said Novox, looking at Winston.

'Or with such teeth,' added Zabon.

'They are bound to arrive in masses soon,' repeated Zabon.

But nothing arrived.

Zabon pointed at Winston. 'What should we do with this ugly brute?'

'Let's send him back,' urged Novox, after considering it for a minute. 'I certainly don't feel like eating him. Look at that slobber. Why does it hang in strings? It can't be hygienic. And there's little meat on that body.'

Chapter 8

When Winston appeared again in the neighbours' backyard, barking his head off, Rosko mumbled to himself: 'He's back again. I knew it was too good to be true.'

'Rosko!'

It was Mr Pritchard calling him. His son Matthew was still standing there in the middle of the backyard,

his mouth wide open.

'Rosko!' called Mr Pritchard. 'Look what I built for you! It's a cat tree. You don't have to sharpen your claws on the furniture any more. Look, look! There's even a place for you to sit and sleep.'

But Rosko had no great interest in cat trees. He thought he heard the fridge door being opened in the kitchen and the rattle of his dish being washed.

Whatever was going on in the kitchen was bound to be more interesting than the stuff Mr Pritchard kept building for him. Cat trees! Who

needed cat trees when there was
expensive furniture to sharpen your
claws on? A new place to sleep? The

big double bed in the house suited him fine.

Novox and Zabon in the meantime were still waiting for things to appear in Dimension X, but by now they were rather half-hearted.

'Earth didn't look like a perfect world to me,' said Novox. 'Makes you wonder why they don't want to throw anything out.'

'Nothing is coming,' confirmed Zabon. 'And I'm getting hungry.'

'So am I,' said Novox. 'Maybe we should have kept that barking creature.'

Zabon shuddered. 'No way!' he protested. 'I'd rather have dry food pellets.'

They waited another five minutes, then Novox decided. 'I guess it's dried food pellets for dinner again. It doesn't look like we're getting dinner from planet earth.'

'You may be right,' agreed Zabon. 'Could it be that those creatures on earth are smarter than we thought?'